제10권
마한

九夷原
구이원

고조선 역사대하소설

무곡성【武曲星】 지음

삼현미디어

서 문

"현재를 지배하는 자가 과거를 지배하고 과거를 지배하는 자가 미래를 지배한다."
조지오웰이 '1984'에서 했던 말이다.

고조선, 고구려 시대 우리의 활동 무대였던 구이원(九夷原: 캄차카 반도에서 곤륜산맥에 이르는 광활한 영토)을 잃어버린 것은 애석한 일이나, 고향을 잃고도 기억하지 못하는 우리의 모습을 경계하며 옛 선조의 기상과 포부를 회복하길 바라는 마음으로 '구이원'을 집필하게 되었다.
시대는 단군 조선 말기와 해모수가 부여를 세웠던 시절이며, 고조선의 제후국
오가(五加: 백호국, 청룡국, 주작국, 현무국, 웅가국)와 동호국(國), 흉노국, 번조선, 마한(- 막조선), 동예, 동옥저, 북옥저, 읍루, 구리국, 낙랑국 협객들의 의협행을 모티브로 구이원의 모습을 그려보고자 하였다.

조선의 유학자들은 춘추필법(春秋筆法)의 요지 중 하나인 「중국을 자랑하고 오랑캐의 것을 깎아 내린다」는 원칙으로 서술된 중원의 역사를 비판 없이 그대로 수용함으로써 스스로 선조들을 비하시켜 왔다.
중국의 사서는
우리 땅에 명멸했던 나라들을 예맥(獩貊: 돼지), 흉노(匈奴: 가슴부터

노예), 동호(東胡: 동쪽의 오랑캐), 물길(勿吉: 기분 나쁜 놈), 선비(鮮卑: 분명히 비천한 놈) 등으로 적어왔고
특히, 부여 제후국을 '오가(五加: 우가, 마가, 구가, 저가)'로 기록하고 있다.
이는 고조선과 부여의 문명이 낙후되고 미개한 사회여서가 아니라 중원 사가들이 오가(五加)를 '소, 말, 개, 돼지'라고 낮추어 기록한 것이기에,
필자는 이 책에서 백호가, 청룡가, 주작가, 현무가, 웅가로 이름을 바로 잡았다.

쏟아져 나온 '홍산문화'의 유물과 고구려 고분 벽화의 장엄한 사신도를 보면, 상고시대 배달국과 조선이 고도의 문명국이었음을 알 수 있다.
진시황의 폭정으로 도탄에 빠진 중원의 백성들을 구하고 협객 형가의 복수를 하기 위해,
철기병의 호위 속에 순행 중인 진시황의 마차를 120근 철퇴로 박살낸 창해신김 어흥의 의거가, 중원을 통일한 후 기고만장한 진시황의 간담을 서늘하게 하고,
이를 본 중원의 백성들이, 신(神)처럼 여겼던 진시황을 더 이상 두려워하지 않고 들불 같은 항거를 일으키게 되었음을 알아야 할 것이다.

구이원(九夷原)의 푸른 하늘에 주작(朱雀)이 날아오를 날을 기다린다.

주작도

아득히 장백산 산록부터 서풍이 강하게
불어오는 몽골의 메마른
하늘가까지
지배하던 신국(神國)의 수호자

고대의 하늘을 날아서 벽화 속에서 잠이
든다

어둡고 캄캄한 석실의 무덤 속에서
길고 긴 시간의 지층을 뚫고
오늘에 깨어나
세계 도처에 흩어진 신국(神國)의 후예들
에게
불멸의 영광된 시간을 기억하게 하고

홍익인간(弘益人間)의 꿈이
모든 들과 산으로 사해(四海)로 무한우주
공간으로 퍼져나가고
저 멀리 북두칠성과 우주의 질서를 교감
하던
혼(魂)을 일깨우노니

불새가 향나무 불속에서 장엄히 몸을
태우고

아름다운 새로 다시 태어나 영원을 날았듯이
너희 겨레도 모든 회의와 나약함을 죽여 버리고
사소한 어려움
반목과 질시를 태워버리고

불새처럼 영원할 것을 기억해주고자 함이니.

목 차

프롤로그

제10 권. 마한

갈리는 운명	1
마읍상회	10
배옥	16
귀운도사	20
신소도국	32
독정노파	67
얼룩장주와 고수들	85
맹위	112
악인악과	125
난조서원	135
행인국	145
산상마제	160
각수선사	173
인피면구	202
부여국과 현무국의 동맹	221
치우천황의 탁록대전과 춘추필법	228
금이루(樓)	257
소마 세 자매	266
퇴마전	311
누런쥐성	350

프롤로그

환웅천황이 하늘에서 내려오시기 전, 세상은 말 그대로 혼돈의 세상이었다.

마귀, 요괴, 축생과 인간이 뒤섞여 살며 사람과 짐승의 구별이 없었고, 수간이 빈번하게 행해지다 보니 반인반수의 요괴인간들까지 돌아다녔다.
인간들은 수백만 년을 하늘의 이치와 인간의 도리 그리고 선(善)과 악(惡)을 모르고 오직 추위와 굶주림, 공포 아래 야수(野獸)처럼 살아갔다.
이를 보다 못한 어지신 환웅이 온 우주를 지배하시는 아버지 한울님께 청(請)하여 세상에 내려가 다스릴 포부를 말씀드리고 전부인을 받아
4대신장 풍백, 우사, 운사, 뇌공과 삼천인을 이끌고 신시(神市)를 세우셨다.
환웅께서는 제일 먼저 백두산 천평에 천정(天井)을 파고 나라 이름을
배달국이라 하시며 「홍익인간 이화세계: 세상을 이롭게 하고 이치로 세계를 다스린다」를 개국이념으로 선언하셨다.

이에 구이원(九夷原)의 모든 사람들이 환호하며 환웅천황을 따랐으나
천황을 처음부터 싫어하고 증오하며 저주하는 무리가 있었으니, 그

들은 그동안 혼돈의 세상을 지배하며 거짓과 악행을 일삼던 가달마황과 그를 추종하는 마왕(魔王), 요괴(妖怪), 귀신, 야수(野獸), 식인귀 등으로, 어떻게든 신시(神市)를 파괴하려 했으며 선량한 인간들을 죽이거나 잡아먹고 노예로 부리며 천황의 교화(敎化)를 방해했다.

마침내 이로 인해 선계의 환웅천황과 마계의 가달마황 사이에 인류최초의 정마전쟁(正魔戰爭)이 일어났다.
그러나 헤아릴 수 없는 긴 세월을 뿌리내린 악의 무리가 너무도 많아
혈전은 수백 년간 교착상태를 이어갔고, 흑마법까지 쓰는 마왕과 요괴들로 인하여 그 피해는 차마 눈뜨고 볼 수 없는 지경에 이르렀다. 이에
천황은 천계의 환인천제께 상주하여, 우주의 칠백 누리를 수호하던 해사자와 원수 게세르 그리고 10천간장(將)과 12지신장(神將)을 데려왔다.
해사자는 태양을 실은 마차(馬車)를 운행하던 마부로 능히 일월성신(日月星辰)의 주천(周天)을 헤아리고 무기는 불 채찍을 사용하였으며,
게세르는 수백 만 천병을 통솔하던 자로 금검(金劍)과 천궁(天弓)을 사용하고
10천간장(將)은 모두 지략이 높고 용맹하며, 12지신장(神將)은 불패의 장사들이었다.
천황이 이들로 하여금 사람들에게 수행법과 단공(丹功), 선(仙)무예를 가르치게 함으로써 선계의 힘이 마도(魔道)의 무리를 압도하게 되었다.
마지막으로 천황과 가달마황의 결투는 건곤일척의 승부였는데 천황은 천부신공(天府神功)으로 가달마공을 펼치는 마황과 자웅을 겨루

었다.
싸움은 개벽 이래 정마(正魔)간의 가장 큰 격투였다. 하늘은 천둥과 벼락이 칠일칠야(七日七夜)를 내리쳤고, 땅은 속불이 터져 갈라지고 꺼졌다. 사람들과 마귀, 요괴, 짐승들은 모두 숨을 죽이고 떨며 싸움이 끝나기만을 기다렸다.

드디어 천황이 가달마황의 머리를 잘라 비밀스러운 절지(絶地)에 묻고,
피와 오장육부는 항아리에 담아 해저(海底)의 화옥(火獄)에 가두고 봉인하여 동해의 용왕이 지키도록 하였다.
그리고
신장(神將)들에게 명하여 가달을 따르며 악을 행하던 마왕, 마귀, 요괴, 귀신, 식인귀, 괴수들을 끝까지 추적하여 제거하도록 하였는데,
이때 살아남은 일부 가달의 무리들은 사람이 살 수 없는 북쪽 동토의 땅으로 쫓기고 도망쳐서 흑림(黑林)의 어둡고 추운 지하 동굴과 황량한 계곡, 늪지, 호수에 숨어 선계를 증오하며 수천 년을 견뎌왔다.
그동안 구이원의 배달국과 조선은 수천 년을 은성(殷盛)하며 태평성대를 누렸고,
가달 무리는 보이지 않아 사람들은 이 세상에서 그들이 영원히 사라진 줄 알았으나
마도(魔道)는 없어지지 않았으며 오히려 그 수가 불어 가달마황을 신(神)으로 받드는 가달마교를 조직해 세상을 차지하려고 넘보고 있었다.

삼신교(- 仙敎)가 문란해진 조선 마지막 47대 고열가 단제의 조선은 열국시대에 접어들었고 가달마교의 세력은 최고조(最高潮)에 달

했다.
소설 '구이원'은 당시 조선(朝鮮) 열국의 선협(仙俠: 협객)들의 이야기이다.

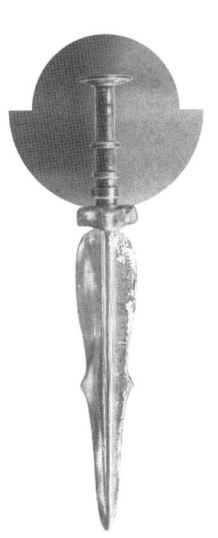

갈리는 운명

초대 단군왕검은 조선 나라 전체를 셋으로 나누어 다스렸다. 단군 자신은 오가가 있는 진조선(- 진한) 임금이 되어 번조선(- 번한/ 부단제 격), 마한(- 막조선은 이두식 표기)을 늘 거느리고 있었다. 이를 삼한관경제라 이른다.

단군은 웅족(族) 자손 웅백다를 마한의 가한으로 임명했다. 당시 한반도의 이름을 칠성주(州)라 했는데, 북두칠성이 지나는 칠성주는 대륙 동쪽 끝에 있으며 마한은 칠성주의 서쪽에 있다. 칠성주의 동과 남으로 동옥저, 조문, 사벌, 가야연맹 등 수십 개의 작은 나라들이 있는데,

마한은 54개 번국의 소(小) 연맹체(- 1개 행정 단위로 볼 수 있으며, 분봉 받은 영주의 식읍국/ 식읍: 공신에게 내린 토지, 백성) 로 구성되어 있고

달지국(達支國: 達은 '달'의 음차, 월씨국이라고도 표기. 또 다른 표기-백아강岡- 산등성이 / 밝안산, 평양, 벌내)은 마한의 가한이 머무는 도성이다.

북으로 마읍산(山)이 보이고, 남으로 달강(- 月江, 대동강)을 끼고 있

었다.
평야는 기름져 무엇이든 잘 자랐고, 발해로 통하는 달항(港)은 번조선의 왕검성, 주작국의 목양성, 반도 남쪽의 고포국(國), 탐라국, 북옥저와
멀리 화하(華夏)의 제, 오, 월나라 등의 무역선이 쉴 새 없이 드나들어 상업이 크게 번창하고 있었다.

십칠 년 전(前) 5월, 가한 맹가유는 파종을 끝내고 천제(天祭: 계불 의식)를 올리기 위해 조정의 대신들과 묘향산 난조선원으로 행차했다.
유위자(子)가 세운 난조선원은 경치가 수려하고 신령스러운 기운이 가득해 선인들이 즐겨 찾는 곳이었다. 유위자는 구이 4대선인 중 한 분이며 은나라 탕(湯) 임금을 보필한 재상 이윤(伊尹)의 스승이다.
마한뿐만 아니라 멀리 흉노국까지, 구이원 연방 모두는 단군의 교법(敎法: 가르침)에 따라 매년 5월과 10월, 정성을 다해 천제를 올려왔는데,
그때 열국과 봉국(封國) 가한들이 직접 신전소도에 나아가 제를 올렸다.
천제는 모든 나라의 축제였고, 보통 열흘이 넘도록 계속되었다. 백성들은 하늘에 감사하며 음주가무를 즐겼다. 참으로 흥이 있는 민족이었다.
평년에는 제(祭)를 신전 소도에서 올렸으나 금년에는 가한이 친히 묘향산에 올라 천제를 행하기로 했다. 그동안 후사(後嗣: 대를 잇는

자식)가 없던 왕비 마축과 비빈 최슬이 동시에 회임하여, 천지신명께 나라의 안녕과 함께 「아들」을 점지해 주십사 기도를 올리기 위해서였다.

가한이 묘향산으로 떠난 지 닷새 후 백아궁(宮) 보덕전(殿)에서는 최슬이 이른 저녁부터 시작된 무서운 산통을 겪고 있었다. 벌써 세 시진(- 6시간)이 지나고 있어, 의녀(醫女)인 산파 허씨는 불길한 예감이 스쳤다.
'이 같은 난산은 평생 처음이다. 이를 어쩌나, 잘못될지도 모르겠는데..'
"아-악!"
"비빈마마 조금만 더 힘을 주십시오."
"악!"
시녀 유란과 호의는 출산을 도우며 어쩔 줄 몰라 발을 동동 굴렀다. 두 사람은 빌고 또 빌었다.
"산신(産神: 출산을 관장하는 신)님, 제발 도와주셔요."
그렇게 반 시진이 지나며, 천신만고(千辛萬苦) 끝에 아들이 태어났다.
"마마! 왕자님이에요!"
그러나 최슬은 아들이라는 외침을 들으며 실신했다. 허씨가 태를 자르자 호의가 아기를 안아 미리 준비한 둥근 뽕나무 욕조 통으로 데려가 씻겼다.
아기가 힘차게 울어 제쳤다.
"으앙, 으앙...!"

그때 의식을 잃고 늘어진 산모의 모습에 놀라며, 허씨와 유란이 소리쳤다.
"마마! 정신 차리시고 아기씨를 보셔요!"
연이어 소리치며 산모를 깨우려 했지만, 산모는 눈을 꼭 감고만 있었다.
다급해진 두 사람이 산모를 깨우려고 몰두할 때, 아기에게 배내옷을 입힌 호의가
"아이 예뻐라"
하며 포대기에 안고 슬그머니 산실(産室)을 빠져나갔으나, 허씨와 유란은 산모를 돌보느라 모르고 있었다. 2각이 지났을까, 최슬이 힘없이 눈을 뜨며
"뱃속에 뭔가 움직이는 게 있어요."
라 말하자, 허씨가 놀라며
"네? 그럼, 쌍둥이?"
하고 산모의 자세를 바로잡으며 아기를 받고 보니 또 아들이었다. 기가 막힌 일이었다.
"마마! 또 왕자님이에요! 한울님이 왕자님 두 분을 보내주셨어요! 호호호!"
유란이 기뻐하며
"뭐해, 호의!"
하고 외쳤으나 대답이 없고, 자리를 지키고 있어야 할 호의와 아기가 보이지 않자, 유란은 알 수 없는 불길한 느낌에 가슴이 철렁했다.
"의녀님, 아기를 돌봐주세요. 저는 호의와 아기를 찾아볼게요."
"음, 알았네."

유란은 밖으로 나왔다. 시간은 2경이 지난 것 같았고 달빛은 무척이나 밝았다. 5월의 산들바람이 땀에 젖은 유란의 몸을 간지럽혔다. 문득, 산실에서 보낸 하루가 무척이나 피로한 하루였다는 생각이 들었다.
"호의!"
유란이 궁전 이곳저곳을 다니며 찾아보았지만 호의는 보이지 않았다.
유란은 초조했다. 아기를 찾아 왕비전(殿)이 보이는 곳까지 갔을 때였다. 멀리 웬 흑의의 사내들이 정원을 빠르게 가로지르는 것이 보였다.
유란은 급히 나무 뒤로 몸을 숨겼다.
'밤중에 웬 사내들이.. 누가 저들을?'
내관(內官: 내시)이 아닌 사내는 밤중에 궁 안에 들어올 수 없었다.
'그렇지. 가한이 천제를 올리러 묘향산으로 가셔서 궁에 안계시니 내명부를 징익한 왕비 마축이 궁(宮)의 모든 것을 마음내로 할 수 있지.'
유란은 호기심에 아기를 찾는 것도 잊고, 멀찍이서 그들을 뒤따랐다.
'왕비전으로 가네.'
궁의 정원은 수목과 꽃들이 무성하였고 유란은 평소 정원을 가꿔왔기 때문에, 화초에 가려진 은밀한 꽃길과 수목들 사이의 몸을 숨길만한 곳을 잘 알고 있어 들키지 않고 따라가는 것이 어렵지 않았다.
잠시 후, 왕비전 앞에 흑의의 두 사내가 서 있는 것이 보였다. 그들은 등에 칼을 매고 있었고, 교교한 달빛 아래 사방을 경계하며 서성이는 그들의 모습에서, 무언지 모르게 불길한 느낌이 싸하게 몰려왔다.

'좋은 사람들이 아닌 것 같..'

이어, 유란은 왕비 침실의 창에 어른거리는 두 개의 그림자를 보았다. 마축은 회임 중(中)이어서 평소라면 잠자리에 들었을 시각이었다.

'누구?'

유란은 사내들 눈에 띄지 않을 길 만을 골라 왕비전(殿)의 뒤편으로 돌아갔다. 이어 창문 밑으로 살금살금 다가가니 마축의 목소리가 들렸다.

"산통을 세 시진이나 하고서야 아들을 낳았다고? 그 정도면 산모는 초죽음이 되지. 이거야말로 하늘이 나를 돕는 것이 아니고 무엇이냐.

우상궁, 백아궁(宮)을 봉쇄하고 최슬을 잡아 없앤 후, 산고로 죽었다고 내외에 알려라."

우상궁의 목소리가 들렸다.

"산파와 유란을 어찌...?"

마비가 냉혹하게 말했다.

"후환이 없도록, 둘 다 없애라."

악마(惡魔) 같은 마축의 말에 유란은 헉- 하고 놀라며 입을 틀어막았다.

"호호호호, 이 아기는 내가 낳았다고 하고 나의 아들로 키울 것이다. 오늘 일은 절대 비밀이다. 발설 시엔 누구든 찢어 죽일 것이니라."

"예, 분부대로 하겠습니다."

"호의, 네 공이 크니 상을 주겠다. 오늘 일은 관속에 들어 갈 때까지 비밀로 해야 한다. 입 뻥긋했다가는 쥐도 새도 모르게 죽을 것이니라.
여기 명도전(錢) 5백 냥이다. 별채로 가서 쉬다가 인시(寅時: 새벽 3시 반)에 궁을 빠져나가 아무도 찾을 수 없는 곳으로 떠나 살도록 해라."
"네.. 감사합니다."
유란은 기가 막혔다.
'저것이 나까지 속이고 마마를 배반하다니.'
호의가 인사를 하고 나가는 소리가 들렸다. 잠시 후, 마축이 잔인하게 말했다.
"내일, 성 밖에서 호의를 처리하라. 사람은 죽어야 입이 다물어지는 법."
"네"
유란은 눈을 흡뜨며 죽기 살기로 최슬에게 달려왔다. 이야기를 듣고 최슬이 탄식을 했다.
"마축이 간악하다는 건 알았지만 이 정도일 줄 몰랐다. 내가 아기를 갖자 자기도 회임한 것처럼 꾸민 후, 날 죽이고 아기도 빼앗으려 하는군.
얼른 피해야 하는데, 일어설 힘도 없으니.. 아, 아니다. 내가 여길 지키고 있어야 아기가 살 수 있다. 네가 아기와 도망치면 될 거야. 다행히 마축은 첫째만 데려갔고, 둘째는 모른다. 아기를 데려 와라."
유란이 아기를 넘겨주자, 최슬이 끌어안고 통곡했다.
"네 형은 안아보지도 못한 채 빼앗겼고, 너와는 태어나자마자 생이

별이구나."
최슬이 장롱의 패물을 허씨에게 일부 나누어준 후, 유란에게 당부했다.
"피신했다가, 가한이 돌아오신 후 내가 여전히 살아있으면 궁으로 오고,
그렇지 않으면 아기 이름을 최유라 짓고 배를 타고 멀리 속로불사국(速盧不斯國: 마한 54연방 중 하나. 백제 때는 반내부리로 불림/ 현재의 나주 일원)으로 가라."
"마마의 친정이옵니까?"
"아니, 내 친정은 위례성이다. 마축은 널 쫓아 위례성으로 살수를 보낼 것이니 그 틈에 도망쳐야 해."
최슬이 아기 품에 옥으로 만든 쌍(雙) 팔찌를 넣어주며
"훗날, 이 팔찌가 내 아들의 신분을 증명할 게다. 부탁한다. 이 은혜는 죽어서도 잊지 않으마. 가라!"
고 하자, 유란이 절을 올리며 통곡하다 최슬이 보채자 아기를 안고 뛰어나갔다.
최슬이 허씨를 돌아보았다.
"허씨도 빨리 도망치시오."
"세상에 이런 법이.. 마비는 천벌을 받을 겁니다. 마마, 물러가겠습니다."
허씨가 눈물을 쏟으며 떠난 지 1각 후, 살수들이 방문을 차며 들어왔다.
"누구냐!"
하고 최비가 날카롭게 호통을 쳤으나, 그들은 아무런 대꾸도 하지 않았다.

"산파와 유란이 없습니다.."
"도망쳤군! 먼저 저년부터."
하며 한 명이 최비에게 성큼 다가섰다.
최비가
"누가 보냈느냐?"
고 소리치자,
"왕비께서, 출산하느라 고생했다면서 그만 저승에 가서 쉬라 이르셨다"
하며 다짜고짜 최비의 얼굴을 이불로 덮으며 눌렀고, 다른 한 명이 발버둥치는 최비의 다리를 밟았다. 최비는 잠시 후 숨을 거두었다.
그리고
허씨는 미처 궁을 탈출하지 못하고, 의전당 약탕실에 숨어 있다가 살해되었으나,
유란은 사람이 드나드는 궁의 문을 이용하지 않고 정원 숲을 흐르는 시내를 따라가다 성벽 밑 배수구로 탈출한 후, 날항(港)의 변두리로 내달렸다.

마읍상회

십 팔년 후, 남국(國)에서 달항(港)을 경유해 산동 제(齊)나라로 가는 상선(商船)에서, 허리에 검을 찬 소년 무사가 내리고 있었다. 소년은 영준했으나, 어딘지 모르게 차갑고 우수(憂愁)에 찬 모습이었다.
사람들에게 달항시장을 물어본 소년은 곧장 걸음을 재촉했고 이어「마읍상회」라는 기름 가게를 발견하자 잠깐 서성이다 안으로 들어갔다.
상점은 크고 작은 항아리가 가득했는데 항아리에 적힌 품목들을 보니
참기름, 들기름, 콩기름, 옥수수기름, 소기름, 돼지기름, 고래기름, 고등어기름, 정어리기름, 쌀겨기름, 면실유, 호랑이기름, 오소리기름 등 이 세상의 기름이란 기름은 다 있었다. 소년은 조용히 한숨을 내쉬었다.
'기름도 정말 많네. 요리(料理) 할 때 어떤 기름을 치느냐에 따라 맛이 달라진다는 것이겠지. 집에서는 맛도 못 본 것이 대부분이군. 우리 인생(人生)도 좋은 기름을 잘 치면 무언가 맛이 다르겠지 하

하'
그때, 두건을 쓴 점원이 소년에게 다가와
"저.. 무슨 기름을 드릴까요?"
하고 묻자, 소년이 돌아보며
"아, 불만유(不滿油) 님을 뵈러 왔소이다."
라고 답했다.
점원이 소년을 아래위로 살펴보며 물었다.
"누구시라고 전할까요?"
"속로불사국(- 백제 반나부리, 나주)에서 온 최유라 하오."
잠시 후 상체에 호랑이 문신이 가득한 사내가 윗도리를 걸치며 달려 나왔다.
"아이고, 도련님!"
하며 소년을 안내했다. 안으로 들어서자, 정면에 창고들이 보였고 좌우로 여러 개의 방(房)과 부엌이 있었다. 가게 일꾼들의 거처 같있다.
불만유가 깨끗한 사랑방으로 최유(崔遊)를 안내했다.
"어머니께선 안녕하시죠?"
"네, 편안하셔요."
"도련님, 어쩐 일로 갑자기 오셨습니까?"
"어머니께선, 제가 열아홉이 되기 전에는 멀리 여행하는 걸 금하셨어요. 그러나 열여덟이 되고 나니 몸이 근질거려서 더는 기다릴 수 없었습니다. 어머니를 조르고 졸라 겨우 허락(許諾)을 받고 나왔습니다."
불만유가 크게 웃었다.
"도련님, 잘 오셨습니다. 푹 쉬시다 가셔요. 세상 돌아가는 걸 알기에는, 우리 가게만큼 좋은 데도 없습니다. 가가호호와 객잔, 여관, 식당 모두 기름을 먹지 않는 집은 없습죠. 일꾼들이 배달을 나갔다가 소식을 물어오기도 하고, 손님들도 많은 이야길 들려주고 갑니다."
사실, 최유는 어머니에게 기름 사업에 대해서 들어 대강 알고 있었다.
마읍상회의 실제 주인은 어머니였다. 최유가 달지성(城)으로 가겠다고 애원하듯 우기자,
어머니는 뭔 일이 생길지 몰라 십팔 년 동안 가슴 깊이 숨겨두었던 그의 신상에 대해 들려주었다.
"나는 네 생모가 아니다. 너의 어머니는 현 가한의 비빈이셨던 최슬님이며 나는 시녀 유란이다. 비빈(妃嬪)께서는 널 낳자마자 왕비 마축에게 억울하게 죽었으며, 그 길로 나는 너를 안고 필사적으로 도망쳐 여기에 정착했다. 마한국(國)의 세자 맹위는 너의 쌍둥이 형이니라."
그리고 느닷없이 자리에서 일어나
"도련님, 절 받으셔요. 유란입니다."
하며 절을 올리려 하자 최유가 황급히 피했고 한참을 옥신각신하다 최유가
"계속 이러시면 멀리 안식국(國)으로 사라지겠습니다. 그동안 키워주신 어머니의 은혜 잊지 않겠습니다. 소자, 마지막으로 인사 올립니다."
하고
작별의 절을 올리려 한 끝에 결국, 모자(母子) 관계가 유지되었고 그때, 기름가게에 대해 알려주었다.

유란이 최유를 안고 달항을 떠나기 전, 궁(宮)에 기름을 배달해오던 지게꾼 불만유를 찾아갔다.

불만유는 고아로 어릴 적부터 기름 가게에서 배달 일을 하며 살아온 자였다.

유란은 궁(宮)에 들어오기 전, 어린 불만유가 굶어 죽은 자기 동생 같아서 남은 음식과 누룽지를 챙겨주며 잘 대해주었고, 불만유는 친누나처럼 따랐다.

어느 날, 불만유는 고마움을 표하며 유란에게 자기의 꿈을 이야기했다.

"누님, 저는 장차 돈을 모으면 기름가게를 차릴 거예요. 다른 나라의 기름을 들여와 팔고, 또 다른 상인들에게도 팔면 돈을 많이 벌 수 있을 거예요."

살수들을 피해 달지국(國)을 뜨기 전, 유란은 불만유의 말이 떠올랐다.

'패물을 모두 가져가지 않고 여기에 가세를 자려 놓으면 돈도 벌고 정보도 알 수 있으니, 후일 도련님이 장성했을 때 큰 도움이 될 것이다.'

유란은 달항(港)에 사는 불만유를 찾아, 상당한 액수의 패물을 건네주며

"이 돈으로 기름상회를 열고 이익 배분은 내가 6할, 네가 4할로 하자.

상호는 달지성 마읍산(山)의 이름을 따「마읍상회」라 짓고, 상회의 운영은 네가 해라. 1년에 두 번 장사 현황과 이익금(利益金)을 내게 보내주면 된다."

불만유(不滿油)는 평생 품을 팔아도 만질 수 없는 돈을 받고, 뛸 듯

이 기뻐했다.
"저를 믿어주시니 고맙습니다. 열심히 일해서 기름으로 천하를 제패하겠습니다."
불만유는 평소 보아둔 허름한 기름가게를 인수한 후, 기름 짜는 각종 시설을 새로이 갖추고 장사를 시작했다.
마읍상회는 날로 발전하여 5년 후, 달지국의 유통을 장악하고 10년이 지나 마한 최고의 기름집이 되었으며, 지금은 열국뿐 아니라 중원에까지 이름이 알려지게 되었다.
"마읍상회 기름은 맛과 품질이 천하제일이야!"
"마읍유가 안 들어가면 요리가 제 맛이 안나!"

알고 보니 어머니는 대상(大商)이었다. 자기의 출생에 얽힌 비극적인 사연에,
최유는 강호를 유람하려던 생각이 싹 사라졌고 머리가 텅 빈 상태로 골방에 처박혀 석 달을 보냈다. 그리고 한동안 들과 산악을 돌아다니며 우울한 마음을 달래다, 조마조마한 마음으로 지내고 있는 어머니에게 말했다.
"모든 걸 희생하고 평생을 바쳐 키워주신 어머니께 깊이 감사드립니다. 저의 나이 십 팔세, 이제부터 사나이 대장부로서 행동할 것입니다.
들려주신 말씀 뼈에 새기고, 앞으로의 일은 제가 알아서 잘 처리하겠습니다."
떠나기 전, 어머니가 한숨을 내쉬며 말했다.
"강호유람을 하겠다니 더 이상 말릴 수가 없구나. 다만 도성에는 너

의 쌍둥이 형이 있으니, 태자와 똑같은 너를 보면 마비가 가만두지 않을 게다. 안전을 위하여 역용(易容)을 하고 가면 좋을 것 같은데..”
최유가 놀라
"역용이라뇨?"
하고 물었다.
"용모를 바꾸는 것이다. 신녀국은, 신녀들이 수행 차 세상에 나갈 때,
색마(色魔)들의 눈을 피하기 위해 남자 얼굴로 바꾸는 역용술이 발달했다. 궁(宮)에 있을 때, 나를 어여삐 보신 신녀국에서 오신 신녀님께 「인피면구를 만들어 얼굴을 바꾸는 술법」을 배운 적이 있다.”
며 전해준 술법을 꼬박 1개월을 연구한 후, 직접 역용을 하고 집을 나섰다.

최유는 불만유로부터 달지성(城)의 소식을 자세하게 들은 뒤 말했다.
"아저씨, 제가 여기에 있으면 장사에 방해만 되고 저도 불편하니, 객잔이나 여관을 찾아 자유롭게 지내겠습니다. 가끔 연락드릴 게요”
하고 마읍상회를 나왔다.

배옥

다음날 최유는 성을 돌아보았다. 본래, 백아궁(宮)은 단제의 행궁(-별궁)이었는데, 조선이 삼한관경제(三韓管境制: 3조선 제도)를 실시하면서 마한의 왕궁이 되었다.

백아궁에 온 최유는 안으로 들어갈 수 없어 담장을 돌아보거나, 멀리 지대가 높은 곳에서 하늘에 닿을 듯 솟은 수많은 전각들을 보았다.

건물들은 상아(象牙)로 지어져, 마치 천신(天神)들이 사는 궁전 같았다.

여기저기 다니며 구경하다 보니 어느새 오시(午時: 오전 11시 반)가 지났다. 배가 출출해진 최유는 낭림객잔이라는 곳에 들어가 2층으로 올라갔다.

창가에 앉은 최유는 창으로 들어오는 바람과 거리의 풍경이 시원했다.

이어, 음식이 나와 젓가락으로 손을 뻗던 최유는 갑자기 거리가 환해지는 걸 느꼈다.

아래를 보니 말을 탄 아름다운 소녀가 몸종으로 보이는 여자와 도란도란 이야기를 나누며 지나가고 있었는데, 옷 입은 태(態)를 보니 귀한 집 아씨 같았다.
왼손에 쥔 말고삐가 움직일 때마다, 연(蓮) 뿌리 같이 하얀 손목의 비취색 팔찌가 햇빛 속에 영롱(玲瓏)한 빛을 신비롭게 뿜어내고 있었으나, 최유는 그녀의 샛별 같은 눈에서 알 수 없는 그늘을 느꼈다.

하늘의
선녀도
저리 고울까

아미에
깃든
그늘조차
아름다워

나비도
꽃도
새도
다
돌아보니

말도
목을 빼고

뽐내며
당당히 걷네

최유는 저토록 고운 여인은 자기가 살던 속노불사국에선 본적이 없었다.
'나의 생모(生母)도 매우 예쁘셨다고 하던데, 저 정도였을까?'
하던 최유는, 그녀가 이내 지나가버리자 내심(內心) 서운했다. 그때, 뒤에서 상인들의 이야기 소리가 들려 귀를 기울여 보니, 멀리 번조선 왕검성(王儉城)에서 온 상인들이었다. 나이는 사오십 대로 보였다.
"마한의 가한 맹가유가 낭림산(山)에서 사냥을 하다가 낙마(落馬)해 정신을 잃은 후, 식물인간처럼 누워 있은 지 벌써 5년이 넘는다더군."
"호, 그런 일이? 백성들은 전혀 모르고 있던데.."
"왕비가 일체 비밀에 붙여, 그 사실을 아는 자가 드물다네. 어제, 내노라 하는 달지국 객상들과의 술자리에서 들었어. 그들도 쉬쉬하더군."
"그럼, 정사는 누가 봅니까?"
"마비가 섭정을 한다더군.."
"왕자는요?"
"맹위 왕자는 용가에 유학을 가 있어, 마비가 실권을 쥐고 있다더군."
최유는 크게 놀랐다.
'가한이라면 나의 아버지! 내 신분을 찾고 어머니의 원수를 갚는 일

이..!'

쓸쓸해진 최유는 마읍산 소도에서, 돌아가신 어머니께 향(香)을 올릴 생각으로 객잔을 나섰다. 두 시진(- 4시간) 후, 마읍산 지경에 들어섰다.

마읍산..

태고 적부터의 원시림이 가득했고 멀리서 이따금 구관조(九官鳥)의 울음소리가 들려왔다. 소도로 향하는 길가에 수많은 솟대가 서 있었는데, 솟대 끝에는 별의별 새들이 다양한 동작으로 날개를 펴며 금방이라도 날아오를 듯 조각되어 있었다. 옛날 조이시대(鳥夷時代)에 세워진 솟대라는 행인의 말에, 최유는 넋을 잃고 한참을 바라보았다.

더 들어가니 소도의 정문 좌우로, 처음 보는 아홉 마리의 신조(神鳥) 조형물이 두 줄로 세워져 있었는데, 신조들이 모두 입을 벌리고 있어 자세히 살펴보니 신조(神鳥)들 자체가 하나하나 악기(樂器)였다.

조형물의 꼬리 쪽 구멍에 바람이 들이치면 새소리가 나는 구조였던 것이다.

최유가 신기해서 한참을 들어보니, 몸에 흘러든 바람의 양에 따라 아홉 마리의 새가 각기 다른 소리를 내며 천상계(天上界)에서나 들어 볼 화음(和音)이 흘러오고 있었다. 말 그대로 새들이 합창이었다.

귀운도사

그는 철질(鐵疾)이라는 본명을 감추고 도사 행세를 하는 자로, 누구보다 색(色)에 정통했고 간계와 사기에 능했다. 과거, 부녀자들을 능욕한 죄로 도망치다 언진산맥의 풍연계곡으로 들어섰는데, 우연히 발에 차인 항아리에서 고대의 마공(魔功)이 적힌 귀운경(經)을 발견했다.
철질은 감격하여 죽기 살기로 십 년을 수련했다. 귀운경은 가달마황의 부하, 흑무 귀운공(鬼雲公)이 무공과 각종 술법을 적어놓은 마경이었다.
귀운공은 말로 표현하지 못할 정도의 악행을 저지르고 다니다, 4대 신장 운사를 해하려 하였으나, 역으로 운사(雲師)에게 죽임을 당한 자였다.
운사는, 귀운(鬼雲: 귀신 구름)으로 대기의 수기(水氣)를 흡수하여 가뭄이 들게 하는 귀운공을 제거하고 그 시체를 불태워 광야에 뿌렸다.
귀운공의 유품(遺品)을 발견한 철질은 항아리를 끌어안고 부르르 떨었다.

'운사의 무려선문을 궤멸시켜 한을 풀어드리겠습니다. 이 맹세를 어길 시, 저는 벼락을 맞을 것입니다.'
하고
맹세한 철질은 뼈가 부서지도록 수련을 했다. 그 후 마공을 터득한 철질은 귀운도사로 행세하며, 무공에 소질이 있는 진초, 상관, 초달과 흰개미라는 여아를 제자로 받아들인 후 달항으로 왔다. 이어 육손파(派)가 운영하는 도박장을 강제로 빼앗아 시월루(樓)로 바꾼 후 달지국과 달항 인근의 파락호들을 끌어들여 세력을 키워가고 있었다.
어느 날, 마한의 묘향산 난조관을 장악할 목적으로 제자들을 이끌고 묘향산맥 일대를 살펴보고 돌아오던 중, 마한산(山) 부근에서 기 막히게 아름다운 소녀가 시녀 한 명만 데리고 소도로 가는 것을 보았다
색이라면 사족을 못 쓰는 귀운은 순간 머리가 마비되며 가슴이 답답해졌다.
'허어! 평생 처음 보는 미인이로고. 흐흐흐.. 저것을 얼른 잡아야겠다.
오늘 아침 「가달점(占)」에 길한 일이 생길 거라 했는데, 바로! 저것에게 나의 씨를 받게 하면, 장차 잘생긴 마왕(魔王)이 태어날 것이다.'
마침 지나가는 자가 있어 누구인지 물어보니
"읍차 배항의 딸, 배옥과 몸종 욱면입니다. 소도에 참배하러 가끔 온답니다."
달지국(國)에서 그동안 이름을 들어본 적 없는 흔하디흔한 읍차였다.

'무명(無名)의 읍차..!'
귀운은 쾌재를 부르며 진초에게 지시했다.
"흐흐. 계집을 조금도 흠집 내지 말고 온전하게 데려와라. 내 곁에 시비로 둘 것이다."
간계가 뛰어나 신임이 두터운 진초는 벌써부터 눈치를 채고 있었기에
"옙!"
소리와 함께 초달과 흰개미를 이끌고 배옥을 앞질러 소도로 달려갔다.
귀운은 상관만을 데리고 시월루(樓)로 돌아갔다. 마읍산 소도는 참배객이 없어 한적했고, 도인들도 대부분 수행에 들어갔는지 신전을 관리하는 몇 명을 제외하곤 보이지 않았다.
진초는 빨래 줄에 걸린 도포를 훔쳐 입고 배옥이 나타나기를 기다렸다.
얼마 지나지 않아 도착한 배옥이 태시전(- 환웅전), 웅녀전, 대숭전(- 단군전)을 거쳐 칠성전(殿)에 기도를 올렸다. 진초는 칠성전 옆 다실을 찾았다. 다실은 참배 온 사람들이 잠시 쉬어가는 곳이었는데,
진초가 문을 확 열고 눈을 까뒤집으니, 매부리코의 좌우로 찢어진 녹색 독사(毒蛇) 눈에 겁을 먹은 참배객들이 슬금슬금 자리를 비웠다.
이어, 초달이 차를 끓이고 있던 접객 도인의 마혈을 찍어 구석으로 내던졌고, 품에서 미혼약을 꺼낸 진초가 차(茶) 주전자에 쏟아 부었다.
그리고 흰개미에게 해약(解藥) 한 알을 건네며 미리 삼키도록 했다.

"흐흐, 멧돼지도 사흘은 못 움직.. 아니, 냄새만 맡아도 정신을 놓을 게야."
얼마 후, 기도를 마친 배옥이 칠성전에서 나오자, 신녀 차림을 한 흰개미가 말을 건넸다
"아씨, 수고하셨어요. 참배를 모두 끝냈으니, 차 한 잔 들고 가셔요."
배옥이
"처음 뵙는 분이군요."
라 하자
"전, 사흘 전 묘향산(山)에서 내려온 백씨입니다. 선사님이 소도에 일손이 부족하다며 참배객(客) 접대를 좀 도와 달라고 하셔서 왔어요."
라고 답했고, 배옥은 의심 없이 흰개미를 따라 다실로 들어갔다. 다실에도 못 보던 도인이 있었다. 다기를 다루고 차를 우려내는 솜씨는 노련했으나, 인상이 부드럽지 않아 망설이는 배옥 앞으로, 흰개미가 세 개의 잔과 다관(茶罐: 차 주전자)을 쟁반에 받쳐 들고 나왔다.
순간, 문간에 발을 들여 놓은 심정이 되어버린 배옥이 엉거주춤 자리에 앉자, 배옥의 경계를 눈치 챈 흰개미가 차(茶)를 가득 따른 후, 잔을 들고 향(香)에 취한 듯 고개를 저으며 천천히 차를 들이켰다.
"혹, 바이칼선문에서 가져온 천지화차(天地花茶)라고 들어보셨나요?"
"천지화차!"
바이칼선문의 차는 귀한 차였다. 북해의 바람과 안개 속에서 이슬을 먹고 자란 차(茶)로 고대 선인들이 마시던 차가 아닌가. 두 사람이

차를 한 모금 마시자, 갑자기 흰개미가 얼굴을 가까이 들이밀며
"기도를 오래 올리시던데 어떠셨나요? 칠성님이 답을 주시던가요?"
하고 물었다.
배옥이 흰개미의 무례함에 놀랐으나 그녀의 요사한 눈이 자기의 동공을 훑는 걸 느끼는 순간 잔을 떨어뜨리며 정신을 잃었다. 옆의 시녀도
"꽈당!"
하고 뒤따라 쓰러졌다. 주방에서 뱀눈을 뜨고 배옥을 지켜보던 진초가
"까까까까"
하고 웃자
흰개미도 호호호호 웃으며, 두 사람을 말 등에 던지듯 싣고 자리를 떴다.

잠시 후, 소도에 들어오던 최유의 눈에 「세 명의 도인이 거칠게 말을 달리며 짐이 실린 말을 끌고 가는 모습」이 들어왔다. 뒷골목에서나 볼 사나운 기세에 눈썹을 찡그릴 때, 짐짝을 덮은 거적이 바람에 날렸다.
순간, 축 늘어진 손과 환영과도 같이 반짝이는 팔찌를 본 최유의 뇌리에, 낭림객잔에서 본 비취옥팔찌 소녀가 스치고 지나갔다. 평온했던 자기의 가슴에 파문(波紋)을 일으킨 그 아름다운 여인이 분명했다.
잠깐 사이에 말들이 멀어지자, 최유는 즉시 말을 타고 그들을 쫓았다.

5리를 달리자 멀리 앞쪽에서 놈들이 노닥거리며 천천히 가고 있었다. 여인들을 싣고 빨리 달릴 수는 없었을 것이다. 진초, 흰개미, 초달은 말이 달려오는 소리 듣고 돌아보았으나, 뒤에 오는 자는 추격해올지도 모르는 소도 도인이 아니고 소년이어서 행인으로만 알았는데, 놈은 자기들 가까이에 이르자 노골적으로 속도를 줄이며 따라붙었다.
초달은 허여멀겋게 생긴 놈이, 말 엉덩이의 파리처럼 끈덕지게 달라붙자
"칵!"
하고 누런 가래를 뱉었다.
"애송이가 신경을 건드네."
그때
"내 동생 삼고 싶은데?"
하고 흰개미가 중얼거리자
"뭐?"
평소, 사매를 마음에 두고 있던 진초가 말을 멈추고 소년을 기다렸다. 그것을 본 소년도 말을 멈추어 서자, 진초가 인상을 쓰며 꽥 소리쳤다.
"우리 뒤에 붙지 말고 빨리 가라! 계속 따라오면 목을 꺾어버리겠다."
"……"
그러나 소년은 멍하니 하늘만 볼 뿐 진초의 호통을 못 들었는지 말이 없었다.
진초는 잠깐 흘겨보다 돌아섰는데 소년이 또 다시 따라 움직이자, 이놈- 하고 소년의 목을 베어갔다. 인내심이 바닥난 진초의 칼이

소년의 목으로 훅 날아들었다.
'저 무지막지한 칼을 어떻게'
하며
흰개미가 탄식하는 순간, 거짓말처럼 칼을 피한 소년이 진초를 걷어 찼다.
"컥!"
하며 진초가 마하(馬下)에 나뒹굴자, 흰개미와 초달은 안색이 하얗게 변했다.
사형은 달지국의 알아주는 고수였다. 사형이 아무리 방심했다 하나, 소년은 실력을 감춘 고수였던 것이다. 그들은 즉시 최유를 협공했다.
"훅, 캉!"
좌우로 날아든 칼을 막으며 말에서 내린 최유가 베고, 차고, 막고, 찌르고 후려치며 날자, 흰개미가 허리를 꼬며 간드러진 목소리로 물었다.
"내 이름은 흰개미, 동생 무공이 대단해. 달지국엔 처음인 것 같은데, 이름은 무어고 사부는 누구인지, 이 누나에게 말해줄 수 있을까?"
최유에게 눈을 곱게 뜨려 애쓰는 흰개미에게
"귓구멍을 크게 후비고 잘 들어라. 나는 최유라고 한다. 감히, 국법을 어기고 소도에서 여인들을 납치하다니. 내 너희들을 두고 볼 수 없다!"
하고 발을 내딛자, 어느새 흰개미의 머리 위로 검(劍)이 번득였다. 발보다 먼저 도착한 검에 흰개미가 놀랄 때, 초달이 최유의 허리를 베어가자

최유의 검이 빙글 회전하며 초달의 칼을 막았다. 간결한 수비였으나
"캉!"
소리와 함께 철벽을 때린 듯 초달의 손아귀가 찢어지며 칼이 부러졌다.
놀란 초달이 나동그라지며 흰개미와 허둥지둥 진초를 들고 내뺐다.
최유가 소녀와 시종이 걸쳐진 말을 향해 걸음을 옮길 때, 티끌을 일으키며 일곱 필의 말이 속속 들이닥쳤다. 선두의 청의도인이 포권을 취했다.
"저는 소도의 맏도비 설동(說東)이라고 합니다. 아씨를 구해주셔서 감사하오이다. 소협께서는 어떻게 알고 두 분을 구하게 되신 겁니까?"
최유가 두 손을 모아 예를 취했다.
"속로불사국의 최유입니다. 소도에 들어가다, 말 등의 거적 밑으로 여인의 손목이 보여 따라왔습니다."
설동이 배옥과 몸종이 맥을 짚으며
"미혼약에 당해 상태가 좋지 않으니, 빨리 해약을 먹여야만 합니다."
말하고 최유와 함께 소도로 발길을 돌렸다. 돌아오는 동안 설동은 최유가 격퇴한 세 명 가운데 하나가 흰개미라는 사실에 깜짝 놀랐다.
"그들은 시월루(樓) 소속으로, 귀운도인의 사간(四奸)이라는 제자들입니다.
귀운도인은 무공이 높고 조정의 대신들과도 내통하고 있어 건드리기 어려운 잡니다. 그들과 척을 졌으니 앞으로 그들을 주의하셔야 합니다."

소도에 도착한 설동이 배옥과 욱면을 객방에 들이자, 의녀(醫女)들이 침을 놓고 약을 먹였다. 그 사이, 최유는 설동을 따라 소도를 돌아봤다.

달지국은 마한의 도성이기에, 소도는 그만큼 웅장했다. 신전마다 신령한 기운이 가득하고 향화(香花)가 제단마다 수북했다. 최유가 물었다.

"먼저, 대선사님께 인사를 올려야 하지 않을까요?"

"소협, 저의 스승 백우선사(白牛仙師)선사께서는 지금 봉래산에 가계십니다."

라고 답한 설동이 최유를 가선당(堂)으로 안내했다. 가선당은 맏도비가 거처하는 곳이었다. 설봉이 배옥 소저(小姐: 아가씨)에 관해 말했다.

"소저는 읍차 배항의 따님인데, 아버지가 왕비 마축에게 매를 맞고 비리국 남해도(島)에 유배 중이라 자주, 부친의 안녕을 기도해왔습니다."

설동과 최유가 이런저런 대화를 나누고 있을 때 도동(道童)이 달려왔다.

"배옥 소저가 깨어나셨습니다."

두 사람은 일어나 후원으로 갔다. 배옥이 설동을 보자 인사를 올렸다.

"맏도비님, 저희들을 구해주셔서 감사합니다."

설봉이 손을 저었다.

"은인은 제가 아닙니다. 시월루(樓)의 악한들에게 납치된 소저를 소협께서 구해드린 겁니다."

놀란 배옥이 최유를 향해

"소협, 정말 감사합니다. 소녀, 이 은혜 죽을 때까지 잊지 않겠습니다."
하며 허리를 깊이 숙였다.

배옥은 얼추 해독이 되었으나, 소도에서 하루 더 요양한 후 최유의 호위를 받으며 성으로 돌아갔다. 달지성(城)이 가까워지자 최유가 말했다.
"소저, 여기에서 헤어져야 할 것 같습니다. 저는 속로불사국에서 왔습니다. 마한의 이곳저곳을 여행하고 있어 머무는 곳이 일정치 않습니다.
혹, 저의 도움이 필요한 일이 생기면 「달항시장」의 마읍상회에 오셔서 속로불사국(國)의 기름을 몇 병 주문한다고 몇 자 적어놓으십시오."
짧은 시간이었지만, 배옥은 무무를 겸비한 최유의 기품에 마음이 흔들리고 있었기에, 느닷없는 작별 통고에 가슴이 덜컥 무너져 내렸다.
여자의 몸으로 내색하고 만류하긴 어려웠으나, 배옥은 헤어지기 싫었다.
부친이 유배를 가자, 교류하던 지인들이 거의 발길을 끊은 상태였기에,
모두 마비를 두려워한다는 걸 알고 외로웠던 배옥은 위기의 순간, 자길 구해준 미소년 최유에게 빠져드는 것은 지극히 당연한 일이었다.
배옥은 은인에게 식사라도 대접할 요량으로 어찌 말할까 고민하고

있었는데 최유의 느닷없는 이별 통고를 받자, 일순(一瞬) 크게 당황했다.
"소협, 저의 집에서 식사를 모시고 싶습니다."
최유가
"감사합니다만, 소저의 댁은 기억해두었으니, 언제 기회가 되면 들르겠습니다."
고 하자, 배옥은 기약(期約) 없는 말에 마음이 아팠으나 어쩔 도리가 없었다.
"아……네"

마읍상회로 돌아간 최유가 그동안의 일을 얘기하자 불만유는 크게 놀랐다.
"달지의 무인들은 귀운파와 시비에 휘말리지 않으려 합니다. 그런데 도련님이 진초, 초달을 다치게 했으니 곧 회오리가 불 것입니다. 도련님은 여기 오지 마시고 객잔에 머무십시오. 연락은 제가 하겠습니다."
"네, 그런데 아저씨가 은밀하게 몇 가지만 알아봐 주셨으면 합니다."
"……"
"시월루(樓)와 백아궁(宮)에 관한 정보를 좀.."
"알았습니다."
"전, 그동안 신소도국(- 서산 태안지역의 소국)에 가볼까 합니다."
"그곳에 무슨 일이?"
"지난 해 10월과 금년 5월 가한 주관의 묘향산 천제에 마한 54국

중(中) 신소도국 마힐선사만 계속 참석하지 않았다고 합니다. 설동님으로부터 신소도국에 무슨 일이 있나 알아봐 달라는 부탁을 받았습니다."
"오.. 소문과 달리 가한이 아프지 않으신 모양이군요."
"아닙니다. 가한은 참석하지 않았고 재상이 나와 대신 천제를 올렸다고 합니다."
"왕이 올리는 천제에, 소도의 선사가 불참 했다면 뭔가 잘못된 게 틀림없으나, 그 일은 선관이 알아보거나 백우선사가 할 일 아닙니까?"
"사정이 있더군요. 백우선사도 2년 전 봉래산에 간 후, 돌아오지 않는 마당에, 마비가 선인들을 멀리하고 괴이한 법술가들을 가까이 하기에, 설동님은 언제 뭔 일이 터질까 두려워 소도를 떠날 수 없답니다."

신소도국(國)

소태 항구에서 하선(下船: 배에서 내림)한 최유는 가까운 마(馬)시장에서 눈망울이 초롱초롱한 과하마를 발견하고 저도 모르게 한 발 다가섰다.

과하마(果下馬)는 작지만 산악지대를 잘 달리는 강인한 말로 진한, 번한에서는 흔히 볼 수 있으나, 마한에서는 보기 힘든 종자였다. 녀석은 온통 검은 빛깔에 네 개의 발목만 설산의 눈처럼 하얀 놈이었다.

아직 다 자라지 않은 듯, 송아지 같은 눈으로 최유를 보며 앞발을 드는 모습이 매우 귀여웠다. 자기를 마음에 들어 한다는 걸 느낀 것일까, 갈기를 쓰다듬는 최유의 손에 얼굴을 부비며 바짝 안겨들었다.

장사로만 이골이 난 주인은 최유의 표정을 벌써부터 알아채고 있던 터라, 시세의 두 배나 불렀으나 최유는 흡족한 심정으로 두말없이 돈을 지불했다.

"너의 이름은 이제부터 흑풍(黑風)이다, 검은 바람이라는 뜻이니라."

순간

"히히이이이이이이힝.."

하고 흑풍이 마시장을 둘로 쪼갤 듯한 소리를 내며 두 발로 일어섰다.

힘찬 파공음이 사람들의 고막을 때리며 쩌르릉 울려 퍼지자, 모두들 귀를 막았고, 수백 마리의 말들도 크게 놀라 우르르 자리를 맴돌았다.

최유는 땅을 박차고 앞발을 높이 쳐든 흑풍이 여간 씩씩해 보이지 않았다.

흑풍도 새 주인이 마음에 든 모양이었다. 흑풍에 오른 최유가 황혼에 물든 해안을 구경하다 신소도국의 국읍(國邑) 기성(基城- 서산)을 향했다.

신소도국은 기후가 좋고 강수량이 많아 농업이 발달했다. 최유는 이리저리 흐르는 개천과 들판에 가득한 벼를 보며 가슴이 저절로 벅차올랐다.

'음, 여기도 우리 속로불사국 못지않게 비옥하군!'

그러나 다 좋은 것만은 아니라는 이야길 들었는데, 신소도국(國: 성읍 국가)은 무역선이 오가는 해로에 항구가 있다 보니 해적들이 출몰한다고 했다.

해적들은 상선을 공격하기도 하고, 수시로 육지에 올라 약탈을 자행한다고도 했다.

신소도국은 마한에서 달지국(國)의 마읍산 소도 다음으로 큰 소도(-제6 대 달문이 세움)가 있어, 사람들이 많이 찾는 곳이었다. 달문단군은 신지, 발리를 시켜 서효사(誓効詞)와 진단구변도(震檀九變圖)를 짓게 하신 분이다.

느긋하게 구경을 하다 성문(城門)이 닫히기 직전, 기성(- 서산)에 들

어온 최유는 사람들이 붐비는 백화객잔에 들어 이곳의 정보를 얻을 생각이었으나
객잔 주인이나 노복들 모두, 소도 사정에 대해 아는 것이 별로 없었다.
그리고 식당에 눌러앉아 귀를 쫑긋 세우고 아무리 들어봐도 별 다른 소식이 없었다. 최유는「내일 소도에 가보면 알겠지」하고 잠을 청했으나 잠이 오지 않아, 반 시진(- 1시간)도 못되어 벌떡 일어났다.
'야시장이나 구경해야겠다.'
최유는 주인에게 지리(地理)를 물어 본 후, 어슬렁어슬렁 성내를 돌아보았다.
가게들이 밀집한 시장은 달지국 시장 못지않게 번화했다. 하얀 달빛 아래 군데군데 대형 횃불이 타오르며 시장 전체를 환하게 밝혀주고 있었다.
넓고 둥그런 시장의 중앙에 만들어진 무대 위에서 악공의 반주에 맞추어 소리꾼이 목을 놓아 소리를 하고 있었고, 평상 앞에 자리한 사람들이 공연을 보며 술과 음식을 먹고 있었다. 그들은 상인이나 가족, 벗들로 보였는데, 보고만 있어도 정겨운 모습이었다. 노래하는 사람은 오십 초반의 남자였고, 좌우의 소년소녀(少年少女)가 북을 치고 공후(箜篌: 하프 비슷한 악기)를 켜며 흥을 돋구어 주고 있었다.
여러 나라를 다니며 소리를 들려주고 삶을 꾸려가는 재인으로 보였다.
그가 마한과 옥저, 조이(鳥夷)시대의 역사를 구성지게 들려주고 있었다.

"허~그때!"
"뚱-- 땅!"
"얼씨~구!"
그의 입담에 사람들이 왁자하니 웃다가 문득 울기도 하며 박수를 쳤다.
"그려!"
흥겨운 이야기에 밤이 깊어가자, 최유는 홀로 계신 어머니가 떠올랐다.
'나도 언제고 어머니 모시고 여기 한 번 와야겠다.'
하며 빈자리를 앉은 최유가 탁배기 잔에 술을 가득 따를 때, 뒤편에서
"쌍악! 벌써 세 동이야. 그만 가자. 더 늦었다간 흑부리님에게 혼나."
"지지, 너무하는군. 이런 기회가 어디 자주 있겠나? 이제야 목구멍에 기별이 가기 시작하는데."
"추추, 탐매도 얼른 일어나!"
최유가 보니 도인들이 술을 먹고 있었는데 험악한 인상과 상(床) 옆에 걸쳐진 칼과 창으로 보아, 도포만 걸쳤지 영락없는 무뢰한들이었다.
잠시 후, 네 사람이 일어나자 최유는 가만히 뒤를 밟았다. 서두르진 않았으나, 성큼성큼 나아가는 경신술(輕身術)이 상당한 실력의 소유자들이었다. 그들은 신전소도가 있는 팔봉산(山)으로 가는 듯 보였다.
'팔봉산 소도의 도인들..?'
한참 후, 그들은 팔봉산에 도착했다. 설동에게 듣기를, 팔봉산은 봉

우리가 여덟 개여서 팔봉산이며, 소도는 달문봉(峰) 아래 있다고 했다.
달빛 아래 나타난 소도는 소문대로 웅장(雄壯)했다. 2백여 도인이 수도하고 있다는 말이 수긍이 갔다. 그때, 도인들은 솟대들이 서 있는 정문을 두고, 소도의 뒤로 돌아 가파른 산길을 타고 오르기 시작했다.
2각이 지나 십오 장 높이의 암벽과 건물이 보이자, 지지가 돌을 던졌다.
"툭!"
소리가 나자 건장한 체구의 사내가 나타나 밧줄을 내렸고, 네 도인은 익숙한 듯 줄을 타고 척척 오르며 달빛 너머로 하나 둘 사라져 갔다.

잠시 후, 고양이처럼 도약한 최유가 벽면(壁面)을 타고 오르기 시작했다.
검지 한 마디의 이분지일에 불과한 돌출부위를 손가락으로 당기며 평지를 걷듯, 절정의 벽호공(壁虎功: 도마뱀붙이가 벽을 걷는 듯한 무예 / 壁虎- 도마뱀붙이. 도마뱀과 비슷한데 좀 더 작은 것)을 펼치고 있었다.
이윽고, 절벽 끝에 손을 건 최유가 날아오르며 측백나무 뒤로 숨었다.
야조(夜鳥)와도 같은 몸놀림이었다. 끌고(-引) 때리는(-打) 지법(指法: 손가락 무술)과 조화를 이룬 경신술의 극치를 보여준 것이다. 달빛을 피해 최유가 다음으로 몸을 날린 곳은 가까운 건물의 처마 끝이었다.

순간, 박쥐처럼 처마 밑에 매달린 귀에「지지」라는 자의 목소리가 잡혔다.

"사부님, 밀정들의 보고에 따르면 신지(- 신소도국國 영주) 주이영 부부가 사흘 뒤 딸의 쾌유를 비는 제를 올린답니다. 이번에 신지 부부를 없애고 저희 서해사흉(西海四凶)이 관저를 차지하면 어떻겠습니까?"

"사부? 뭔 개소리! 난, 소도의 흑부리 선사다. 한 번 더 입방정을 떨면 목을 비틀어 버리겠다!"

"선사님, 죄송합니다. 조심하겠습니다. 철썩, 철썩!"

하고 제 손으로 자기 뺨을 때리는 소리가 들렸다. 흑부리의 질책이 이어졌다.

"더 때려!"

"예! 철썩, 철썩, 철썩, 철썩!"

"골통에 문신처럼 새기고 기억해라. 내가 미힐을 없애고 이 자리에 오르는 데 걸린 시간이 3년이다. 주씨를 죽이려했으면 진작 없앴을 터, 일을 도모하려면 멀리 봐야 한다. 신지를 내 편으로 만드는 게 우선이다.

그때 비로소 너희들도 관직을 갖게 될 것이며, 나는 여기를 기점으로 여러 나라를 정벌해 가달마황님의 유지(遺旨)를 이어갈 것이니라."

는 말에 추추가

"헉!"

하면서 흥분했고

"그럼, 저희같이 무식한 놈들도 읍차, 선관이 될 수 있다는 말씀입니까?"
하고, 사흉 중(中) 또 다른 자가 흥분하며 물었다.
"왜 아니겠냐? 탐매야"
"헉, 감사합니다! 히히!"
"목숨을 바치겠습니다!"
지지가 물었다.
"선사님, 주이영 부부를 어떻게 우리 편으로 만들 생각이십니까?"
"그의 딸은 병이 걸린 게 아니고 독에 중독된 거다. 그녀의 병을 치료하는 척하며 신지 부부도 독으로 손아귀에 쥘 생각이다. 흘흘흘흘."
사흉이 감탄했다.
"네! 귀신도 속을 계책입니다."
쌍악이 물었다.
"저희가 할 일은 무엇입니까?"
"흐흐흐.."
그때부터 말소리가 작아지며 들리지 않았다. 최유는 믿어지지 않았다.
'흑부리는 가달성 흑선! 어떻게 마힐선사를 없애고 저 자리에 앉았을까?'
최유는 객잔으로 돌아오며 생각해보았으나, 아무리 생각해도 알 수 없었다.

작년 봄, 신지 관저 후원의 담장 밖으로, 허리가 심하게 굽은 백발의 노파가 한 손에 커다란 보따리를 들고 소리를 지르며 지나가고 있었다.
"비녀, 댕기, 연지, 바늘, 실, 가위! 모두 왕검성(城) 겁니다!"
힘이 들었는지, 노파는 가다서다 숨을 몰아쉬며 담장으로 돌아오길 종일 반복했는데, 황혼 무렵 드디어 후원 문이 삐걱 열리고, 한 시녀가 불렀다.
"왜 가지 않고 이 앞에만 있는 거에요? 할머니, 안으로 들어오세요."
"에고, 부자 집 아니면 어디 가서 팔겠수?"
노파가 시녀를 따라 들어가자, 마루 위에 열두 살 남짓의 소녀가 기다리고 있었다. 소녀는 신지의 딸 주람이었고, 시녀는 주람의 몸종이었다.
"여기 올라오서요."
노파가 마루에서 보따리를 풀자 화려한 비녀, 댕기, 연지, 분, 바늘, 골무, 실, 가위, 빗 등이 쏟아졌다. 주람이 눈을 크게 뜨며 정신없이 구경했다.
"어머, 예뻐라."
시녀가 말했다.
"아씨도 참.. 다 집에 있잖아요."
노파가 말했다.
"신지님 따님이시라면, 구경만 하시고 안 사셔도 돼요. 얼마든지 보셔요."
"정말?"
"암요! 이리도 고운 아가씨가 즐거워하시니, 할망구도 없던 힘이 생기네요."
시녀가 입을 쭉 내밀며 말했다.

"치.. 아씨, 댕기나 사셔요."
"댕긴 있어, 빗을 살래."
주람이 녹색 빗을 들자
"아씨, 눈이 높으시군요! 그건 서역 물건인데, 오가(五加) 공주님들도 많이 사셨어요."
하며 노파가 열 닢이라 하자, 주람이 주머니에서 돈을 꺼내 지불했다.
"아씨, 더 필요한 건 없으셔요?"
"됐어요. 마님께서 아무도 들이지 말라 하셨는데.. 마님이 아시면 혼나요."
시녀가 노파를 내보냈고, 그리고 얼마 후 주람은 고열에 시달리다 자리에 누워 일어나지 못했다.
신지는 의원과 소도의 의선(醫仙)까지 불렀으나 병은 갈수록 깊어졌고 얼마 살지 못할 것만 같았다. 신지가 딸에게 정신이 팔려 정무를 들여다보지 못하는 날이 길어지자, 관청은 자연 기강이 허물어져 갔다.
그 후,
"마님, 계불(- 목욕재계하고 不淨부정과 살을 품) 의식을 올리시는 건 어떨까요? 백성들도 소도에서 계불을 행하고 환후가 좋아진 일이 많답니다."
는 시녀의 건의에 부인이
"오, 그래 좋은 생각이다."
하며
"나리, 우리.. 소도에 가서 주람을 위해 계불 제(祭)를 올리도록 해요."

말하자 주이영이 고개를 끄덕였다.
"내일과 모레는 중요 정무를 보고 사흘 뒤에 가기로 합시다. 번거롭게, 소도에 연락하진 말고 정성스럽게 준비해서 간소하게 치릅시다."

최유는 다음날 객잔에서 차(茶)를 마시며 골똘히 생각했다.
'신지를 찾아 어제의 일을 말해주고, 소도에 가지 말라고 해야? 아냐.. 이곳에 살지도 않는 자의 느닷없는 말을 덥석 믿어줄까? 어쩌면 신지는 만나지도 못하고 주변의 못된 자들 농간에 당할지도 몰라.
실수하면, 악인들이 깊이 숨을 수도 있어. 사흘 뒤, 소도에서 돕는 것이 좋을 듯..'
그때 상인 여섯이 들어왔다. 복장으로 보아, 북쪽 지방의 사람들 같았다. 그들은 자리에 앉자마자 객잔이 떠나갈 정도로 왁자하게 떠들었다.
중년 상인이 한숨을 쉬며 말했다.
"어휴, 큰일 났네. 소태홀 포구에 해적들이 나타났다니, 언제 배를 타지?"
"소태홀 촌간(村干: 촌의 우두머리)이 싸우고 있다니 곧 물러가겠지."
"물러가?
그 악명 높은 문어방(幇) 놈들이라 하던데! 놈들이 쓸고 간 곳은, 먼지 하나 남지 않는다고 목양성 양민들이 거품을 무는데, 사람들은 그리 심각하게 생각하지 않더군.
문어방엔 고수들이 많아서 소태성 병사만으로는 어려울 거야. 여기

군사가 빨리 도와줘야 할 텐데..″
"그것도 어려울 것이네."
"왜요?"
"여긴, 구로국(國)과 연합해서 금북정맥 일대의 산적을 토벌하고 있네."
"아! 그 사이에 해적이 왔고요?"
이어, 어린 상인이
"사람들을 싹 잡아 죽이나요..?"
하고 묻자, 뚱뚱한 상인이 씨익 웃었다.
"성인 남자는 목을 꺾고, 여자와 아이들은 중원(中原)에 팔아버릴걸?"
"나쁜 놈들!"
최유는 상인들이 주작국(國) 목양성에서 온 사람들이라는 것을 알았고
"문어방은 제나라 동해나 발해만(灣)에 출몰한다던데, 여기 나타나다니 뜻밖이네!"
라는 말이 이어지자 최유는
'조선의 아이들을 잡아 중원에 팔아? 내, 먼저 소태홀로 가서 도와야겠군.'
하며, 흑풍을 몰고 소태홀로 달렸다. 소태홀은 곳곳에 불길이 치솟고 있었고, 백성들의 비명소리가 들려왔다. 아비규환이었다. 어제 보았던 평화롭고 아름다운 그 소태홀이 아니었다. 한탄이 절로 나왔다.
촌락을 돌아보던 최유는, 멀리 소태홀 병사 칠십여 명이 해적들에게 포위된 채 처절하게 싸우고 있는 광경을 보았다. 사방에 시체들이

널려 있었고 대부분 소태홀 병사들이었다. 최유는 말 엉덩이의 단궁(檀弓)을 꺼내 해적들 가운데 유난히 날랜 자(者)를 향해 활을 날렸다.
"슉!"
해적이 화살을 맞고 쓰러지며 진영이 흐트러지자, 12개의 화살이 빛처럼 날았다. 푹푹 고꾸라지는 자의 절반은 화살이 눈에 박혀있었다.
주인의 뜻을 아는 듯 화석처럼 서있는 흑풍 위에서, 허공을 견지한 왼팔과 전통을 바람처럼 오가는 우수(右手)가 무궁한 살기를 일으켰다.
느닷없는 화살에 놀란 해적들이 뭉그러지기 시작했으나, 이내 은행나무 아래에서, 과하마를 타고 있는 최유를 발견하고 몰려들기 시작했다.

과거, 최유는 속로불사국의 오계만에게 글을 배웠다. 아버지와 형제도 벗도 없는 최유는 마을 뒷산의 신당(神堂) 정원에 가서 혼자 놀곤 했는데, 새라는 새는 모두 날아들고, 삼신(三神)과 조이조사(鳥夷祖師)들의 좌상이 모셔진 곳으로, 그 신당의 주인이 바로 선무 오계무였다.
눈이 하나뿐인 오계만은 늘 밤색 가죽으로 한쪽 눈을 가리고 다녔는데 하루는, 외눈으로 지그시 최유를 응시하다 머리를 쓰다듬어 주며 말했다.
"음, 너는 저 하늘의 낙천궁(宮)에서 내려온 아이로구나. 조이와는 인연이 있으며 후일 반드시 큰일을 하게 될 것이다. 자주 놀러오너라."
그 후, 거의 매일 신당에 놀러가던 최유는 우연히 새발자국이 그려진 신비로운 천을 발견하고 고개를 갸웃거리며 작은 눈을 반짝거렸다.
영특한 최유는 같은 모양의 자국이 반복되는 걸 발견하고, 천을 좌우로 돌려가면서 발자국에 담긴 의미를 알아내고자 몇 날을 사색했다.
최유가 새발자국에 깊이 빠져들자, 멀리서 지켜보던 오계만이 노안에 이채(異彩)를 흘리며 한숨을 내쉬었다. 그리고 마침내 발자국이 단순한 무늬가 아니라「의사소통」의 그림 아니냐고 오계만에게 물었고
오계만은, 보통의 아이라면 지나치고 그림에서 기어이 뭔가를 포착한, 최유의 집중력(集中力)과 뛰어난 감각(感覺)에 놀라워하면서도
"선무(仙巫)나 조이족장 혈통에게만 가르쳐줄 수 있는 고대의 글이며, 다른 사람은 배워봐야 쓸 데 없는 것이니 더 이상 알려하지 말라."
며 거절하였으나, 최유가 얼마나 재롱을 부리고 깡총거리며 졸라대는지, 마침내「새발자국」들에 담긴 각각의 의미를 알려주게 되었다.
"와..! 이건 누가 만들었나요?"
"보고 있으면 어지럽지 않니?"
"아뇨"
"새발자국은 조이의 조사들이 만든 것으로, 혼과 정신의 세계를 기록하기 위해 만들었으나, 이 글자로 새들과 소통할 수 있다는 말도 있단다."

최유의 눈이 반짝였다.
"새들과 의사소통을요?"
"그렇다."
오계만이 인자하게 웃으며, 새발자국 문자에 대하여 가르쳐주었다.
"조이의 조사들께선 부엉이, 송골매 등 맹금류(猛禽類)와 참새처럼 작은 새 그리고 까치, 까마귀와 같은 중간 크기와 흔히 볼 수 없는 희귀한 새의 발자국들을 사용해 의사소통의 문자(文字)로 활용해 왔다"
그 날부터 나뭇가지로 온종일 땅에 새발자국만 그리는 아들을 본 어머니가
"유야.. 왜, 맨날 새발자국만 그리니?"
하고 묻자
"어머니, 이건 글자예요. 「새발자국 글자」를 알면 새와 소통할 수 있대요. 하늘을 날아다니며 많은 걸 보는 새들과 대화하면 재밌을 거예요"
라고 대답했다.
"새가 글자를? 처음 듣는 얘기다. 내가 가르쳐 준 가림토(加臨土)나 열심히 공부해라."
"네, 둘 다 열심히 하겠습니다."
그 후,
최유는 월출산 어느 동굴에서 우연히 고대 조이(鳥夷)의 그림을 발견했는데,
그 아래의 글이 새발자국 문자였고 운기심공의 방법과 권(拳), 장(掌), 각(脚), 지(指), 검(劍), 창(槍), 수(袖: 소매), 보(步)의 비결과 독수리 같은 시력을 갖기 위해, 벌레를 표적으로 연마하는 조이(鳥

夷) 궁술의 비기가 적혀 있었다. 최유는 그 길로, 밤이면 월출산 정상의 바위에 앉아 월광(月光)을 타고 쏟아지는 별빛을 토납하며 도력(道力)을 길러갔고, 낮에는 각종 무예(武藝)를 익히며 정진(精進)했다.

최유를 발견한 해적 하나가 악을 썼다.
"저기다, 놈을 잡아!"
"이놈!"
하고 옷에 벌(- 蜂)이 그려진 해적들이 최유를 향해 달려오다 최유의 번개 같은 속사(速射)에 다섯이 쓰러졌고, 나머지 해적들이 칼을 번득이며 접근하자, 흑풍이 땅을 박차며 마을 안쪽으로 달리기 시작했다.
조용했던 흑풍이 한 차례 땅을 박차자 5장(丈) 밖에 있었고, 해적들이 어? 하고 더욱 힘을 내어 달릴 때, 잔상(殘像)을 허수아비처럼 남긴 흑풍이 먼지를 자욱하게 일으키며 십 장 너머를 달리고 있었다.
"끝까지 쫓아라!"
소리에 해적들이 기를 쓰며 추격했다. 그러나 거리가 벌어지자 속도를 줄인 최유가 다시 화살을 날렸고 네 명의 해적이 마하(馬下)에 굴렀다.
이어, 눈을 부라린 해적들이 꾸역꾸역 막다른 골목으로 몰아가자, 흑풍이 속도를 올리며 질주하다 정면의 담장을 훌쩍 뛰어넘으며 사라졌다.
사람 키의 울타리를 넘는 과하마에, 해적들이 덩달아 획획 담을 뛰어넘었다.
냉정히 생각해보면 활의 명수(名手)이면서, 이토록 빠르고 높이 도약하는 과하마(果下馬)의 주인이라면 당연히 조심하며 추격해야 했으나, 오직 최유를 죽일 생각만 하며 몸을 내던진 해적들은 곧 질풍같은 검광(劍光)을 마주하며 꿈을 꾸듯 차디찬 땅바닥을 나뒹굴었다.
막을 수 없는 빠른 검에 해적들이 추풍낙엽처럼 쓰러지다 마침내 등을 돌리고 도망쳤고, 최유는 다시 병사들이 있는 곳으로 돌아갔다.

병사들을 공격하는 자는 문어방 당주 구발문어였다. 문어방(幫)은 해적질 하는 배가 몇 척 있었는데, 큰 배는 2백 명이 탈 수 있었고 이들이 타고 온 배의 이름이 구발호였다 구발문어는 발이 아홉 달린 문어를 상징했다. 다리가 많은 만큼 해적질을 많이 한다는 뜻이었다.
구발문어는 구발호의 책임자였고, 방주(幫主) 흑문어의 사촌 동생이었다. 그는 턱에 긴 수염이 난 고수로 세 발 길이 사슬낫을 잘 썼다.
"물뱀!"
하고 최유의 무예를 가늠한 구발문어가 돌아서자, 사십여 병사는 최유가 나타난 후 적들이 줄어든 판에, 물뱀과 몇이 더 빠지자 크게 힘을 얻었다. 촌간(村干) 바이추가 악전고투하고 있는 부하들을 독려했다.
"해적들이 많이 줄었다. 이제 싸울 만하다. 죽기 살기로 싸우자!"

이어, 구발문어가 가슴에 물뱀이 그려진 자를 끌고 최유를 향해 달릴 때, 빛처럼 날아드는 화살에 해적 두 명이 연이어 픽픽 쓰러졌다.
부하들이 속수무책으로 당하자, 쌍! 하며 속도를 올린 구발문어가 낫을 던졌고, 최유가 검으로 막아내며 구발문어를 향해 흑풍을 몰았다.
흑풍이 구름이 날듯 달려오자 위협을 느낀 해적들이 멈추어 섰고, 재빨리 낫을 회수한 구발문어가 최유의 목을 향해 또 다시 낫을 날렸다.
훅- 하고 낫이 길게 날아들자, 흑풍의 옆구리로 몸을 피한 최유가 구발문어의 눈과 사슬낫이 험악하게 번득이는 가운데 땅에 내려섰다.
"너는 누구냐?"
"나는 흑풍객, 네놈들의 만행을 용서할 수 없다. 모두 무기를 버려라!"
"저놈의 입을!"
하며 구발문어가 왼발을 내딛자, 삐딱하게 기운 낫이 위아래로 흔들리며 날아들었고, 해적들은 최유의 퇴로를 막기 위해 멀찌감치 포위했다.
구발문어의 낫이 요상한 각도로 접근하자, 최유의 검이 호를 그렸다.
순간, 쇠줄이
"차르르르륵"
검을 감았고 구발문어가 쾌재를 부르며 홱 당겼으나 최유는 꿈쩍도 하지 않았다.

구발문어의 관자놀이에 힘줄이 불끈 솟았으나 최유는 별다른 변화가 없었다.
쇠줄이 팽팽해졌다. 검술은 뛰어나지만 내공은 약할 것으로 짐작하고 유인한 것이었으나, 막상 힘을 겨루어보니 최유의 힘은 상상 이상이었다.
'어린놈이 보통이 아니군. 그러나 이얍!'
하며 십일 성의 내공을 끌어올리며 줄을 당기자, 최유의 얼굴이 일그러지며 땅이 파이고 먼지가 뿌옇게 일었다. 두 발이 질질 끌려가며
"으..!"
소리를 내는 최유를 문어가 힘을 다해 차는 순간, 가볍게 물러선 최유가 검(劍)을 역으로 돌리자 차르륵 풀어진 낫이 문어의 옆구리를 훑고 지나갔다.
새처럼 빠르고 겁이 없는 전술이었다. 뜻밖의 역습에 당한 문어가 신음을 토하자 최유의 검(劍)이 하늘을 비행하는 새처럼 팔방을 날았다.
이어, 팔인의 고수에게 포위를 당한 듯 허우적대던 문어가, 문득 자기의 가슴을 관통하는 검을 목도(目睹)하며, 희미해진 기억을 떠올렸다.
"아, 팔색검법!"
팔색검은 팔색조의 화려한 비행술을 보고 창안한 조이의 전설적인 검법(劍法)으로,
최유가 십여 년을 수련한 무예를 오늘 구발문어에게 처음 펼친 것이다.
최유는 내심, 팔색검의 위력에 감탄했다. 구발문어가 죽자 물뱀과

부하들이 전의를 상실하고 달아나기 시작했다. 이를 본 바이추가
"배에 끌려간 사람들을 구하라!"
고 외쳤고, 병사들이 해적선이 정박한 항구로 내달렸다. 최유가 휘파람을 불자, 말발굽소리가 들리며 멀리서 흑풍이 기운차게 달려왔다.
해적선 가까이 이른 해적들은 최유가 안 보이고 추격대가 사십여 명임에 불과한 것을 확인하고는 다시 돌아서서 병사들을 공격해왔다.
물뱀이 거품을 물고 악을 썼다.
"이놈! 우리가 퇴각하면 귀신에게 감사나 할 일이지, 감히 우리를 쫓아?"
소리에, 바이추가 주저할 때
"두두두두두"
소리와 함께, 구발문어를 없앤 최유가 과하마를 타고 바람처럼 달려오고 있었다.
해적들은 겁이 더럭 났다. 사람 같지 않은 놈에게 진저리가 난 물뱀이 소리쳤다.
"배에 타라!"
최유를 본 바이추와 병사들이 용기백배하여 해적들의 후미를 공격했다.
구발당주와 그 많던 졸개들은 어디 가고, 과하마를 탄 놈이 두려운 듯 꼬리를 내린 물뱀의 꼬락서니에, 배 위의 부당주 가귀가 두 귀로 연기를 내뿜으며 수십 명의 부하들과 하선(下船) 판을 달려 내려갔다.
그때, 느닷없이 여(女)검객 둘이 나타나 그들이 내려오는 걸 막아섰

다. 훅훅- 소리와 함께 쌍검이 두 줄기의 서릿발 같은 호(弧)를 그리자, 해적들은 좁고 비탈진 통로에 갇혀 땅으로 발을 내디딜 수 없었다.
가귀가 험악한 얼굴을 일그러뜨리며 물었다.
"난, 발해의 문어방 부당주 가귀다, 누구냐?"
"호호호호, 우리는 해적을 없애려고 하늘에서 온 예솔과 해영이니라!"
"이불 속 시중이나 들 것들! 너희의 못생긴 머리부터 지켜야 할 게다."
"호호호.. 주둥이만 산 놈이라, 그 나이에 부(副)당주 밖에 못하고 있지."
가히, 입으로는 누구에게도 지지 않을 신녀였다.
"아, 이것들이!"
분노한 가귀가 칼을 휘두르자, 예솔이 비로불행(非路不行: 길이 아니면 가지 않음)의 검술로 삭막한 김굉을 일으키며 앞을 막았고, 해영은 비여불용(非女不容: 여자가 아니면 용납하지 않음)으로 옆으로 빠져나오는 둘을 해치웠다. 해영의 검에 겁을 먹은 졸개들이 우르르 물러섰다.
가귀는 예솔을 얕보았으나, 이내 마음을 달리 먹고 예솔을 상대했다.
가귀는 하선판의 부하들이 서로 부딪치며 실력을 발휘하지 못하자, 화가 치밀었으나, 계집들의 솜씨는 흔히 볼 수 없는 경지에 이르러 있었다.
최유는 해적선의 도적들이 내려와서 공격할 것을 경계하고 있었으나,

어디선가 여협들이 나타나 해적들을 막자 마음 놓고 해적들을 해치웠다.
잠시 후, 해적들이 지리멸렬하여 병사들이 충분히 제압할 국면으로 바뀌자
"촌간님, 놈들을 정리해주십시오. 저는 저 여협(女俠)들을 돕겠습니다."
"알겠습니다. 소협, 배에 우리 촌민(村民)들이 잡혀있으니 구해주십시오!"
최유는 즉시 땅바닥의 창 하나를 들고, 하선판을 향해 흑풍을 몰았다.

사실, 예솔과 해영은 최유와 병사들이 도착하기 전, 배에 잡혀있는 여자와 아이들을 구해주려 했으나, 워낙 해적들이 많아 기회만 보고 있던 차에,
선착장으로 퇴각해온 해적들을 추살(追殺)하는 병사들과 소년 검객을 목도했다. 병사들은 더없이 용감했고 과하마는 야생마처럼 용맹했으며, 소년의 검술은 광야를 나는 새처럼 빠르고 변화무쌍했다.
급히 그들을 도우려던 예솔이 하선판으로 몰린 해적들을 보고 말했다.
"우리가 저들을 도와 싸울 것이 아니라, 해적들을 선착장 도적들과 합류하지 못하게 하면, 소태홀 병사들이 승세(勝勢)를 이어갈 것이다!"
하고, 구름처럼 몸을 날려 하선(下船) 판 입구를 막아섰던 것이다.
단아한 외모의 여인들이었으나, 검광 속에 번득이는 눈은 비수(匕

首)처럼 날카로웠고 배수진을 친 듯, 한 걸음도 물러나지 않을 기세였다.
이어
"쌍검환위(雙劍換位: 쌍검이 위치를 바꿈)!"
"검광엄일(劍光掩日: 검광이 해를 가린다)!"
앙칼진 기합과 함께 두 사람이 좌우로 교차하며 검을 휘두르자, 이중삼중의 검광이 하늘을 가렸다. 부당주 가귀와 해적들이 속수무책으로 물러설 때
"길을 열어주십시오!"
소리에, 예솔이 비켜서자 검은 그림자가 들이닥쳤다. 순간, 하선판에 내려선 최유의 창이 휘어지듯 은빛 호(弧)를 그리며 가귀를 베어갔다.
구발문어가 최유에게 당한 사실을 모르는 가귀는, 하룻강아지 같은 최유를 비웃으며 칼을 휘둘렀으나, 몇 초 지나지 않아 새처럼 빠른 창에 손발이 어지러워지자 모골(毛骨)이 송연해지며 정신없이 물러섰다.
그때, 기이한 궤적을 그린 창이 반공을 끊으며 가귀의 심장을 관통했다.
가귀가 죽자 해적들이 선상으로 도망쳤고, 다시 흑풍을 탄 최유가 질주했다. 그간, 평지만 달려왔던 흑풍은 경사로를 만나자 더욱 신나게 달렸고, 단숨에 갑판에 오른 최유는 해적들을 양떼 몰듯 두들겼다.
해적들은 서로를 돌아볼 틈도 없이 명(命)을 달리 하며 바다로 떨어졌고,
위기에 몰린 해적들이 어쩌다 최유를 벨 기회를 잡을 때면, 흑풍의

벼락같은 뒷발질에 가슴이 함몰되거나 이빨에 물려 나동그라졌다. 흑풍은 몸이 작아 물건들이 쌓인 좁은 통로를 이리저리 마음껏 달렸다.

이를 본, 예설과 해영이 혀를 내두르며 갑판으로 올라와 해적을 몰아가자, 마침내 전의를 상실한 해적들이 무기를 내던지고 항복했고, 최유가 노예로 팔려갈 뻔 했던 백여 명의 여자와 아이들을 구출했다.

바이추와 싸우던 해적들도 선상의 부대가 모래처럼 무너지는 걸 보고 무릎을 꿇었다. 병사들이 해적들을 모두 꽁꽁 묶고 나자, 바위추가 배 위로 올라 포권을 취하며 최유와 두 신녀에게 감사를 표하였다.

"소태성의 바이추라고 합니다. 세 분 덕에 백성들이 살았습니다. 깊이 감사드립니다."

최유는 투구를 벗은 바이추를 보고서야 백발의 육순 노장이라는 걸 알고, 소수의 병력으로 죽음을 불사하며 해적들과 싸운 그의 용맹에 감동했다.

"속로불사국의 최유라 합니다."

"오, 속로불사국 영웅이시군요!"

"저는 예솔, 여기는 해영이라 하며, 모산신녀의 제자들입니다."

모산신녀라는 말을 듣는 순간, 촌간 바위추의 눈빛이 크게 흔들렸다.

"오늘의 은혜 잊지 않겠습니다."

하며 최유에게 물었다.

"소협(少俠), 결례가 안 된다면, 영사(令師: 상대의 사부를 높여 부르는 말)의 존호를 알고 싶습니다."

"초야(草野)에 은거하신 분이라, 말씀드려도 아시지 못할 것입니다."
바이추는 더 이상 묻지 않고 고개를 끄덕이며, 신녀들을 돌아보았다.
"모산신녀께선 편안하십니까?"
예솔이 흠칫 반문했다.
"사부님을 아시는군요!"
"경당에 다닐 때 뵌 적이 있습니다. 저는 어려서 잘 모릅니다만, 사형이 사라진 후 동옥저의 하란성(城) 너머 어딘가로 은둔하셨다 들었습니다."
바이추는 신녀들이 조용히 듣고만 있자
"아이고, 제가 정신이 없습니다. 자, 저의 관저(官邸)로 모시겠습니다."
최유가 해적선을 보며 말했다.
"촌간님, 불 지르고 싶지만 잘 만든 배입니다. 상선으로 개조해 쓰십시오."
"탁견(卓見)이십니다. 여긴 섬이 많아서, 적지 않은 해적들이 산채를 틀고 있습니다. 이걸 고쳐서 바다를 지키는 함선으로 이용하겠습니다."
해적을 소탕하고 배를 전리품으로 획득한 바이추는 재기의 의지가 용솟음쳤다. 바위추가 관저에서 술을 대접하던 중 세 사람에게 물었다
"세 분은 어떻게 이곳에 오셨습니까? 혹, 제가 도울 일이라도 있으면.."
최유가 잠시 망설이자, 예솔이 말했다.
"저희는 이만 일어나도록 하겠습니다."

바이추는 당황했다.
"이 밤에 어딜 가신다는 말입니까. 객잔이나 여관이 모두 불에 탔고, 기성(箕城: 서산)까지는 꽤나 먼 거리이니, 여기서 하룻밤 편히 묵고 가십시오. 주책없이, 제가 쓸데없는 걸 물어 불편하게 해드렸군요."
최유는
'음.. 마한의 54개국 전부는 아니어도 몇 군데 돌아보고 싶던 차에, 여기에 뭔 일이 없는지 살펴봐 달라는 설동님의 부탁을 받고 왔는데, 두 신녀(神女)의 사부 모산신녀님이 신소도국(國) 출신이라니, 흑부리와 서해사흉의 흉악한 이야기를 털어놓아도 괜찮지 않겠는가.'
하며
"신녀님, 저도 내일 기성으로 갈 계획이니 불편하지 않으시면 함께 움직이시는 건 어떻겠습니까? 그리고 두 분께 드릴 말씀도 있습니다."
말하고, 여기 온 연유와 어제 밤 팔봉산 소도에서 겪었던 일을 일장 설파 했다.
바이추와 예솔, 해영은 깜짝 놀랐다.
"소협, 소도의 선사가 흑부리라는 겁니까? 마힐선사는 어찌 되셨습니까?"
"저도 모릅니다."
예솔이 말했다.
"원래, 소도 선사의 자리를 이을 무극도인이 사라지시자, 사매이신 모산신녀께서도 소도를 떠나셨습니다. 마힐선사님은 그 두 분의 사제가 되십니다.

저희가 여기 온 것은, 마힐선사님을 뵙고 사부님의 근황과 생각을 전해드리기 위해서인데, 소도에 뭔가 불길(不吉)한 일이 발생하였군요."
바이추가 말했다.
"선사가 바뀐 건 몰랐습니다. 마힐선사가 병으로 누운 지 1년 후, 천제를 각자 올리자는 통보를 받고, 기성(城)과 별도로 제를 올려왔는데, 갑자기 나타난 흑부리라는 놈이 마힐선사의 자리를 꿰차고 있고 신지를 해하려 한다니 놀랍습니다. 즉시, 파발을 띄워야겠습니다."
최유가 말렸다.
"제 생각은 조금 다릅니다."
"말씀하십시오."
"적들의 정체와 의도를 아무 것도 알지 못하며, 신지님께 알리기에는 시간이 너무 촉박합니다. 파발보다는, 내일 아침 일찍 제가 팔봉산(山) 달무봉(峰)으로 가서 신지님을 돕는 것이 더 좋을 것 같습니다."
바위추가 아! 하며.
"소협, 감사합니다. 그럼, 제가 기병(騎兵) 열 명과 함께 돕겠습니다."
라고 하자 신녀들도 합류했다.

금북정맥의 산적 토벌을 위해 기성의 병력 대부분을 내보낸 신지는, 바이추로부터 문어방(幇) 습격을 보고 받고 국읍(邑) 수비군(軍) 외에는 소태성(城)을 지원할 병력이 남아있지 않아 전전긍긍하고 있었다.
'나라가 위급한데, 천제(天祭)를 올리러 갈 수는 없다!'
하던 차에, 해적들을 모두 물리쳤다는 전령의 보고에 크게 안도했다.
"한울님이 우리를 도우셨다. 감사하옵니다!"
다음날 주이영과 처(妻) 학씨는 인시(- 새벽 3시 반)에 목욕재계하고 묘시(- 새벽 5시 반)에 관저를 떠났다. 팔봉산 달문봉은 2시진(- 4시간)이 넘는 길이었다.
주이영은 읍차 골미, 무사 스물 셋과 시녀 둘을 이끌고 갔다. 학씨와 시녀들은 마차를 탔고, 학씨가 준비한 제수는 나귀 세 마리에 실었다.
그들은 사시(巳時: 오전 9시 반)가 지나 팔봉산 지경에 들어서고 있었다. 길은 마차가 겨우 통과할 정도로 좁아지고 있었는데, 갑자기 좌우의 숲에서 칼을 든 자 네 명과 팔십여 명의 졸개가 담벼락이 무너지듯 행렬의 앞뒤로 쏟아졌다. 선두에 선 읍차 골미가 호통을 쳤다.
"이놈들! 감히 신지님의 행차를 가로막다니, 모두 죽고 싶은 게로구나!"
"낄낄낄낄낄, 우리는 서해사흉이다. 살고 싶으면, 모두 무기를 버려라!"
하며 지지가 외치자, 사흉의 악명을 익히 아는 무사와 노복들이 아연 긴장했다. 그때, 주이영이 사흉 옆에서 실실 웃는 붉은 얼굴이 거슬려
"넌 누구냐?"
고 묻자

"붉은 깍!"
하고 히죽거리며 입을 닫았으나, 주이영과 골미는 놀라며 숨을 들이켰다.
'저놈이 깍다귀파 두목 붉은깍!'
살인보다 색을 더 밝히는 자로, 마을을 털면 숟가락 하나 남기지 않아 벼멸구로도 불리며
금북정맥을 타고 강도질을 일삼는 쌍살파(派), 늑대파, 흑곰파, 도끼파(派)와 함께 5대 산적으로 악명을 떨치는 깍다귀파 두목 붉은깍이.
그들을 소탕하기 위해 신소도국, 구로국, 고원국, 만로국이 펼친 천라지망을 어떻게 뚫고 여기에 나타났는지 알 수 없었다. 기가 막힌 일이었다.
'두목은 여기 있는데 나의 병사들은 어느 산을 헤매고 있단 말인가?'
히며 주이영이 김(劍)을 뽑사
"여자들만 빼고 모두 없애라!"
고 악을 쓴 지지(遲遲)가 신지 주이영의 행렬(行列)을 향해 몸을 던졌다.
"창창창창.... 억, 흑, 윽, 컥!"
더 이상 대화가 필요 없는 지지와 주이영이 격돌하며 혼전이 시작되었다.

최유는 바이추, 예솔 일행과 2시진 째 팔봉산을 향해 달리고 있었다.

"곧 팔봉산에 도착할 겁니다! 저 언덕만 넘으면 떡갈나무주막이 있습니다. 말이 지쳐 거품을 물고 있으니 물도 먹일 겸 조금만 쉬었다 가시죠."
바이추의 말에, 최유가 보니 흑풍(黑風)만 팔팔할 뿐 말들이 모두 거품을 물고 있었다. 흑풍의 지구력을 알고 있는 최유가 흐뭇한 얼굴로
"변고가 있을지 모르니 저는 먼저 가겠습니다. 촌간님은 뒤 따라 오십시오."
하며 언덕 너머의 떡갈나무주막을 지나 목적지를 향해 계속 내달렸다.
이어, 바이추가 떡갈나무주막에 들어서자, 허리 굽은 노파가 지팡이를 짚고 나왔다.
"어서들 오셔요."
"어? 하씨 부부는 어디 갔소?"
"그간 번 돈으로 고향에 땅을 샀다나, 농사짓겠다고 내게 팔고 떠났어요."
바이추는 몇 가지 더 물어보고 싶었으나 갈 길이 바쁜지라
"물 좀 주시오. 아, 말구유는?"
"네, 물은 항아리에 있고, 말구유는 마당가에 있어요."
평상 위에 물 항아리가 있었고, 마당 끝 대추나무 옆으로 고삐를 맬 말뚝과 통나무를 파서 만든 말구유가 보였다. 바이추와 병사들이 물을 퍼마시는 사이에, 할멈이 웬 단지를 하나 낑낑 들고 나왔다. 한 병사가 받아 평상에 올려놓자, 할멈이 접시에 가득 대추를 가져왔다.
"제가 떡갈주막을 인수한 기념 술입니다. 많이는 못 드리니, 맛만

보셔요!"
예솔과 해영이 말에게 물을 먹이며 기다릴 때, 망설이던 바이추가 반 바가지 들이켰고 병사들도 너나없이 벌컥벌컥 마시며 허리를 펴는 순간
"쿵, 꽈당!"
하며 바이추를 시작으로 한 명도 빠짐없이 장대가 자빠지듯 모로 쓰러졌다.
"독주다!"
예솔이 놀랄 때 노파는 증발했고 이어, 뒤뜰에서 시체 두 구를 발견했다.
그때
"호호호호!"
소리에 예솔이 몸을 날렸으나, 대나무처럼 꼿꼿한 그림자가 멀리 번쩍이며 기성 쪽으로 도주하고 있었다. 예솔은 한 눈에 허리가 굽어 있던 노파라는 걸 알아보았시반, 중독된 사람늘과 최유가 걱정이었다.
마당으로 급히 돌아와 상태를 살펴보니 모두 미혼약에 중독되어 있었는데, 노파가 곰이나 호랑이도 쓰러뜨릴 만큼의 양을 퍼부은 것 같았다.
해영이 예솔에게 말했다.
"언니, 깨어나려면 사흘은 걸릴 거예요. 이들을 돌볼 시간이 없어요. 사문의 해독약을 먹여주고 가요. 빨리 가서 신지님을 도와야 해요."
예솔과 해영은 바이추와 병사들의 입에 선단을 넣어주고 최유를 급히 쫓았다.

주이영은 24인의 무사들과 함께 처절하게 싸우고 있었다. 학씨와 시녀들이 벌벌 떠는 동안 무사들은 열 명이나 쓰러졌다. 사흉의 둘째 쌍악이
"흐흐흐, 주이영! 부하들 다 죽겠다. 그만 항복하라."
고 느물거리자, 분노한 주이영이 일도양단의 기세로 쌍악을 베어갔다.
"이크!"
쌍악이 물러섰으나, 주이영은 마차를 보호해야하기 때문에 더 이상 쫓지 않았다.
잠시 후, 또 다시 무사(武士) 둘이 쓰러졌고 이제 골미까지 열 둘 밖에 남지 않았으나, 이들 대부분이 깊은 상처(傷處)를 입은 상태였다.
산적들도 수십 명이 죽었으나, 여전히 사십 명이 남아있어 주이영이 한계를 느끼며 숨을 몰아쉴 때, 바람을 가르는 유성(流星) 같은 빛줄기가, 쇠스랑으로 주이영을 찍어가는 쌍악의 견갑골을 파고들었다.
"악!"
쌍악이 외마디 비명을 지르며 쓰러졌다. 창졸간의 일이라 삼흉이 쌍악을 안고 2장 옆으로 뒹굴며 화살이 날아온 어두운 숲을 노려보았다.
"누구냐?"
"슉슉-!"
추추가 악을 쓰는 순간에도 쌍(雙)으로 날아든 화살에 도적 둘이 자빠졌다.
"윽, 헉!"

겁을 먹은 도적들이 황급히 마차(馬車)에서 물러섰다. 이어, 붉은깍의
"흰깍다귀조(組)!"
소리에 숲으로 뛰어든 추추가 과하마에 앉아 활을 쏘고 있는 자를 발견하고 달려들었다.
다 된 밥에 재를 뿌리다니. 추추가 날아드는 화살을 쳐내며 쇄도하자, 최유가 과하마의 옆구리를 차며 허겁지겁 도망쳤다. 어딜 봐도, 강호초출(江湖初出)의 잡놈이 알량한 활솜씨 하나 믿고 까분 듯 보였다.
추추는 과하마(馬)를 본 적이 없어, 경사가 심한 숲을 못 달릴 것으로 짐작했으나, 소년이 탄 작고 검은 말은 나무들의 아래로 이리저리 잘 뛰어 다니며, 비탈을 평지 달리듯 제 마음대로 기운차게 내달렸다.
부하들이 하릴없이 놈의 꽁무니만 쫓아다니다 하나 둘 화살에 쓰러져 가자, 추추는 의미 없는 추격을 포기하고 숲 밖으로 나왔으나, 이젠 놈이 거꾸로 살살 따라붙으며 고라니 떼 사냥하듯 화살을 날렸다.
부하들이 하나씩 하나씩 자빠지자
"쌍!"
하고 돌아선 추추가 소년을 향해 몸을 날렸으나, 희끗 다가선 소년의 검이 여덟 줄기의 검광(劍光)을 일으키며 추추의 목을 떨어뜨렸다.
"헉!"
소년은 최유였다. 듣도 보도 못한 검술에 놀란 산적들이 도망쳤고, 추추의 수급을 검으로 찍은 최유가 질주하며 깍다귀 패거리에게 내

던졌다.
탐매가 추추의 머리를 보고 탄식했다. 아차 하는 사이 사형 둘이 죽자, 탐매가 광분하였으나 칠 초(招) 만에 괴이하게 꺾인 최유의 검에
"악!"
하고 비명을 지르며 죽어갔다. 최유가 검을 회수하자 피가 솟구쳤다.
최유가 탐매의 옷에 검을 닦자, 사흉의 첫째 지지는 속이 부글부글 끓었다.
"누구냐?"
"네놈을 잡으러 온 저승사자이니라."
순간, 검이 손목을 훅훅 돌며 하얗게 번득이자, 간이 오그라든 지지가
"퇴각하라!"
소리치며, 붉은깍과 몸을 날렸으나 최유가 번개처럼 지지를 가로막았다.
"서라!"
"네가 돈을 받고 방해하는 것이라면, 내가 2배로 쳐 주마, 어떠하냐?"
"돈..? 나의 유일한 취미가 악인들의 머리로 탑(塔)을 쌓는 것이니라."
지지가
"방자한 놈!"
하고 눈을 핵 뒤집을 때, 예솔과 해영이 빠르게 달려오고 있었다.

몸을 내빼기도 바쁜 붉은깍은 여인들을 보자 침이 돌며 회가 동했다.
"저것들을 잡아!"
하고 붉은깍이 무도한 탐욕을 부릴 때, 예솔과 해영이 십자쌍검(十字雙劍: 열 십 자를 그리는 두 개의 검)의 궤적으로 붉은깍의 시야를 교란하는 동시에 검광엄일(劍光掩日: 검광이 해를 가림)의 초식을 전개했다.
순간 열 십 자의 빛과 물결 같은 검광이, 색욕으로 눈이 먼 붉은깍의 칼을 막는 동시에, 예솔의 검이 서릿발 같은 냉기를 품고 비여불용(非女不容: 여자가 아니면 용납하지 않음)의 궤도를 날았다. 과거, 무극도인을 원망하며 남자를 저주했던 모산신녀의 한이 서린 절기였다.
"슥, 억!"
소리와 함께 붉은깍이 속수무책으로 눈을 흡뜨며 머리를 떨구자, 깍다귀들이 고꾸라지듯 도망쳤다. 예솔과 해영이 합벽검술을 펼치는 사이,
최유는 서해사흉 중(中) 마지막 남은 지지를 상대하고 있었다. 사제들이 죽고 전의(戰意)를 상실한 지지는 저승을 코앞에 둔 상태였다.
그때,
공기를 찢으며 날아든 수리검(劍)이 최유의 검(劍)을 거칠게 타격했고, 최유가 팔에 전해지는 묵직한 내경(內勁)을 분산시키며 경계하는 찰나, 잿빛 그림자가 지지를 붙들고 숲속으로 바람처럼 사라졌다.
기우뚱한 보법이었으나, 놀랍도록 빠른 경신술(輕身術)의 소유자였다.

최유는 곧 도적들을 문초하여 그림자의 주인이「독정노파」라는 걸 알아냈다.

독정노파

최유, 예솔, 해영과 관저에 돌아온 주이영은 즉시 혜민원을 열어 부상자를 돌보게 하고 죽은 병사들의 장례를 성대하게 치러주도록 지시했다.

떡갈나무 주막에서 쓰러졌던 소태성 촌간(村干) 바이추와 무사들은 술시(戌時: 오후 7시 반)가 되어서야 정신을 차리고 허겁지겁 달려왔다.

바이추가 죄송하다며 연신 고개를 숙이자, 주이영이 손을 저었다.

"아니오. 문어방을 물리친 것만도 장한 일이오. 독정노파의 손에서 살아났으니 다행이오. 자세한 얘긴 내일 합시다. 부인, 촌간을 객사로 안내하시오."

다음날 예솔이

"이번, 신지님의 소도 행차가 영애(令愛)의 쾌유(快癒)를 기원하기 위한 것으로 들었습니다. 저희들이 따님을 한 번 살펴볼 수 있을까요?"

모산신녀의 전설 같은 의술을 잘 알고 있는 주이영이 크게 기뻐하며, 예솔과 해영을 별채로 안내했다. 최유도 조용히 따라갔다. 별채는 뒤뜰의 조용한 곳에 있었고, 미려당(堂)이라는 편액이 걸려 있었다.

사람들이 나타나자 누워 있던 주람이 힘없이 눈을 떠보고 다시 감았다.

"……"

"주람아"

학부인이 눈물을 글썽이며 딸의 손을 잡자, 주이영이 가만히 불렀다.

"부인"

소리에 학부인이 얼른 뒤로 물러나자, 예슬이 주람의 맥을 짚으며 눈을 감았고, 방 안을 하나하나 살펴본 해영이 부엌에서 주람이 먹어 온 탕약 찌꺼기와 식재료의 맛을 본 후 정원을 훑어보고 돌아왔다.

"신지님과 소협께서는 잠시 밖으로.."

라고 말한 예솔은, 두 사람이 나가자 해영과 함께 주람을 발가벗겼다.

병마에 시달린 열 살 소녀는 마치 얼룩이 묻은 대나무 젓가락 같았다. 딸의 몸을 본 학부인은 가슴이 찢어지는 아픔에 눈물을 뚝뚝 흘렸다.

"어린 것이 얼마나 고통스러울까."

예솔과 해영은 주람의 전신(全身)을 구석구석 살폈다. 주람의 머리카락을 한 올 한 올 천천히 넘겨가던 해영이 문득 손을 멈추고 말했다.

"뇌호혈(穴: 뒤통수의 혈)에 긁힌 상처들이 있어요."

"음!"
예솔이 주람의 뇌호혈을 주시하며 끄덕이자, 해영이 시녀에게 말했다.
"아가씨의 함(函)을 가져오세요."
함에는 바늘, 실, 가위, 골무, 천, 빗, 연지 등이 들어있었다. 그때, 해영이 빗 하나를 들고 살피다 예솔에게 건네자, 학부인이 긴장했다.
"이제, 따님 옷을 입혀주셔요"
라고 한 예솔이 해영과 함께 화초들을 관찰하며 뭔지 모를 이야기를 나누다 돌아왔다. 예솔의 손에는 파란 색깔의 꽃 한 송이가 들려 있었다.
"들어들 오셔요."
주이영과 최유가 들어오자, 예솔이 고개를 끄덕이며 주이영에게 말했다.
"아가씬 병에 걸린 게 아닙니다."
"네? 그럼?"
하고 주이영이 놀랐다.
"독에 중독된 겁니다."
"네? 제가 아이의 외출을 허락하지 않아, 독사나 독충에 물릴 일이 없습니다."
라는 말에, 예솔이 함에서 빗을 꺼내 들며 시녀에게 물었다.
"이 빗, 어디서 샀나요?"
처음 보는 빗에, 불길한 느낌이 든 부인이 눈을 흘기자, 시녀의 안색이 돌변했다. 외부인을 들이지 말라는 명을 어긴 게 들통 난 것이다.

"대답해!"
"사실은"
시녀가 덜덜 떨면서 방물장수 할멈에게 샀다고 하자, 주이영이 물었다.
"이 빗이 어떤.."
예솔이 대답했다.
"그 빗은 성조목(木)으로 만든 건데, 우리 마한 땅에서는 볼 수 없는 독(毒)을 품은 나무입니다. 평소엔 독성이 나타나지 않으나, 제가 들고 있는 독화(毒花)의 향이 스치면 맹독을 방출합니다. 빗살이 가늘고 날카로워, 빗질을 하다 긁힌 상처로 독이 침투한 겁니다. 저 파란 꽃은 독액 한 방울로 곰을 쓰러뜨린다는 독사의 주식(主食)입니다."
예솔의 말에 주이영은 아연 긴장했다.
"저도 사부님께 말로만 들었지, 이렇게 귀신처럼 사용한 건 처음 봅니다. 부인, 서역(西域)에만 나는 꽃을 어떻게 구했는지 물어봐 주십시오."
학부인이 눈을 치켜뜨자, 핏발 선 노기(怒氣)가 이글거리며 뿜어졌다.
"아씨가 빗을 사자, 방물장수 할멈이 고맙다며 선물이라고 준 꽃입니다."
"내, 이년을!"
"살려주셔요!"
시녀가 무릎을 꿇으며 머리를 조아리자
"시녀만 나무랄 수 없소. 어제의 습격으로 보아 노파는 처음부터 날 노린 거요."

라 하며, 주이영이 물었다.
"치료가 가능하겠습니까?"
예솔이 끄덕였다.
"중독이 깊어서, 시간이 필요합니다만."
"아.."
학부인이 안도하며 예솔에게 간청했다.
"어떻게든 살려주셔요."
"부인, 화단의 독화를 뽑고, 독 기운을 막는 훈화(- 무궁화)를 심으십시오."
"훈화! 그리 하겠습니다."
예솔은 주람이 입고 있는 옷과 이불 등을 태우고 새 것으로 바꾸었다.
모산신녀의 의술을 배울 때, 예솔은 침에 뛰어난 재주를 보였고 해영은 약리(藥理: 약이 일으키는 변화)에 밝아 선약(仙藥) 제조에 능했다.
잠시 후, 해영이 주람의 입에 약을 넣자, 예솔이 늦지도 빠르지도 않은 손길로, 크고 작은 침들을 바람에 날리는 민들레 씨처럼 놓아갔다.
침의 완급은 더 없이 섬세하고 단호했으며, 강약은 일류 검객의 검(劍)과 같이 일호(一毫: 털 한 가닥)의 오차(誤差)도 없이 정확했다.
'음!'
예솔의 활법이 검술의 요체(要諦)와 대동소이함을 목도한 최유의 귀에
"독의 진행을 막았으니 이제 체력을 돋우며 해독할 일만 남았습니다."

라는 말과 깊은 감사를 표하는 주이영 부부의 떨리는 목소리가 들려왔다.

주이영은 최유와 예솔, 해영을 회의실로 안내한 후 골미, 바이추, 찰합, 일리흑을 불렀다.

"마힐선사의 노환이 깊으니 천신제(祭)를 각기 따로 지내자는 소도의 연락에, 그간 별도의 제를 올려왔으나 이제 보니 잘못된 것이었소.

지금, 소도는 듣도 보도 못한 흑부리라는 자가 무단 통치하고 있습니다.

선사 교체는 단조법(檀祖法)에 따라 신지에게 통지하고 동의를 구하도록 되어있으며

난조선원과 마니산 참성단(壇), 팔봉산 소도는 마한의 3대 성지로 영지(靈知) 이상의 경지에 오른 분만이 「선사」자격을 갖는데, 소도의 흑부리는 나를 암살하려 한 놈이외다. 당장, 놈을 제거해야 하오."

바이추가 말했다.

"신지님,

금북정맥으로 토벌을 간 원전이 돌아온 후에 도모하면 어떻겠습니까? 해적의 침략으로 소태촌이 많은 피해를 입었습니다. 먼저, 백성들을 구휼하고 피해를 복구한 뒤, 흑부리 토벌에 합류했으면 합니다."

경후사(- 정무 총괄) 찰합이 말을 이었다.

"바이추님 말씀이 옳습니다. 흑부리를 제거하는 것은 당연한 일이나, 서둘지 않으셔야 합니다.

문어방(幇), 깍다귀패, 서해사흉, 독정노파, 마힐선사와 아가씨의 중

독은 모두 흑부리와 관련 있어 보이나, 정작 우리는 적의 정체와 동태를 모르고 있으니
기성(城)의 수비병까지 토벌에 쏟아 붓다가, 저들의 역습에 당하지 않을까 걱정됩니다."
주이영은 흑부리를 치고 싶었으나 부하들의 말에 참을 수밖에 없었다.
"끙"
신지가 이러지도 저러지도 못하는 얼굴로 고민할 때, 최유가 말했다.
"제가 소도를 조사해 보겠습니다."
"아! 감사합니다. 소협, 그리 해주신다니 백골난망(白骨難忘)이올시다."
하며, 주이영이 골미에게 명했다.
"읍차는 소협이 불편하지 않도록, 모든 지원을 아끼지 마시오."
그때
"저희도 돕겠습니다."
라고 예솔이 말하자 신지가 황급히 거절했다.
"안 되오. 두 분께는 너무 위험한 일입니다."
예솔이
"신지님,
저는 사문의 일로 마힐선사를 뵈어야할 뿐 아니라, 소도의 속가제자로서 의당(宜當) 어려움에 처한 소도를 도와야만 하는 책무가 있습니다.
따님이 염려되신다면 크게 걱정하실 일은 아닙니다. 의녀(醫女)에게 처방을 주었고 치유 과정도 기록하라 일러두었습니다. 아가씬 성장

기라 회복이 빠를 겁니다. 탕약을 다 들고나면 거의 회복되리라 생각합니다."
고 말하자, 주이영은 비로소 가슴을 쓸어내리며 깊이 안도(安堵)했다.

한편, 읍차 원전의 금북정맥 토벌대(隊) 1천 병력은 광덕산, 수덕산, 일월산 일대 도끼파의 근거지에 불을 지른 후 북진하여, 쌍살파가 횡행하는 흑성산 지경에 들어서 있었다. 원전이 부장 담중에게 말했다.
"담부장, 국읍을 떠나 산에 온 지 한 달, 그간 도끼파(派) 산채 열한 군데와 도적 수백을 없앴다. 그런데 금북정맥의 최대 조직, 깍다귀파(派)가 보이지 않으니 어찌된 일인가? 북쪽에서 호응하며 내려오기로 한 구로국(- 당진, 온양 일대) 배망 읍차로부터 소식(消息)은 있는가?"
담중이 대답했다.
"어제 밤, 구로국 읍차 배망님으로부터 전서구가 왔습니다. 토벌대 5백이 칠현산의 흑곰파(派)를 쓸어낸 후, 서운산 지경에서 늑대파(派)를 소탕하고 있으며, 그 일이 끝나면 여기로 올 예정이라 합니다."
"흑성산은 지금 포위하고 있는데, 깍다귀파는 어디로 사라진 게냐. 이번 출병은 깍다귀 제거가 주목적인데 백화산엔 쥐새끼 하나 없지 않더냐?"
"읍차님, 우선 쌍살파(派)를 없애는 것이 선결 과제 아니겠습니까?"
원전는 난감했다.

"하는 수 없지. 먼저 쌍살파를 없애고 읍차 배망과 다시 논의해야겠다."

원전은 퇴로를 막으며 흑성산을 공격했으나, 절벽과 험준한 지형에 파묻힌 쌍살파는 그 수가 2백이 넘고 진입로마저 좁아 지지부진했다.

원전은 도적들의 식량이 떨어지길 기다리며 밤이면 분주하게 움직였다. 닷새 후 오시(午時), 원전이 전략 수립에 매진할 때, 담중이 들어왔다.

"깍다귀파를 찾았습니다."
"음?"
"깍다귀파 사십여 명이, 서(西) 남향 5리의 고개를 넘고 있다 합니다."
"어디로 향하는 것이냐?"
"일월산입니다."
"산채는 일월산에 있나!"
"발 빠른 자를 붙여 그들의 경로를 파악하라. 쌍살파를 없앤 후 그리 가자."
"그간, 준비한 방책(方策)으로 기습을 감행하시는 겁니까?"
"이번 토벌은 3년을 계획한 것이네. 언제 또 나올 수 있겠나? 이왕 나온 거,
저들을 소탕해야 발 뻗고 잘 수 있지 않겠나. 바람이 없기만을 기대해야지."

읍차 원전은 천험(天險)의 요새(要塞)를 상대로 한, 총(總) 공격에 투지가 타올랐다.

"......"

"내일 축시(丑時: 새벽 1시 반)에, 절벽을 타고 고공에서 불화살을 쏴라."
"옛!"
원전은 1백 궁수와 병졸 2백으로, 병사 둘에 궁수 한 명씩 조를 짰고
다음 날, 다행히도 바람 한 점 없었다. 축시, 절벽으로 이동한 병사들이 궁수를 밧줄로 묶은 후, 이십 장(丈) 아래로 늘어뜨리자, 궁수들이 암벽 틈에 한 발을 딛고 내려다보며 일제히 불화살을 날리기 시작했다. 느닷없이 불벼락이 쏟아지자 산채의 건물들이 삽시간에 타올랐다.
"불이야!"
"적이다!"
느닷없는 불에 산적들이 허둥지둥 놀라며 일어났다. 쌍살파 두령 철권이 둘러보니 사방이 불바다였는데, 적들은 한 명도 보이지 않았다.
그러나 곧 백여 개의 밧줄로 암벽(岩壁)에 매달린 채, 산채를 내려다보며 불화살을 날리는 궁수(弓手) 무리가 쌍권의 시야에 들어왔다.
졸개들이 쏟아지는 화살에 속수무책으로 쓰러지고 있었으나, 절벽에 매달린 적을 공격할 방법은 없었다. 졸개 하나가 쌍권에게 보고했다.
"정문으로도 공격해오고 있습니다. 더 이상 버티기 어려우니, 산채를 버려야만 합니다."
쌍권은 기가 막혔다.
'일당백도 가능한 요새가 절벽에 매달린 궁수들의 화공에 무너지다

니.."
병력의 열세로 절벽을 지키지 못한 것이 결정적인 패인(敗因)이었다.
"서운산 늑대파로 가야 합니다."
늑대파 두령은 쌍권의 아우 쌍각(雙脚)으로 쌍살파에서 분리된 조직이었다.
"그래"
신소도국(國)과 구로국의 연합 작전이라는 사실을 모르는 쌍권(雙拳)이 절벽의 잔도를 타고 탈출한 후, 헐레벌떡 25리(里)를 달렸을 때 관병 수백이 와르르 길을 막으며 공격했다. 기다리던 담중의 병사들이었다.
부하들의 사기가 바닥에 떨어졌음을 알고, 쌍권이 칼을 마구 휘두르며 달아났다. 담중은 산적들을 해치우며 십여 리를 추적하다 원전과 합류했다.
"쌍권(雙拳)을 놓쳤습니다만, 도망친 것들은 몇 십 명에 불과합니다."
라는 보고에 원전이
"좋아, 이제 일월산으로 가서 깍다귀를 치자"
고 말했다.
이에, 담중이 조심스럽게 만류했다.
"병사들이 지쳤으니, 일단은 회군.."
그때,
"나라 재정이 어려워, 토벌대를 또 다시 편성하긴 어려울 게다. 그리고
승리한 군사는 피로하지 않은 법! 이번 기회에 도적들을 완전히 없

애야만 한다."
며 원전이 단호한 표정으로 일월산(日月山) 토벌의 진군(進軍)을 명했다.

팔봉산 소도 연심당(鍊心堂: 마음 수행하는 곳)에 흑부리, 독정노파, 지지와 도인 여섯이 둘러앉아 있었다. 흑부리가 입술을 새처럼 내밀며 말했다.
"카-, 사흉과 금북정맥에서 위세를 떨친 깍다귀파가 애송이 하나 처리 못하고 도망을.. 주이영만 잡으면 다 될 일이 틀어졌으니, 어찌 하나?"
일흉(一凶) 지지가 머리를 숙였다.
"면목 없사오나 최유의 무공은 실로 대단했으며, 깍다귀파에서 알려오길 그 뒤에 나타난 신녀 두 명도 보통 사나운 게 아니었다고 합니다. 신지 측에 그들이 있는 이상 신소도국 장악이 쉽지는 않을 것 같습니다."
흑부리가 독정노파에게 말했다.
"독정님, 기성의 병력이 금북정맥으로 나가, 성의 병력은 2백 남짓일 겁니다. 더구나 소태성은 문어방(帮)으로부터의 피해 복구에 여념이 없을 것이니, 깍다귀(派)와 힘을 합해 한 번 더 공격해 보면 어떨까요? 한 달 기한으로 출병한, 원전의 토벌군이 갑자기 돌아오지 않는다면야.."
그러나 아무 대꾸가 없어 돌아보니 독정노파는 졸고 있는 것 같았다.

흑부리가 노파의 귀 가까이 주둥이를 내밀고 언성을 조금 높였다.
"그리해도 되겠습니까?"
노파가 눈을 가만히 뜨자, 독사(毒蛇)가 슬그머니 눈을 뜨는 것처럼 보여, 지지와 여섯 도인의 등허리에 저절로 소름이 돋으며 냉기가 스쳤다.
"얘야, 보채지 말라. 내, 붉은깍의 부장 밤벼룩에게 잡힐 듯 말 듯 꼬리를 밟히며, 원전을 산에 묶어두라 했으니 그리 걱정하지 않아도 된다.
원전이 용맹하나 미련한 구석이 있어「밤벼룩」을 잡기위해 온 산을 헤매고 다닐 것이다. 병사는 지칠 것이고 독사, 독충은 또 얼마나 많은 곳이더냐.
크크크.. 이놈들아, 나는 조는 게 아니라 주이영을 어떻게 잡을까 고민 중이었다."
흑부리의 입이 찢어질 듯 벌어졌다.
"과연, 귀신도 통곡할 계략입니다."
"매사, 생각 없이 움직이지 마라. 문어방이 구발문어를 보내 소태촌을 휩쓴 건, 내가 특별히 나의 사제 문어방주 흑문어에게 부탁해서였다.
신소도국은 국읍 기성과 무역항(港) 소태성이 균형과 축을 이루고 있는지라, 그 중 어느 하나가 무너지면 나라의 기능이 마비되느니라.
하여, 흑문어에게 부탁해서 고수(高手) 구발문어가 온 건데, 뜻밖에도 최유와 계집들에게 죽고 배마저 빼앗겨버렸으니 마음이 몹시 아프다.
흉사산(凶邪山)의「흉사 흑무님」께 전서구로 알려드려라. 아무래도 도움을 청해야겠다."
흑부리가 놀라며
"흉사 흑무님은 삼십 년 전(前) 마한 전역을 공포에 떨게 한 「대마두」 아니십니까?"
하고 입을 터는 찰나 노파가 손을 쳐들자, 어느새 철사처럼 빳빳해진 깡마른 손가락이 칙칙한 빛을 발하며 부유하는 낙엽처럼 흔들렸다.
스치기만 해도 사흘 안에 죽는다는 노파의 성명절기 독마장(掌)이었다.
"그 분은 내 사형이다. 너의 그 짹짹거리는 주둥이를 평평하게 만들어주마."
소리에, 사색(死色)이 된 흑부리가 탁자에 머리를 쿵, 박으며 조아렸다.
"용서하십시오! 선협이니 선녀니 하는 것들이 덜덜 떨면서 대마두라 칭하는, 위대한 가달의 고수가 되는 게 흑부리 평생의 소망이라 얼결에 잘못 튀어나온 말입니다. 부디 이 못난 놈을 바다 같은 아량으로.."
독정노파는 「위대한 고수와 평생 소망」이라는 말에 단박에 화가 풀렸다.
"그만! 너도 이젠 선사 아니더냐. 의자에 앉아라. 장차, 마한의 국사가 될 놈이.."
노파의 말에 흑부리는 머리를 다시 한 번 콱- 박으며 감격을 표했다.
"감사합니다."
이어, 독정노파는 모두를 내보낸 후, 흑부리와 뭔가를 상의하고 사라졌다. 흑부리는 사실, 독정노파의 하나 밖에 없는 귀한 아들이었다.

주이영은 바이추에게 소태성으로 돌아가 피해 복구를 하도록 지시했다.
그리고 토벌(討伐) 간 지 한 달이 지나도 소식이 없는 원전에게「긴급한 일이 있으니 회군하라」는 전서구를 사흘 간격으로 세 차례나 날려 보냈다.
그러나 기성의 하늘을 주시하고 있는 흑부리패가 번번이 매를 날려 전서구를 채간다는 사실은 꿈에도 모르고 있었다. 예솔이 소도를 주시하고, 최유는 심야에 흑부리의 방을 엿보았으나 특이점을 발견할 수 없었다.
어느 날, 해영이 의방(房) 도인들이 내다버린 약재를 살펴본 후, 최유를 찾았다.
"뭔가 알아내셨군요."
"소도 도인들은 역시나 중독되었어요. 만독거미의 똥독으로 보입니다."
"똥독?"
"며칠 굶긴 이리가 독초에 버무린 닭을 먹고 쏟은 설사를 말린 후, 독충과 닭을 먹인 또 다른 이리의 똥을 섞어 만든 독(毒) 같습니다."
"하!"
"이 독에 당하면, 정신이 몽롱해져 남의 명령대로 움직이게 되고 3개월마다 해약을 먹지 않으면, 다리 근육이 풀려 거동할 수 없고 결국(結局)에는 오장육부까지 썩어 극심한 고통을 느끼며 죽게 됩니다."
"무서운 독이군요. 허나 만독거미는 몇 년 전, 명부(冥府)에 이름을 올렸다고 들었습니다만."
"만독이 독공을 완성하기 전 신협(神俠)의 손에 죽었으나, 잔당들이 만독의 사제 흑문어(黑文魚)와 합류했다는데, 소도에 침투한 놈들이 바로 그자들 같습니다."
"그럼, 중독된 도인들을 어떻게..?"
"흑부리에게 해약이 있을 겁니다."
라는 말에 최유가 정탐하였으나 어쩐 일인지 흑부리는 보이지 않았다.
그때, 바이추로부터 예솔, 해영에게 환자들을 치료해달라는 부탁과 함께 최유와의 상담 요청이 들어왔다.
"다녀들 오시오. 원전에게 회군하라 했으나 돌아오지 않고 있어 걱정이오."
"소도의 문이 닫혀있어 살펴보았으나 흑부리와 독정노파가 보이지 않습니다. 혹시 모르니, 감시병을 붙여놓고 예의주시하시기 바랍니다."
최유와 예솔 등이 소도로 떠난 후 기성에는 초저녁부터 부슬비가 내리기 시작했다.

비에 젖어가는 기성(城)의 적막과 음습한 바람을 뚫고, 이따금 이리(- 狼: 귀가 쫑긋하고 늑대보다 큰, 개과 동물)의 긴 울음소리가 들려왔다.

성으로 흘러드는 유천(乳川) 강둑의 버드나무들을 따라 팔십 여 흑의복면인이 이리처럼 몸을 날리고 있었다. 작은 삿갓을 쓰고 도롱이를 걸친 그들은 모두 하나같이 범상치 않은 경신술(術)을 보이고 있었다.
잠시 후, 성벽 수로에 도착하자 한 흑의인이 성(城) 안을 향해 휘파람을 불었고
"뻐꾹, 뻐꾹"
답이 오자, 수로의 철망을 뜯고 성으로 들어갔다. 안에서 기다리던 상인 복장을 한 자가 배수구 수풀에 목이 꺾인 순찰병을 던지고 조용히 내달렸다. 그들은 단숨에 신지의 관저로 달려가 불화살을 쏘기 시작했다. 관저는 곧 순식간에 타오르며 아비규환의 비명 속에 파묻혔다.
"불이야!"
"둥둥둥!"
적의 기습을 알리는 북소리가 울렸고. 흑의인들이 정문으로 달려갔다.
호위병들이 급히 막았으나, 이리 같이 난폭한 자들의 상대가 되지 못했다.
한편, 북소리에 놀란 읍차 골미가 성루의 병력을 끌고 가려할 때 부하가 보고했다.
"소도의 이백 팔십여(餘) 도인이 성문을 열라고 성화(成火)입니다."
"뭐?"
골미가 내려다보니, 도인들이 횃불을 들고 소리치고 있었다. 한 도인이 외쳤다.
"읍차! 난 소도의 흑부리요! 화재를 보고 도우러 왔소. 성문을 여시

오!"
순간, 읍차 골미는
'이놈들이?'
하며 살펴보니 흑부리라 하는 자는 며칠 전 싸웠던 사흉 가운데 지지였다.
"허허허, 흑부리? 너는 서해사흉 중 혼자만 도망쳤던 지지 아니냐? 신지님의 특명이 없으면 아무도 들일 수 없다. 그리고 허락이 떨어졌다 해도 네놈들 손에 든 무기는 모두 버려야만 들어올 수 있느니라!
지지가 비웃으며
"흐흐흐, 내 그럴 줄 알았다. 여봐라, 사다리를 타고 성벽을 넘어라!"
고 명하자, 도인들이 사다리를 벽에 붙이고 미친 듯이 오르기 시작했다.
성의 병력은 모두 해야 2백인데 도인들이 훨씬 많았고, 더욱이 무예를 익혔기에 날렵하면서도 중독이 된 상태라 두려움 없이 기어올랐다.
골미가 영을 내렸다.
"활을 쏴라! 독에 중독되어 이지(理智)를 상실한 도인들이니, 망설이지 말라!"

얼룩장주와 고수들

한편, 잠이 막 들었던 경후사 찰합은 관저의 다급한 북소리에 무사와 노복을 모아 관저로 달려갔다. 사람들의 핏물이 강물처럼 흐르고 있었고
수행원 대부분이 살해된 채 마당의 중앙과 가장자리에서 살수들과 싸우고 있는 주이영과 자기 아들 찰응 그리고 무사 일곱을 발견했다.
찰합이 살수들의 배후를 공격하며 외쳤다.
"접니다!"
"찰합. 어서 와!"
주이영의 무공은 강했다. 팔구 명의 흑의인의 그의 주위에 엎어져 있었고, 창을 든 자 둘과 칼을 휘두르는 자가 제비처럼 협공하고 있었다.
"창창창창!"
"땅땅땅땅!"
얼핏, 양측의 힘이 비슷해보였으나, 주이영은 지친 기색을 보이고 있었다. 싸움이 계속 되는 가운데 주이영의 부하 다섯이 더 쓰러지

자, 주이영과 찰합은 자기들도 곧 죽을 운명임을 직감하며 입술을 깨물었다.
그때 흑의복면인 세 명이 주이영의 팔 다리와 허리로 갈고리를 던졌다. 주이영이 검으로 팔과 허리를 지켰으나, 발목을 피하지는 못했다.
"이놈!"
흑의인이 갈고리를 당기자 주이영이 넘어지며 끌려갔다. 주이영은 끌려가지 않으려 힘을 썼으나, 빗물 때문에 미끄러워 질질 끌려갔다.
순간, 찰합의 아들 찰응이 달려들며 갈고리를 든 자를 창으로 찔렀다.
"얏!"
"악!"

열여섯의 찰응은 무술연마를 좋아했고 용맹스러웠다. 한밤중에 검을 빼들고 나가는 아버지를 따라나서자 어머니가 허리춤을 잡고 늘어졌다.
"안 된다. 너는 가지 마라."
소리에
"아버님이 나라를 위해 나가시는데 어찌, 쥐새끼처럼 숨어 있겠습니까!"
하고 나선 찰응도 여러 군데 피를 흘리고 있었다. 주이영을 구한 찰응이 한창 용을 쓸 때, 살수 하나가 석화(石火)가 튀듯 찰응의 목을 그어갔고 이를 본 찰합이 넋을 잃을 때, 꿈결 같은 파공음이 찰합을 깨우며 살수의 등에 박혔다.
컥! 소리에 이어 6인의 남녀가 나타났고, 살수들이 놀라는 사이 한 사나이가 살수(殺手) 하나를 쇠스랑으로 찍어 던지며, 검불을 긁듯 두 명의 발목을 거는 동시에 옆에 선 자를 차고 좌우로 힘차게 휘둘렀다.
"퍽! 우득, 탁툭, 탁!"
갈퀴에 걸린 두 명의 머리가 살수들을 박자, 살수들이 자갈처럼 나가떨어졌다.
얼핏, 목부가 돼지우리를 정리하는 듯했으나 놀라운 수준의 무공이었다. 찍고 걸고 당기며 차고 휘두른 동작이 더 없이 빠르고 역동적이었다.
그는, 흑림에서 선화를 구하고 얼룩장주 갈단의 사위가 된 저동아였다.
여홍의 지도로 심공(心功)의 요체를 깨달은 저동아는 파곡산 결투를 떠올리며 밤낮없이 수련한 결과, 일류 고수의 경지를 눈앞에 두고 있었다.
갈퀴와 권각이 귀영(鬼影)처럼 움직이며 살수들을 타격하는 가운데 2장(丈) 옆으로, 괴한들을 허수아비처럼 베어 넘기는 검객이 있었다.
삭막한 검영(劍影) 속에 괴한들을 가두고 피바람을 일으키고 있는 자는 주작국의 둘째 왕자 우화였다. 나라를 되찾고자 고심참담 정진한 듯,
육허(六虛: 천지 사방)를 나는 검(劍)이 허둥대는 살수들의 혼(魂)을 화광 속으로 날려 보냈다. 그는 무려선문의 검법을 전개하고 있었

다.

그 뒤로, 노인과 연검을 든 낭자의 좌우에서 뱃사공 둘이 작살을 빼들자

흑의복면인들의 우두머리로 보이는, 왜소한 복면인이 성큼 나서며 외쳤다.

"모두 멈춰라! 누구냐? 남의 일에 왜 끼어드는 게냐?"

흑의인은 뜻밖에도 늙은 여자의 목소리를 내고 있었다. 노인이 말했다.

"그건 내가 물어 볼 말, 나는 신지님의 벗 갈단이다! 너야말로 누구냐?"

흑의인이 놀란 듯

"갈단? 얼룩장주?"

라 되물었고

"나를 알고 있다니 기특하구나. 내 특별히 용서할 테니 이만하고 즉시 여길 떠나라. 그렇지 않으면 한 놈도 살아 돌아가지 못할 것이니라!"

는 소리에

"낄낄낄낄"

거리던 흑의인이 돌연 복면을 벗자, 교활한 눈매의 노파가 나타났다.

"나는 독정이다. 반갑구나. 너희에게 당한 낭림요마가 나의 의매이니라. 지금껏 원수를 못 갚아 한이 맺혔는데 이렇게 나타나다니. 기쁘구나!"

갈단은 놀랐다.

"낭림요마는 내 딸을 납치하여 벌(罰)을 받은 것, 무슨 원한이 어찌

고 저쩌고냐!"
"닥쳐, 피는 피로 갚는 법! 흑부리, 주이영을 생포하라!"
며 노파가 갈단에게 몸을 날리자, 저동아가 득달같이 막아섰다. 흑선으로 보이는 「패리」는 우화가 상대했고, 흑부리는 주이영과 다시 격돌했다.

갈단은 선화와 저동아를 결혼시킨 후, 얼룩호를 타고 멀리 오월(吳越)에 가서 장사를 하고 북옥저로 돌아가는 중이었다. 소태항(港)은 항해 도중, 식수와 선용품을 보충하기 위해 자주 들르던 곳이었고, 촌간 바이추와도 안면이 있었으며 기성(城)의 주이영과는 친분이 깊었다.
얼룩호가 소태항(港)에 접근하고 있을 때 선원이 달려와 급히 보고했다.
"문어방의 해적선이 보입니다."
"뭐라? 그럼, 해적이 마을을?"
갈단이 갑판으로 나오자 해적선을 살피던 우화가
"그런데, 배 돛대에 신소도국(國)의 부상수 깃발이 휘날리고 있습니다."
라고 했고 저동아가
"제가 가보겠습니다."
하자 우화도 따라나섰다. 두 사람은 항해하는 동안 의기투합해 있었다.
이어
"어머, 나도 갈래요."

하고 나서는 선화를
"얘, 넌 가지 마라."
고, 갈단이 말렸고
"여필종부 아닌가요?"
하고 우기는 딸에 갈단이 주저하는 사이, 선화가 얼른 저동아를 따랐다.
얼룩호에서 내린 작은 배가 항구에 도착한 후, 문제없다는 저동아의 신호에 얼룩호가 정박했고, 선장에게 배를 수리하고 선용품을 챙기라고 지시한 갈단이 추도와 단수, 선화, 우화, 저동아를 이끌고 관저로 향했다.
선화가 말했다.
"불 탄 집들이 너무 많아요. 정자(亭子)도 선황당도 모두 불에 탔어요."
"그렇구나. 해적들의 만행이 이토록 저질러진 건, 나도 처음 보는구나."
관저에서 피해 복구 지시를 내리고 있던 바이추가 갈단을 알아보고 맞이했다.
"어서 오시오, 저리 가십시다."
갈단 일행은 바이추를 따라 한 초가로 들어갔다. 시종들이 차를 내왔다.
"사정이 이러하니 촌간으로서 부끄럽습니다. 대접이 소홀한 점 용서하시오."
"어떻게 된 일입니까?"
바이추는 갈단에게 그간의 사연을 고통스럽게 전했다.
"요 며칠, 수십 년의 풍파(風波)를 겪은 것 같습니다."

갈단은 치를 떨면서도, 최유와 예솔, 해영의 도움으로 해적을 물리치고 해적선을 탈취했다는 이야기에 기뻐했고, 도적 떼의 습격을 받은 주이영이 한 때 위험에 처했었다는 말에 자리를 박차고 일어섰다.
"신지는 나의 삼십 년 지기(知己)요, 내 어찌 가만히 있을 수 있겠소?"
하며 추도에게 지시했다.
"배에서 5백 냥을 가져와 촌간께 복구비용으로 드리고, 빨리 우리를 뒤따라 와라."
바이추가 크게 고마워했다.
"말을 빌릴 수 있겠습니까?"
"네!"
바이추가 의기양양한 얼굴로 해적에게 빼앗은 말 여섯 필을 끌어오라 지시했다.
소태촌을 출발하자 비가 내리기 시작했다. 갈단은 성문이 닫히기 직전, 추도와 합류한 후 백화객잔에 들었다. 갈단 등은 긴 여행 끝에 온돌방에 눕자 저절로 깊은 잠에 떨어졌다. 얼마나 시간이 흘렀을까.
주위가 갑자기 시끄러워지며 외마디 비명(悲鳴)이 야공(夜空)을 때렸다.
"불이야!"
"적이다!"
둥둥둥둥..둥둥 어지러운 북소리가 갈단 일행의 머리를 마구 흔들었다.
"뭐야..?"

갈단이 나가보니 밖은 여전히 비가 내리고 있었다. 갈단이 객잔주인에게 물었다.
"뭐가 이리 시끄럽소이까?"
"관저가 불타고 있습니다."
는 말에
"모두 관저로 가자. 나의 벗에게 좋지 않은 일이 닥친 것 같다."
고 하며, 갈단이 눈에 불을 켜고 말을 몰아 한걸음에 달려온 것이었다.

독정노파가 쇠스랑을 칼로 쳐내며 저동아의 목을 베어가자, 쇠스랑이 빙그르 돌며 노파의 허연 머리를 찍어갔다. 칼과 쇠스랑의 속도(速度)로 보아 목이 날아가는 동시에 머리도 산산이 부서질 판이었다.
목숨을 외면한 돌발적인 반격에 노파가 급히 물러서다 팔뚝의 살가죽이 쇠스랑에 벗겨졌고, 그때부터 찍고 긁고 후리며 풍차(風車)처럼 도는 쇠스랑 사이사이로 황소의 뿔과 같은 권각(拳脚)이 뒤를 이었다.
일합부터 목숨을 바꾸자는 놈을 피한 결과, 기선을 제압당하고 만 것이다. 피하고 막으며 내리 후퇴하던 독정노파는 얼굴이 붉게 달아올랐다. 망신도 이런 망신이 없었다. 이마에 피도 안 마른 놈이었으나, 상대는 지금까지 만나보지 못한 까다로운 유형의 고수(高手)였다.
사실, 저동아는 초장부터 같이 죽자고 할 사람은 아니었으나, 다수의 적을 상대로 기변(機變)이 필요한 때라 판단했기에, 흑림(黑林)에서 본 소북의 야수 같은 패기를 떠올리며 불의의 공격을 감행했던 것이다.

뜻밖의 도발에 휘말린 독정노파는, 바위라도 찍어 던질 쇠스랑에 삼십 초(招)가 넘도록 한 번도 반격(反擊)의 기회를 얻지 못하자, 돼지 똥이나 긁어야 할 쇠스랑을 흰 눈으로 흘겨보며 빠드득 이를 갈았다.

"돼지 같은 놈!"

하고, 훌쩍 물러선 노파가 칼을 휘두르다 벼락같이 독마장(掌)을 펼쳤다.

"우르르 훅."

소리에 저동아가 1장(丈) 뒤로 물러서자, 노파는 득의의 미소를 지었다.

"왜, 받아보지. 낄낄낄낄!"

이어,

누구도 우위를 점하지 못하는 일진일퇴가 이어졌다. 저동아의 쇠스랑 무술이 놀라웠으나, 노파의 독마장은 상대하기가 몹시 껄끄러웠다.

싸움이 끝을 보이지 않으며 늘어지자, 갈선화가 독정노파의 뒤를 공격했다.

"낄낄낄, 어서 오너라. 너의 돼지 서방이 죽는 걸 못 보겠는 모양이지?"

돼지라는 소리에 노한 갈선화가 독정노파의 목을 향해 검을 휘둘렀다.

"훅!"

갈선화가 약이 바짝 오르자, 노파는 더욱 정신을 집중하며 칼을 휘둘렀다.
저동아, 우화, 갈단 등이 가담했으나 독정과 흑부리, 패리의 무공이 높고 도적의 수가 많아, 결투는 주이영에게 여전히 불리한 형국이었다.
이미 십여 곳에 부상을 입은 주이영은 검(劍)이 점차 무거워지는 걸 느끼며, 흑부리가 자기를 죽이지 않고 생포하려 한다는 사실에 크게 분노했다.
자기를 개처럼 끌고 다니려 한다는 생각이 든 주이영이 동귀어진(同歸於盡)을 각오한 듯, 공격일변도의 검초(劍招)를 전개하기 시작했다.
팔을 내주고 목을 그으려는 주이영이 검(劍)을 휙휙 휘둘렀고, 흑부리의
"생포하라!"
는 명에 적들이 쇄도했으나, 주이영의 옆엔 찰합과 찰응만이 남아 있었다. 그러나 두 사람 역시 부상으로 움직임이 여의치 않은 상태였다.
비는 언제 그쳤는지, 으스름 달빛만이 혼(魂)이 떠난 시체들을 비추고 있었고, 우화는 패리와 열 명의 살수들을 상대하고 있었다. 꺽다리 패리의 긴 팔에 둘둘 묶인 것 같은 검이 히히 소리를 내며 몰아쳤다.
우화는 패리가 마구 휘두르는 검에서 나는 소리가 자기의 뇌(腦)를 물어뜯는 것 같아, 소년 시절 들었던 파천이라는 이름의 검법(劍法)이 떠올랐다. 우화는 즉시 호흡(呼吸)을 가다듬으며 정신을 집중했다.
그때, 독정노파의 두 발이 기우뚱 교차하며 갈선화의 우측으로 돌아

서자
"앗!"
하고 놀란 저동아가 갈선화를 밀치며 쇠스랑으로 독정노파를 찍어 갔다. 순간 쇠스랑을 피한 독정노파가, 아내를 보호하느라고 빼지 못한 저동아의 왼팔을, 독마장(毒魔掌)으로 번개처럼 훑고 지나갔다.
"흡!"
걸리적거리는 갈선화를 이용해 저동아의 팔뚝에 상처를 입힌 것이다.
"악!"
갈선화가 노파의 연속 공격을 막으려 나섰으나, 노파는 저동아만 쓰러뜨리면 오늘의 목표(目標)는 무난히 완수하게 될 것으로 생각했기에
"돼지 같은 놈!"
하며 좌장으로 갈선화를 밀고 저동아를 두 조각 낼 듯 베어갔다. 칼날을 흐르는 파공음(音)이 다급히 물러서는 저동아의 정신을 흔들었다.
쇠스랑에 당한 수모를 갚은 노파는 기운이 펄펄 끓었다. 노파는 독마장을 퍼부으며, 독(毒)이 스쳐 둔해진 저동아에게 칼을 마구 휘둘렀다.
물실호기(勿失好機), 놈이 안정을 찾기 전에 반드시 자빠뜨려야만 했다.
눈에 불을 켠 노파가 철골(鐵骨) 같은 팔에 힘을 모으고 최후의 칼을 날릴 때,
슉-슉 소리와 함께 두 가닥의 강력한 살기가 노파를 향해 날아들었다.

독정노파의 뱀 같은 눈이 새파랗게 번득였다. 가볍게 볼 화살이 아니었다.
"누구냐?"
하고 피한 노파가 돌아보니, 12장 밖에서 한 소년이 번개처럼 화살을 날리고 있었다. 주이영, 갈단, 우화를 협공하던 살수들이 화광(火光)을 비트는 파공음에 고꾸라진 후, 악 소리를 낼 틈도 없이 연이어 다섯 명이 허깨비처럼 바닥에 쓰러졌다. 천하명궁(天下名弓)이었다.
노파와 흑의인들이 동요했다. 이어, 서러울 정도로 반가운 주이영이 눈을 빛내는 순간, 노파가 쳐낸 구름이 밀려들었고, 이를 본 최유가 쌍수(雙手)를 활짝 펴자, 높고 낮은 바람이 새가 회전하며 날듯 뻗어갔다.
"후-꽝!"
노파와 최유의 손바람이 강하게 부딪치자, 모두 싸움을 멈추고 돌아보았다.
새가 날개를 펴듯 쳐낸 장력이 뒤틀리며 독운(毒雲)을 분산, 타격하자,
"팔색장!"
하고 신음을 토한 노파가 참새를 찍는 사마귀처럼 칼을 휘둘렀고, 뒤늦게 도착한 예솔과 해영이 살수들을 압박하며 격전에 돌입했다.
그때
"우-!"
함성과 함께, 바이추가 이끄는 삼십 명의 병사들이 악을 쓰며 몰려왔다.
독정노파는 상황이 좋지 않음을 깨달았다. 부하들은 이미 사십 명도

남지 않은 상태였다. 잠깐 입맛을 다신 노파가 갑자기 치마를 끌러 던졌다. 순간, 치마가 둥글게 말리며 몽둥이처럼 날았고, 최유가 흠칫 피하자 노파가 낄낄거렸다. 노파는 치마 속에 바지를 받쳐 입고 있었다. 땅에 떨어진 치마에서 연기가 풀풀 나며 사방으로 퍼졌다.
최유가
"독 연기!"
하고 외치자, 노파를 필두로 흑부리가 쏜살같이 도망쳤고, 주이영이 외쳤다.
"촌간, 성문의 골미를 도우시오!"
"네!"
바이추가 성문으로 달려가자, 주이영이 갈단과 최유에게 감사를 표했다.
"장주, 반갑고 고맙소이다. 소협은 또 어찌 알고 이렇게 오셨습니까?"
"몸이 아프면 보내라고 준 전서구로, 주람 아씨가 위기를 알려왔습니다."
주이영은
'흠, 주람이가 이젠 병마도 이겨내고 애비를 돕는구나. 다 나를 닮은 게지.'
하며 저동아 치료를 예솔에게 청했다.
"독정노파의 독마장(掌)에 당했습니다."
예솔이 저동아의 상처를 살피는 사이, 주이영은 갈단과 최유 등을 소개했다.
"장주.. 최유 소협(少俠)과 모산신녀님의 문하 예솔, 해영님, 경후사(竟侯奢) 찰합과 아들 찰응이외다. 소협! 이 분은 나의 오랜 벗, 북옥저 가륵성의 얼룩장주 갈단님과 딸 선화 그리고.."
이어,
"주작국의 우화 왕자와 저의 사위 저동아 그리고 호위무사들입니다."
라고 갈단이 답했다.
예솔이 저동아의 상태를 전하자 해영이 은갑을 꺼내 백, 녹, 황의 선단 중 녹단(綠丹)을 입에 넣어주었고 잠시 후 저동아가 뒤척이자
"가만 계셔요. 오장(五臟)을 안정시켰을 뿐입니다. 침으로 독을 뽑겠습니다."
하며, 질그릇을 준비한 예솔이 저동아의 수삼양경(手三陽經)과 수삼음경(手三陰經)을 오가며 길고 짧고 굵고 가는 침들을 빠르게 놓아갔다.
선화의 눈에 수심이 짙어갈 때, 예솔이 용천혈을 짚은 후 오지(五指) 끝에 은침을 박아 넣자, 독혈이 침을 타고 뚝뚝 떨어지기 시작했다.
이어, 대추혈에 장심(掌心)을 대고 토납을 도운 예솔이 선화에게 말했다.
"부인, 부군의 내공(內功)이 심후하여, 이틀이면 원기를 되찾을 겁니다."
'과연, 모산신녀의 제자!'
모두가 입을 벌리고 감탄할 때, 촌간(村干) 바이추와 읍차 골미가 왔다.
"지지가 이끄는 도인들은 물리쳤고, 지금 사상자를 수습하고 있습니다."
왼 어깨를 천으로 감싼 골미가 보고했다.

"신지님, 병사 52명이 전사(戰死)했고 백여 명은 부상을 당했습니다."
큰 피해였다.
"그리고 적의 사상자는 2백여 명으로 추산됩니다."
"음.. 신소도국 도인들을 우리의 손으로 죽이다니"
주이영이 독정노파와 흑부리의 간악한 흉계(凶計)에 치를 떨며 외쳤다.
"원전은 왜 여지껏 돌아오지 않는가!"
경후사 찰합이 말했다.
"저들이 소도를 장악하고 도인들을 독으로 이용했다는 것과 소태성 공격 그리고 원전의 1천 병력이 돌아오지 않은 시점에 소협과 예솔, 해영님의 부재를 틈탄 「살수들과 지지의 양동작전(陽動作戰)」 모두가,
주람 아씨의 중독과 소도로 가시던 신지님을 습격한 일과 연결된 것 같습니다.
노파는 우리 사정을 잘 알고 있으며 용의주도합니다. 관저에 노파와 내통하는 자가 있을 겁니다. 혹, 원전과 병사들에게 탈이 없는지 염려가 됩니다."
주이영은 찰합의 말에 깨닫는 바가 있었다.
"독정노파와 흑부리를 단순히 흑도(黑道) 무리로만 생각했는데, 경후사의 말을 듣고 보니 철저히 대비해야만 할 것 같소이다. 자, 오늘은 이만 쉬고 내일 다시 상의하도록 합시다. 경후사와 촌간, 읍차 골미는 영웅(英雄)들이 쉬실 자리를 마련해 드리고 상황을 정리하시오."
다음 날, 찰합은 독정과 내통하는 자를 찾기 위해 은밀히 움직였고,

골미는 금북정맥으로 간 원전을 찾아오라는 명(命)을 받고 병사 둘을 데리고 떠났다.

바이추가 소태성으로 돌아가자, 갈단 일행도 며칠 머물다 얼룩호를 타고 떠났고, 주작국(國)의 둘째 왕자 우화는 신소도국(國)에 남았다.
"저동아 동생, 난 이곳에 남겠소. 마한이 내 고향 주작국과 가깝지 않소?
형님과 부왕의 안위도 궁금하고, 하루 빨리 요작미 제거 방안을 찾아야만 하오."
저동아는 아쉬웠으나, 그의 처지를 너무도 잘 아는지라 말릴 수 없었다.
"왕자님, 도움이 필요하면 언제고 연락 주십시오. 한 걸음에 달려오겠습니다."
"고맙소."
떠나기 전, 갈단이 주이영에게 조언을 했다.
"소태항에 있는 해적선이 매우 튼튼합니다. 전함으로는 유지비용이 많이 들지만, 상선으로 개조해 무역을 하면 큰 이익을 볼 수 있습니다."
귀가 번쩍 뜨인 주이영이 바짝 다가앉았다.
"나나 소태성 촌간이나 무역에는 잼뱅이니, 장주가 잘 가르쳐주시오."
갈단은 한참을 생각한 끝에 웃으며 말했다.
"그 배를 제게 빌려주시면, 명도전을 연(年) 1천 냥 드리고, 수익에 따른 이익 배당도 해드리겠습니다. 용선(傭船) 기간은, 신지님의 존안(尊顔)을 뵙기 위해서라도, 2년이면 어떻겠습니까? 하하하하하하."
주이영은 입이 쩍 벌어졌다. 해적선을 잡아놓긴 했으나, 사용 방도를 고민하던 터였다. 신하들 중에 전투함(戰鬪艦)으로 개조하자는 사람도 있었으나, 신소도국의 재정으로는 유지비용이 너무 버거웠다.
누군 골치 아프니 바닥에 구멍을 내 가라앉히자는 의견도 있었는데, 그런 애물단지로 연(年) 1천 냥 이상을 벌다니, 횡재도 보통 횡재가 아니었다.
"대단히 고맙소이다만, 우리는 그렇게 큰 배를 상선으로 고쳐 본 적이 없소."
"우리 선장 은조와 추도를 남겨놓고 갈 테니, 배를 개조하는 동안 적극 지원해 주십시오. 선원도 이곳 사람을 뽑아 쓰도록 하겠습니다."
주이영은 갈단의 세심한 배려가 너무도 고마웠다.
"장주가 시키는 대로 하리다. 고맙소. 내 장주의 온정, 잊지 않겠소이다."

상선 개조 작업으로 일거리가 생기자 소태촌 포구는 사람들이 몰려들었다.
갈단은 품삯이 적더라도 가능한 많은 사람들을 고용하도록 권유했다.
흉년으로 유랑하던 백성들이 소문을 듣고 몰려들었다. 생계를 유지

할 수 있었기 때문이다. 기성에서도 관저 복구 작업이 이루어지고 있었다.

최유는 멸악당(滅惡堂)에 머물며 예솔, 해영과 함께 독정과 흑부리의 움직임을 주시했으나, 그들은 종적을 감추었고 소도는 굳게 닫혀 있었다.

예솔이 물었다.

"소협, 독정이 데려왔던 살수들은 어떤 자들일까요? 마한의 여러 번국을 여행하였지만, 그와 같은 흑의 복면인들은 본 적이 없었어요."

"누님, 저는 독정이 누군가의 강력한 도움을 받고 있다고 생각합니다."

최유가 문득 예솔, 해영을 누님으로 부르자, 예솔이 화사하게 웃었다.

"나도, 노파와 흑부리 힘만으로 이번 음모를 추진했다고 믿진 않아요. 저들은 주도면밀한 계획 하에 가랑비를 뿌리듯 조금씩 신소도국을 잠식해 왔어요. 문어방 외에 또 다른 검은 세력이 포진해 있을 겁니다."

그때 찰응이 찾아왔다. 이번 싸움에 생긴 자상(刺傷)을 신녀들의 치료로 회복하고 감사 인사차 들른 것인데, 읍차의 관복을 입고 있었다.

"어머, 읍차가 되었군요. 축하합니다."

찰응은 계면쩍어 했다.

"어제 임명 받고, 신녀님들과 선협님께 감사의 말씀을 드리러 왔습니다. 어머니가 매우 고마워하시며 만들어 주셨어요. 맛을 좀 보십시오."

하며 들고 온 함을 열자, 곱게 빚은 여러 종류의 떡과 약과가 들어 있었다.
생사(生死)를 함께 한 터라, 그들은 어느새 형, 동생, 누님 하며 친해졌다.
나흘 뒤, 금북정맥을 누비며 산적을 토벌하던 원전이 기성(基城)으로 돌아왔다. 골미는 산을 헤매다 이틀 뒤에야 원전을 만나 함께 돌아왔다.
원전은 비록 한밤중에 입성했다고는 하나, 반겨주는 사람이 하나도 없어 못내 서운했다. 다음날, 원전과 담중은 조회에 참석하기 위해 들뜬 마음으로 관저로 갔으나, 조회가 시작되자마자 주이영이 호령했다.
"원전과 담중을 계하(階下: 계단 아래)에 꿇려라!"
원전은 눈이 휘둥그레졌다.
'산적 토벌(討伐)을 위해 한 달이 넘도록 풍찬노숙(風餐露宿)한 나를?'
"신지님! 왜.."
하는 순간, 호위들이 달려들어 원전과 담중을 밧줄로 묶고 바닥에 꿇어 앉혔다. 상(賞)을 기대하고 있던 원전은 도무지 이해가 가질 않았다.
"제게 뭔 죄가 있습니까?"
하고 묻자,
"한 달 내에 귀환하라 했던 나의 명(命)을 어긴 죄(罪)이니라!"
라고 주이영이 꾸짖었다.
원전이 당당하게 말했다.
"쌍살, 흑곰, 늑대, 도끼파를 토벌했으나, 꼬리를 말고 도망가는 깍다귀파(派)를 발견했기에 놈들을 쫓느라 기일을 지키지 못했습니다. 장수가 전장의 상황에 따라 취하는 임기응변은 용인된다고 들었습니다."

"뭐? 깍다귀파를 추격하느라고 세월을 보내?"

"예!"

"그럼, 잡았는가?"

"죄송합니다. 잡지 못했습니다."

"네 이놈 원전! 네가 허송세월하는 동안, 깍다귀파는 팔봉산에서 날 죽이려 했고, 악인들에게 중독된 소도 도인들은 꼭두각시가 되어 성을 공격했으며, 해적들이 소태성(城)을 유린하고 흑도 살수들이 관저를 불태웠다.

이는 신소도국 역사에 처음 겪는 재난인데, 전서구를 세 차례나 보내도 돌아오지 않은 네가 어찌 흑심이 없다할 수 있겠으며 또한 전장의 상황을 일절 보고하지 않은 네가 방자한 것이냐, 아니면 무능한 것이냐!"

원전은 그제야 사태를 짐작했다. 어제 돌아와 보니 어딘지 이상했다.

환영해주는 사람도 없었고, 아침에 보니 관저는 불에 홀라당 타 있었으며, 오늘 아침 대신들의 표정도 영 서먹서먹했다. 좌우를 둘러보았으나, 누구하나 도와줄 마음이 없는 듯 입을 다물고 눈을 질끈 감고 있거나, 옷섶을 만지작거리며 멀거니 천정만 바라보고 서 있었다.

심상치 않은 분위기에, 원전은 까딱하면 죽을 수도 있다는 예감으로 아뢰었다.

"신지님, 전서구가 저의 진영에 날아온 적은 한 번도 없었습니다.

상황을 보고 드리지 못한 죄, 벌 받아 마땅하오나 미련한 탓으로 토벌만 생각했던 제 충정을 헤아려주십시오. 그 어떤 흑심도 없었습니다."
원전이 변명을 늘어놓자, 주이영이 붉으락푸르락 하며 거품을 내뿜었다.
"에잇, 듣기 싫다. 수많은 사람이 죽었느니라. 그 책임이 네 목 하나로 해결 될 것 같으냐? 네 일족의 목숨을 내놓아도 부족할 것이다. 아, 꼴 보기 싫다. 여봐라, 저놈들을 당장 지하 뇌옥에 가두어라!"
원전과 담중이 끌려 나갔으나, 주이영은 씩씩대며 노기를 가라앉히지 못했다.
이윽고, 찰합이 나섰다.
"신지님, 원전이 회군하지 않은 건 큰 잘못이었으나, 사정을 듣고 보니 동정이 가기도 합니다. 쌍살, 흑곰, 늑대, 도끼파를 내주고 원전을 유인한 독정노파의 계략이 치밀했다는 반증(反證) 아니겠습니까?
다행히 최유님과 예솔, 해영, 갈단 장주의 도움으로 위기를 넘겼으니, 원전이 백성들의 우환거리를 없앤 공을 조금은 고려해주셨으면 합니다.
향후 잔당들을 섬멸하는 데에 신명을 바치는 것만이 오늘의 죄를 용서받을 수 있는 유일한 길이라고 하명(下命)하시면 어떨까 싶습니다.
그리고 우선 내부의 적을 찾아내는 게 급선무라고 생각했기에, 태일당(堂)의 선협 구이망(龜二網)을 만나 독정노파에 대해 말씀드렸습니다."

구이망은 남(南) 마한(- 아리수 이남)의 덕이 높은 선인이며 천문지리와 의술, 복술 등에 밝았다. 그는 팔봉산 태일봉(峰)에 태일당을 세우고 제자들을 가르쳤는데 그들 또한 좀처럼 세간에 몸을 드러내지 않았다.
주이영도 구이망에 대한 소문만 들었을 뿐, 한 번도 그를 만나 본 적이 없었다.
"만나기 어려웠을 텐데."
"나라의 위난을 전달하며 노파의 조사를 부탁했고, 어제 답을 받았습니다."
하며, 서한과 작은 주머니를 꺼내 주이영에게 건넸다. 「반 년 전, 이부(部)에 들어간 자를 조사해 보십시오」라는 글을 보고, 주이영이 물었다.
"이부는 경후사가 관리하는 곳 아니오? 누구를 가리키는 것이오?"
"주머니에 호패가 들어있습니다. 믿을 수도, 입에 올리기도 어렵습니다."
주이영이 호패를 꺼내보니 주승이라고 적혀 있었다. 주승은 「이십년 전 계집질을 좋아해서 자기와 사이가 좋지 않았고 노름판에서 건달의 칼에 찔려 죽은 동생 주양」의 아들이었다. 1년 전, 아무 연락이 없던 제수(弟嫂)가 돌연 찾아와 주승의 일자리를 부탁했고, 마지못해 오졸(烏拙: 말단 관리)로 임명하여 이부의 일을 보게 한 터였다.
주이영은 깜짝 놀랐다.
"주승은 어디 있느냐!"
"……"
아무런 대답이 없자 모두 두리번거렸으나, 주승은 보이지 않았다.

주이영이 불같이 화를 냈다.
"감히, 조회에 빠져? 찰응-!"
"네!"
"주승과 식솔을 잡아와라."
"네!"
찰응이 나간 후, 주이영은 바이추로부터 소태성 복구와 해적선 개조 작업을 보고 받고 조회를 파했다. 한 시진 후 찰응이 돌아와 보고했다.
"그래, 잡아왔느냐?"
"주승은 이미 사라졌고, 그의 가족들은 다 죽어 있었습니다."
"뭐?"
"주승이 자기 어머니와 아들, 딸을 모두 죽이고 도망을 쳤습니다."
"아!"
찰응이 아뢰었다.
"도망친 주승은 진짜 주승이 아닐 것입니다. 누군가 주승을 죽인 후 변장하고 주승 행세를 해왔을 겁니다. 호패를 다시 살펴봐 주십시오."
주이영이 호패(號牌)를 보았으나, 기성에서 발급한 것이 틀림없었다. '호패가 구이망을 거쳐 내게 보내졌으니, 놈은 호패가 없을 터. 음, 대체 누구란 말이냐?'
고 생각하던 주이영이 찰응과 함께 최유와 예솔, 해영, 우화를 만났다.
"어서 오십시오. 신지님."
"급히 상의할 것이 있소."
주이영이 첩자(諜者) 주승에 대한 이야기를 했다.

"가짜가 조정에서 1년을 지냈다니, 이런 기막힌 일이 또 어디 있겠소?"
"무서운 음모군요. 그러나 정예부대도 돌아왔으니, 소도부터 되찾아야 합니다. 신국(神國)의 백성이 장독대에 물 떠놓고 기도할 순 없지 않습니까?"
"소협, 소도의 동정은 어떻소?"
"샅샅이 탐색했으나, 독정과 흑부리는 없고 도인들만 어수선하니, 병사 3백이면 소도를 탈환할 수 있겠습니다. 그리고 신녀님들이 소도 탕제실의 약 찌꺼기를 분석해 마침내 도인들의 해독제를 만들었습니다."
"오, 대단하십니다!"
탄성을 토한 주이영이 골미, 찰응에게 3백 병사를 내린 후 뒤를 따랐다.
한검봉(峰)에 도착한 골미는 병력을 둘로 나누어, 2백은 자신이 끌며 최유, 우화와 정문으로 향했고, 1백은 찰응이 인솔하여 예솔 등과 배후로 접근하도록 했다. 솟대거리를 훑으며 산문(山門: 바깥 문) 앞에 이른 골미가
"흑부리와 노파를 잡으러왔다! 도인들은 죄가 없으니 무기를 버리고 항복하라!"
고 소리쳤으나 아무 반응이 없었다. 이어 파성추로 문을 깨라는 골미의 명(命)에, 병사들이 파성추를 장착한 달구지로 문을 두 번 박았고
"빠직"
문짝이 깨지자, 골미가 뛰어들었다.
"진격하라! 가짜 도인들을 찾아라!"

"와!"

병사들이 악을 쓰며 들어갔으나, 뜻밖에도 소도 안은 텅- 비어있었다.

"어?"

잠시 후, 후문에서 들어온 찰응도 합류하여 전방위(全方位) 수색에 들어갔다.

모산신녀로부터 소도 구조를 듣고 온 예솔은, 태시전(殿: 환웅을 모신 곳) 뒤의 계단을 올라갔다. 최유도 신녀들을 따랐다. 계단 위로 동굴이 있었고 입구의 암벽에 은하동(洞)이라는 글이 새겨져 있었다.

최유는 눈을 번쩍 떴다. 손가락으로 벽(壁)을 파 내리며 쓴 글씨였다.

'보고도 믿지 못할 내공!'

탄성을 토하며 둘러본 굴은 생각보다 깊었고, 이십 장을 들어가니 길이 넓어졌다. 어디선가 흘러드는 빛으로 그리 어둡지는 않았으며 수련장으로 보이는 방(房) 세 개가 있었는데, 방은 모두 자물쇠로 잠겨 있었다.

"이런 곳에 도장이!"

"선사나 장로가 수행하는 곳입니다. 마힐선사님이 계실지 몰라서 왔습니다."

예솔이 첫 번째 방의 자물쇠를 부수고 보니 늙은 도인 넷이 쓰러져 있었다.

도포의 색깔로 보아 장로들이 분명했다. 예솔이 맥을 짚으며, 해독제를 입에 넣어주자, 1각이 지나 한 장로가 먼저 눈을 뜨며, 힘없이 말했다.

"난 교무장로 설천(挈川)이오. 고맙소이다. 우린 독정에게 중독되었소."

예솔이 말했다.

"독정노파와 흑부리는 도망쳤고 소도는 도성의 병사들이 탈환했어요."

"마힐선사님은 구했나요?"

"마힐선사님도 계십니까?"

"혹시.. 옆방에 계실지도."

소리에 최유가 옆방을 부수니, 마힐선사가 쇠사슬에 묶인 채 쓰러져 있었고, 해영과 예솔이 해독제와 침으로 마힐을 깨우고 사슬을 풀었다. 그러나 기력(氣力)을 소진한 듯 마힐선사는 몸을 일으키지 못했다.

"뉘신데.. 늙은이에게 은혜를 베푸셨소?"

예솔, 해영이 마힐에게 큰 절을 올리며

"모산신녀의 제자 예솔, 해영이 사백님께 인사 올립니다."

라고 소개하자, 다 죽어가던 마힐선사의 눈에 생기(生氣)가 돌았다.

"모산신녀?"

"네"

마힐은 사방을 두리번거렸다.

"사저는 어디 계시는가?"

"관봉산 망애곡에 계십니다. 저희들에게, 선사님을 뵈온 후, 사문(師門)의 명부에 이름을 올리고 오라 명하셔서 여기에 오게 되었습니다."

"관봉산의 망애곡(谷)? 동옥저? 아, 사저, 지금까지 살아계셨습니까? 오, 한울님, 감사합니다!"

마힐이 눈물을 흘리자, 최유가 마힐과 장로들을 부축해 태시전으로 모셨다.

이어, 찰응이 최유에게 알렸다.

"헛간에서 도인들을 찾았으나, 의식이 없어 살아날지 모르겠습니다."

의식이 없는 백팔십 여 도인이 가로 세로로 내던져진 채 포개져 있었고, 개중엔 입에 피를 물고 있는 사람들도 있었다. 병사들이 하나씩 꺼내 숨이 끊어진 자는 처마 밑에, 붙어있는 자는 회랑(回廊)으로 옮기고 있었다. 죽은 도인은 35명이고 살아있는 자는 148명이었다.

예솔과 해영이 해약을 먹이며 한 사람씩 침으로 기혈 순환을 도왔고, 골미는 소도 안팎에 군영을 세우고 순찰을 돌렸다. 최유와 우화, 예솔, 해영이 소도에 며칠 머물며 독정과 흑부리의 그간 행적을 조사했고, 주이영은 찰응과 병사 오십 명만을 소도에 남긴 후 철군했다.

열흘이 지나, 마힐 외 도인들이 어느 정도 회복하며 소도는 본래의 모습을 되찾아 갔다.

맹위(孟韋)

1년 동안 용가 용간성(城)에서 학문과 무예를 익히고 돌아온 맹위가 백아궁 왕비를 찾았다.
"어마마마, 소자 맹위이옵니다."
마축은 화장을 하다 말고 나와, 구리 빛으로 그을린 태자의 손을 붙잡았다.
"태자! 돌아오는 길이 힘들진 않았는가? 흉년으로 도적 떼가 횡행(橫行)한다던데."
맹위가 웃으며 대답했다.
"도적들이 저를요? 하하, 저의 마가창(槍)과 용가권(拳)을 누가 당해 내겠습니까?"
마가창법은 마씨 부족(部族)의 무공으로, 마비가 직접 마씨 고수를 불러 가르친 무예였다. 마비가 태자의 손을 잡고 탁자로 가서 앉았다.
"호호호호.. 태자, 얼른 이리 앉아 용가국(國) 이야기를 좀 들려줘요."

맹위가 용가국(國)에서 보고 듣고 경험한 것들을 이것저것 왕비에게 들려주었다.

"사오 가한님은 당대(當代) 영웅 중의 영웅이셔요. 몇 차례 뵈었는데, 그분의 눈은 제 마음을 읽고 계신 것 같고, 태산 같은 기도는 헤아릴 수 없는 무공의 경지를 느끼게 합니다. 그리고 용간성은 늘, 역동적입니다.

말을 탄 전령들이 수시로 들락거리고, 성의 5십 리 밖 연룡원(園)은 용가의 정예 흑룡기(騎)가 일으킨 흙먼지로 하늘이 보이지 않을 정도입니다. 백성들은 사오 가한님이 단제가 될 것이라고 굳게 믿고 있으며,

조선의 제후국과 멀리 중원의 속방(屬邦)들도 비밀리에 사신들을 보내고 있답니다. 모두, 사오 가한이 단제가 될 경우를 대비하고 있는 겁니다. 소자는, 구이원에서 사오 가한님을 상대할 자(者)는 없다고 봅니다."

맹위의 말에 마축이 미소를 지었다.

"오, 태자를 용가국에 보낸 것이 잘한 일이군요. 자고로, 사내란 야심이 있어야 해요. 야심이 없는 자는 쟁기질 하는 소와 다르지 않아요.

병석에 계신 우리 가한은 진조선(- 진한), 번조선(- 번한), 막조선(- 마한)의 임금 중(中) 한 분으로 사오 가한보다 배분이 높았으나, 우리가 용가에 비해 이리 약한 것은 모두 나라의 힘을 하나로 모으지 못한 탓이오.

용가는 사오 가한이 권력을 쥐고 있는데, 우리 마한은 아직도 54개나 되는

성읍 국가(- 작은 번국)로 분산되어 있어, 무엇 하나 추진하려면 54

개국 신지의 동의를 일일이 구해야 하니, 분통이 터질 일이오. 마한도 빨리 이 물렁한 연방협의체에서 벗어나 왕권을 강화해야만 하오."

맹위가 대답했다.

"지당한 말씀입니다. 연방을 통일하고 칠성주(州)의 동옥저와 동, 남해 소국들도 어서 통합해야겠어요. 사오 가한께서 제게, 장차 중요한 때에 당신을 도와달라고 당부하셨습니다. 단제가 공석일 때, 오가협의회가 5가한 중(中) 단제를 선출하는 것이 마땅한데, 해모수가 단제를 참칭하고 있다면서, 유사시(有事時) 마한의 출병을 부탁하시며, 자기도 마한의 요청이 있다면 어느 때든 적극 돕겠다고 하셨어요. 그리고 어머니께 약소하다며 선물을 주셨습니다."

마축이 반색했다.

"무슨 선물이지?"

맹위가 비단으로 싼 함을 열었다. 함에는 비취, 은, 옥, 호박 그리고 진주와 금으로 만든 반지, 목걸이, 팔찌, 귀걸이, 단검 등이 가득했다.

"어머!"

마축의 눈이 반짝 빛나며 입이 귀밑까지 쫙 찢어졌다. 알이 굵은 진주 목걸이를 목에 걸고 거울에 비추어보면서 옆의 시녀에게 물었다.

"어때?"

"마마, 아주 잘 어울리십니다!"

이어, 맹위가

"사오 가한께서 어머니가 천하의 여걸이라며, 별도로 주신 게 또 있습니다."
하며, 품에서 비단 천을 꺼내 탁자에 길게 펼쳤다.
"검(劍) 5천 자루, 창(槍) 1천, 비수(匕首) 1백 개와 맥궁(貊弓) 3백, 쇠뇌 1백 그리고 도끼 1백, 철퇴 5십, 철제 갑옷 백 벌 등입니다."
마축은 맹위가 건네준 천을 자세히 살펴보며 허리가 부러지도록 웃었다.
"호호호호.."
맹위가 흠칫 하자, 마축은 그제야 웃음을 뚝 그쳤다.
"사오 가한이 나를 잘 아시는구나! 잘 챙겨둬라. 내 곧 긴히 쓸 것이다."

보름 후, 마축은 조회를 열고 명(命)을 내렸다.
"나는 마한의 54국을 통일할 것이다. 태자를 선봉장(先鋒將)에 명하노니 태자는 토화, 야루와 함께 5천 병마를 끌고 묘향산맥 이남의 소국들을 정벌하라. 항복하는 자(者)는 신지의 지위를 박탈하지 말고, 저항하는 자는 신지를 비롯해 그 일족을 처형하고 노예로 만들라.
어설픈 자비는 필요 없다. 오직, 무력으로 강한 마한을 만들 것이다.
향후, 소국은 군(軍)을 보유할 수 없으니 그 병사들을 「마한왕」의 군대로 통합하라."
마비의 갑작스러운 말에, 재상 도각(圖覺)이 자리를 떨치고 일어나며
"마마, 가한께서 위중하고 전국은 해마다 흉년이 이어지고 있습니

다. 그리고 54연방은 지배, 피지배가 아닌 동맹 관계로 공존해 왔으며, 이는 초대 가한 웅백다께서 정하신 법(法)으로 특별한 이유 없이 깨뜨릴 수 없습니다. 부디, 백성을 살피시어 명을 거두어 주십시오."
하고 간하자, 마축의 미간에 노기가 서렸다. 그렇잖아도 도각은 눈의 가시였다. 언제나, 턱밑에서 이런 저런 이유로 훼방을 놓았으나, 가한이 임명한 신하라 임의(任意)로 교체하지 못하고 끙끙 앓고 있던 터였다.
마축의 눈꼬리가 사납게 꿈틀거렸다.
"재상! 중원은 조선을 호시탐탐 노리고 있는데, 단제가 되기 위해 아귀다툼 하고 있는 오가를 보시오. 부여의 애송이 해모수도 단제라 칭하고 있소. 도는 이미 땅에 떨어졌고, 오직 힘 있는 자만 살아남는 전국시대요.
지금까지처럼 아무 생각 없이 한가하게 살다간 망하고 말 것이오. 하루빨리 마한을 통일하여 국력을 키워야 할 때이니, 다른 말 마오."
마비의 단호한 말에 도각 이하 대신들은 아무 말도 못하고 물러났다.

마한은 곧 전란에 휩싸였다. 맹위가 원양국(- 파주시 장단), 상외국, 일화국을 짓밟고 저항하는 귀족들은 노예로 만들었다. 이에 놀란 백제국(- 경기도 광주), 노람국(- 이천)은 「마축의 달지국」이 아리수를 건너올까 두려워 자진 투항했다.
맹위는 번국(藩國: 제후 나라)을 정복할 때마다, 군(軍)의 사기를 위해 약탈을 사흘간 허락했다. 이는 용가에서 유학하며 배운 것이었다.
용가는 급여를 점령지 약탈로 대신했기에, 약탈이 곧 포상이고 급여였다. 번국들은 연합을 꾀하였으나, 토화, 야루를 상대할 자가 없었다.
토화와 야루는 녹림의 포악한 자로, 사오의 계획에 따라 전소채가 호위를 핑계로 선물한 자들이었고, 맹위를 따라 마한에 온 후 읍차가 되었다.
토화의 창과 야루의 검을 앞세운 맹위가 노예 1천과 재물 1백 수레를 끌고 오자, 마축이 기뻐하며 토화, 야루를 포상하고 시녀를 세 명씩 하사했다.
"달지국은 이제 예전의 달지국이 아니다. 병사를 쉬게 한 후, 내년 봄에 다시 출병하라."
마비는 내년 출병 준비를 핑계로 가한 맹가유가 임명한 대신들을 자르고 자기의 심복으로 바꾸는 데 성공했으나, 재상 도각은 안팎으로 평이 좋아 내칠 수 없었다.
눈에 띄는 인사는 내부대신에 숙통을 임명한 것이었는데, 수분하(河) 지역의 마가족(族) 인물로 간지(奸智)가 뛰어나고 글을 잘해, 도각의 실권을 빼앗다시피 숙통에게 주어 정무를 처리하게 했고, 국정 보고를 받는다는 핑계로 궁(宮)에 수시로 불러 밀회(密會)를 즐겼다.
그러나 숙통은 타고난 정력가로, 마비(馬妃) 외에도 타오르는 욕정을 누르지 못해 여염집 아낙과 귀족을 가리지 않고 유혹, 강간을 하고 다녔고
자기를 내치라는 도각의 상소(上疏)를 가로채며 도각의 일거수일투

족을 감시하고 가족과 친척, 친구들까지 눈에 불을 켜고 약점을 찾았다.
한편, 도각의 아들 도상이 노름을 좋아한다는 걸 아는 숙통이 어느 날
「집값을 2배로 쳐줄 테니 도상에게 집을 잃어줘라」 한 지시를 이행하고 돈을 달라는 노름꾼을 암살한 후, 다른 사람을 시켜 상소를 올렸다.
"도상이 사기 노름으로 백성의 집을 빼앗고, 이를 항의하자 죽였습니다."
이에 마축은 즉시 도각을 내쫓고 암살했다. 이로써 마한은 마비의 세상이 되었다.

맹위는 용가에 유학을 가서 용가의 각종 못된 것들을 배워서인지, 권모술수에 능한 마비를 「조선의 여걸」이라 칭하며 마음으로 존경했다.
'어머니는 추진력과 결단력이 뭇 장부(丈夫)들을 압도하시는 분이다!'
용간성에서도 해만 떨어지면, 용가의 무사들과 기루에 드나들었던 맹위는 전공(戰功)을 세운 후, 더욱 나태한 생활로 하루하루를 이어갔다.
어느 날 맹위는 토화, 야루와 달강(- 대동강)에 나갔다가 두 여인을 보았다.
시녀로 보이는 여자도 예뻤으나, 옆의 여인은 흔히 볼 수 없는 절세의 미모와 기품을 지니고 있었다. 맹위는 콩닥콩닥 뛰는 가슴을 한

손으로 누르며 가만히 강둑의 버드나무 뒤에 몸을 숨겼다. 매혹적(魅惑的)인 자태에 넋이 나간 맹위는 꿈을 꾸는 것만 같아 볼을 꼬집었고, 짜르르한 통증이 해골까지 퍼지자 머리를 털며 토와에게 말했다.

"저 여인이 누군지 알아보되, 무례하게 굴거나 눈치 채게 해서는 안 된다."

야루는 「무례 어쩌고」하는 맹위의 말에 이질감을 느끼며 이죽거렸다.

"머리채를 끌고 가면 될 일을, 뭐 그리 힘들게. 누가 뭐랄 자도 없어요."

맹위가 벌컥 화를 냈다.

"아직도 녹림(綠林)의 버릇을! 그렇게 해도 될 것들만 만나본 네가 순정(純情)을 어찌 알겠느냐? 입을 함부로 놀리면 용서하지 않겠다."

태자가 평소와 달리 화를 내자, 야루는 놀란 눈으로 입을 꼭 다물었다.

"넵."

며칠 후, 토화가 돌아왔다.

"달강에서 본 여인들은 배옥과 시녀 욱면이라 합니다. 배옥은 읍차 배항의 딸로, 배항은 비리국에 유배 중이며, 배소저는 북촌에 살고 있습니다."

"유배는 왜?"

"대신들 말로는, 배항이 직언을 하다 마비님께 미움을 샀다 합니다."

"음.. 알았다. 그리고 배옥 소저의 일은 아무에게도 발설하지 마라."

그러나 이야기는, 얼마 못가 숙통과 술을 마시던 야루가 발설했고 이 말은 바로 마비의 귀에 들어갔다. 마축은 당황했다. 자기를 능멸하는 배항의 딸이 자기의 며느리로 들어온다는 건 상상할 수 없었다.
그렇잖아도 그럴듯한 꼬투리를 잡아 배항을 죽이려 했는데, 앞뒤 가릴 때가 아니었다.
며칠 지켜보니, 맹위는 단순히 희롱하려는 게 아니라 일생(一生)의 배우자로 생각하고 있는 게 분명했다. 자기가 보기에도 배옥은 대단한 미인이었다. 큰일이었다. 마축은 태자가 더 깊이 빠지게 전에 다른 여자와 뚝딱 맺어줘야겠다고 생각했다. 마비의 뜻을 안 숙통이 마족의 딸 마은을 추천했다. 마은은 조카뻘 소녀였다. 마은이 궁에 들어오면 자기의 위치는 더욱 탄탄해질 것이었다. 마비가 맹위를 불렀다.
"태자 나이 열여덟이니, 결혼을 해야 하오. 태자비(妃) 감은 마족의 마은이라는, 자색이 곱고 하나를 들으면 다섯을 아는 열다섯 아리따운 소녀요."
배옥을 만날 생각으로, 뒹굴뒹굴 세월을 까먹던 맹위는 깜짝 놀랐다.
"어머니, 저는 아직 결혼 생각이 없습니다."
"생각은 내가 할 것이오. 태자는 내 말대로만 하면 되오. 가한이 저리 누워계시니, 결혼해서 왕자를 낳아 왕권을 안정시켜야 해요. 더구나 마족은 말이 수만 마리요. 장차, 전마(戰馬)는 걱정할 게 없어요."
마축의 뜻이 강경함을 느낀 맹위가 답답한 듯, 퉁명스럽게 대답했다.

"마마, 전마(戰馬)가 필요하다고 해서, 말과 결혼할 수는 없지 않습니까?"
"뭐라!"
맹위는 아차 했다.
"혀가 꼬였습니다, 죄송합니다. 그러나 결혼은 마한을 통일한 후에나 할까 합니다."
왕비가 발끈했다.
"통일은 내가 할 일이고, 태자는 결혼을 하는 게 가한과 날 돕는 거요!"
맹위는 어머니가 이토록 화내는 모습을 처음 보았다.
"어머니, 화내지 마시고, 생각할 시간을 좀 주십시오."
"흥!"
며칠 후, 평복을 한 맹위가 토와와 함께 배옥을 봤던 달강 둑길을 거닐었다. 그녀는 보이지 않았고 그녀가 없는 강변은 바람만 시끄럽게 불고 한없이 초라했다. 얼마나 걸었을까, 터벅터벅 걷던 맹위가 나루터에 모인 사람들 속에서 문득 배옥과 욱면을 발견했고 순간, 쫙 찢어진 맹위의 눈에 배옥을 희롱하는 건달 다섯 놈이 들어왔다. 바라만 봐도 심장이 떨리는 배옥을 똥통에서나 뒹굴 놈들이 건드리다니.
'꽃을 본 나비가 지나칠 리 없다 하나, 간(肝)이 배 밖으로 나온 줄도 모르는 놈이 아니고야, 내가 오매불망(寤寐不忘) 찾아다니던 사람을?'
그때, 한 놈이
"주막에서 술 한 잔 먹고 한 번만 안아보게 해주오. 나도 알고 보면 그리 나쁜 놈은 아니라오. 잠깐이면 낭자도 나를 좋아하게 될 거요.

흐흐흐흐흐."
하고 웃다가
"물러가라!"
고 배옥이 호통 치자, 화를 내니 더 예쁘다며 손목을 와락 잡아당겼다.
크게 놀란 배옥이 손을 빼내려 할 때
"놓아라!"
소리친 욱면이 놈의 손등을 깨물었다.
"윽!"
하며 손을 놓은 사내가 욱면의 머리카락을 잡아챘고 욱면이 쓰러지자, 또 다른 놈이 욱면을 주막으로 끌었다. 그때 맹위가 가로막았다.
"그만!"
소리에 파락호들이 일제히 몸을 돌렸다. 배옥을 다시 잡은 사내가 웃었다.
"어? 영웅 나셨네!"
맹위가
"조용히 놔드려라. 내 말을 듣지 않으면 너희들은 모두 죽을 것이다."
고 하자
"이놈이"
하며 사내가 주먹을 날렸으나, 맹위의 주먹이 희끗 사내의 턱에 얹혔다.
"헉!"
하고 사내가 쓰러지며 건달들이 달려들었으나, 맹위가 차고 던지며 좌우(左右)를 타격하자 부서지고 깨진 놈들이 사방으로 나동그라졌다. 어제의 맹위였다면 모두 숨통을 끊었을 것이나, 꽃 같은 배옥 앞에서 잔인한 모습을 보이고 싶지 않아 너그러운 마음으로 용서했다.
"가라!"
건달들이 나 살려라 하며 달아나자, 지켜보던 사람들이 박수를 쳤다.
"와..!"
맹위가 다가가며 물었다.
"다치신 데는 없습니까?"
배옥이 대답했다.
"소협, 구해주셔서 감사합니다. 저는 북촌에 사는 배옥이라 합니다."
맹위는 배옥을 만나 너무도 기뻤으나, 자기의 신분을 밝히지는 않았다.
"저는 맹소(孟素)라 합니다."
토와를 보낸 맹위는, 배옥과 강변의 팔각정(亭)에서 담소를 나누다, 이대로 헤어지면 다시 만나기 어려울 것이라 생각하고 은근한 어조로 물었다.
"소저, 또 볼 수 있을까요?"
"……"
맹위는 배옥의 호수 같은 눈에 빨려들 듯 정신을 차릴 수 없었으나 배옥은
"소협, 인연이 있으면 또 뵙게 되겠죠. 오늘의 도움 잊지 않겠습니다."

말하고 떠나갔다. 배옥은 맹위의 남자다움과 진정을 모르는 바 아니나, 이미 가슴에 품고 있는 사람이 있었기에 그의 마음을 받아들일 수 없었다.
맹위는 이별을 한탄하며, 배옥이 사라질 때까지 난간을 꼭 붙잡고 바라보았다.

도박장 시월루(樓)에서 사간(四奸)의 진초, 초달과 토화, 야루가 도박을 하며 낄낄대고 있었다.
"토화, 태자님 작업이 잘 되고 있냐?"
는 야루의 물음에
"부하들이 뼈가 부러지면서까지 영웅으로 만들어드렸는데, 넋을 잃고 고이 놓아주었으니, 천하의 용장(勇將) 맹위가 왜 그리 못났을꼬?"
하며 진초가 말했다.
"흐흐, 배옥을 두고 우리 사부님과 태자가 눈독을 들이고 있으니, 결과가 어떨지 궁금하군. 이보게들, 배옥의 뒤에 최유라는 무서운 고수가 있으니 조심하게. 나와 초달이 그의 손에 거의 죽다 살아났네."
토와와 야루는 깜짝 놀랐다. 사간은 달항에서 알아주는 고수들이 아니던가.
"뭐? 자네 둘이 당했다고?"
"아니, 정확히 말하자면, 귀신같은 놈에게 흰개미까지 셋이 당했지."

악인악과(惡因惡果)

팔봉산, 해가 뉘엿뉘엿 바다에 잠길 무렵 기름장수가 최유를 찾았다.
그는 작은 대나무 통 하나를 최유에게 전해준 후 돌아갔다. 최유는 마읍상회의 불만유가 보낸 서찰(書札)임을 알고 방으로 들어갔다. 한참 후 최유기 방에서 나외 마루에 앉자, 예솔과 해영이 물었다.
"소협, 웬 기름장수예요? 기름으로 우리에게 맛있는 요리를 해 줄 건가요?"
그러나 최유는 어두운 표정으로 방에 들어갔고 다음날, 다실로 우화와 찰응, 예솔, 해영을 불렀다. 그리고 대나무 통의 서한을 꺼내 들었다.
"어제, 서한을 받았는데, 마비가 사오로부터 전쟁 물자를 지원받아, 54개 번국의 병합 전쟁을 일으켰습니다. 마한을 통합할 생각이랍니다.
용가의 무예를 익힌 맹위가 토화, 야루를 좌우 부장으로 원양(- 파주시 장단), 상외, 일화국(國) 등을 제압하고 재물과 2천 명 이상의 포로를 끌고 갔으며 번국의 병사들을 흡수, 재편성한 후 봄이 오면 아리수를 건널 것이라는 소식입니다."
우화는 놀라웠다.
"토화, 야루는 녹림에서 패악 질을 일삼던 것들입니다. 놈들을 읍차로 임명하다니! 달지국도 사오의 손에 들어갈 날이 멀지 않았군요. 사오는 교활한 자입니다. 해모수를 치기 전 마한을 정복할 가능성이 큽니다."
사실, 황궁과 오가(五加)의 사정에 어두운 최유는 불만유로부터 서찰을 받고 밤새 고민하다, 주작국 왕자 우화의 말을 듣고 머리가 밝아졌다.
"우화 형, 단제의 자리를 영원히 비워놓을 순 없지 않습니까? 사오 가한이라도 단제가 되면, 구이원(九夷原)이 중심을 바로잡지 않을까요?"
우화가 말했다.
"개천(開天) 이후 구이원은 도에 의해 다스려져 왔기에, 단제는 도를 거스르지 않는 사람이어야 하오. 허나, 사오는 고대 가달마황 못지않은 자요."
이어, 예솔이
"뿐만 아니라, 저희들이 작년 백두산 천제에 참석했을 때, 사오 가한이 흑림의 가달성주 각팔마룡과 손을 잡았다는 이야기를 들었어요."
라고 하자, 우화는 깜짝 놀랐다.
"각팔마룡!"
"네, 가달성은 음지에서 마인들을 포섭하거나 제압하며 사오와 소통하고 있습니다."
우화가 말했다.

"신지님이, 아리수 남쪽의 번국(藩國)들과 연합하여 마축의 폭정에 대항할 계획을 세우시도록, 달지국(國)의 사정을 알려드려야 합니다."
"네!"
최유는 우화와 예솔, 해영, 찰응과 함께 기성의 신지 주이영에게 달지국 사정을 전했다. 주이영은 즉시 경후사(竟侯奢) 찰합을 불러들이며
"경후사, 아리수(- 한강) 이북의 번국들이 모두 달지국에 병합되었다는 소식이오."
라고 하자, 찰합이 주이영에게 서찰 하나를 올렸다.
"어제 밤에 받은 소식입니다.「마축이 아리수 이북의 번국들을 병합했다」는 구로국 어대(於大) 가한의 전갈입니다. 달지국 병사들이 겨울을 넘기면 아리수를 건널 것이니, 만나서 대책을 강구하자 하십니다."
주이영이 한숨을 내쉬며
"독정과 흑부리 일을 처리하지 못했는데, 이게 또 무슨 날벼락이오?"
라 하자, 찰합이 답했다.
"소도와 도관, 암자의 도인들에게 독정노파와 흑부리를 십분 경계하라 당부했습니다. 정체가 드러난 이상 당분간은 들어오지 못할 겁니다.
세작들의 정보에 의하면 달지국 가한이 자리에 누운 지 이미 몇 년째인데,
처음 낙마(落馬)했을 당시에는 맹가유 가한의 상태가 그리 나쁘지 않았으나,

마비가 준 탕약을 먹은 후부터 병세가 더 악화되고 혼미해지다 마침내, 식물인간이 되었다는 소문이 쉬쉬 하며 알게 모르게 돌고 있습니다.
지금은 생불여사(生不如死: 죽느니만 못함)의 송장이나 다름없는데, 기가 막힌 건 마축이 데려온 「말(-馬) 의사」가 어의(御醫)라고 합니다.
달지국은 마축이 섭정을 하기에 요직은 마가 사람들을 앉혀 놓았다 합니다."
최유는 아버지에 대한 이야기를 들으며 안타까움에 두 눈을 꼬옥 감았다.
'말 의사(- 수의사)가 치료를 해? 어머니를 해치고 아버질 그리 만들다니. 기다려라. 내 이 원한을 피로 갚고 마가를 쓸어버릴 것이니라.'
최유가 눈을 뜨며 물었다.
"마가 초원은 어딥니까?"
찰합이 말했다.
"마가의 영역은 부여 수분하(河)의 마권초원이오. 가한이 청년 시절 사냥을 하다 만난 여인이며, 가한이 왕이 된 후 왕비(王妃)가 되자, 상당수의 마가족(族)이 달지국(國)에 들어와 정착했다고 들었소이다."
"조정에 나오는 마가족은 어떤 자들이 있습니까?"
우화와 예솔은 순간, 최유의 눈을 스친 냉막한 살기를 놓치지 않았다.
늘, 차분하고 온화한 최유였기에
'독정노파와 흑부리를 상대 할 때에도 평온했던 소협이 왜 달지국

일에 노여움을?'
하고 생각했다.
찰합이 말했다.
"그곳 일을 자세히는 모르나, 문맹의 벙어리 고수 세 명이 마비를 그림자처럼 호위하고 있다 들었소. 그들은 모두 이리처럼 사나운데, 궁(宮) 안의 일을 누설하지 못하도록 혀를 자른 것이라는 말도 있소이다."
예솔과 해영이 기겁을 하자
"풍문(風聞)일지 모르나, 마비가 독사 같은 여자라는 말도 들었소이다."
최유는
'모든 게 단순히 질투 때문이라 생각했는데, 사악하기 이를 데 없는 악마?'
하며 물었다.
"태자(太子)가 있다면서요?"
"마축과 어울리지 않는 효자에 용맹하기까지 하오. 용가의 무예를 익히고 돌아와, 아리수 이북의 번국들을 정복한 상장군 맹위가 바로 태자요."
머리가 복잡해진 최유가 생각에 빠지자, 우화가 말했다. 우화는 주작국 왕자로서 가한의 조정 일을 도왔기에, 국제 정세에 안목이 있었다.
"신지님, 번왕들과 협력하여 무도한 마축을 물리치십시오. 단제가 없는 조선이 이토록 어지러워질 줄은 상상도 못했습니다. 사오가 각 팔마왕과 손을 잡은 건 해모수와의 전쟁을 대비해서입니다. 사가(四加)는 사오를 돕는 듯하나 혹, 해모수가 사오를 이기면 자기들이 단제가 될 수 있지 않나 착각을 하고 있습니다. 단제는 오가의 추대를 받아야 한다는 조법(祖法)에 근거해, 해모수는 정통성이 없다고 생각하는 탓입니다. 그러나 저는 이도여치(以道與治)의 깃발을 높이 든 해모수야말로 구이원의 도를 바로잡을 영웅이라고 보고 있습니다."

우화의 말이 끝나자, 주이영이 찰합에게 영을 내렸다.

"구로국과 위례, 모수, 노람, 감해, 지침, 우휴, 모탁, 소위건국(- 홍성)에 통지를 보내 이달 말 자래(- 당진)에서 회동(會同)하자고 하시오"

이어 최유, 예솔을 돌아보며 말했다.

"어제 밤, 마힐선사께서 다녀가셨소."

예솔이 물었다.

"아, 몸도 편찮으실 텐데 무슨 일로."

"선사님은 돌아다닐 상태가 아니나, 독정의 정체에 관한 일로 오셨소."

독정의 정체? 하며 모두 귀를 기울였으나, 주이영은 이야기를 쉬이 하지 않고 허공만 응시했다. 관저 밖으로 멀리 이름 모를 새 울음이 들려왔다.

"쑤우욱, 쑤욱"

잠시 후, 주이영이 한숨을 내쉬며, 회한에 찬 눈으로 이야기를 시작했다.

"인간이 얼마나 무서운지, 인간의 탈을 썼다고 다 사람은 아니지. 사람은 도리를 알아야 사람인 게고, 그 도리는 수행을 한 자만이

지킬 수 있는 법.

사십 년 전, 신소도국에 「미구의 첩란(妾亂)」이 있었소. 그때는 선친 주융 왕이 다스리던 시절이었고, 아들 셋이 있었으나 생모가 모두 달랐소.

나는 정부인, 주식은 미씨 부인, 주요와 딸 주예는 구씨 부인이 낳았는데 나는 아들 셋 가운데 제일 어렸소. 당시, 준수한 외모에 문무를 겸비한 아버지 때문에 잠 못 이루는 여인들이 부지기수였다고 하오.

영웅호색이라는 말이 무색할 정도로 아버지는 어머니와 결혼하기 전에 이미 미씨, 구씨 여인에게서 주식, 주요를 낳아 기르고 있었는데,

또 다른 여자가 있다는 걸 모르는 두 여자는 가엽게도 아버지가 구혼하기만 손꼽아 기다리고 있었소. 그런데 미씨, 구씨 모두 하찮게 여긴 조부 탓으로, 아버진 어머니와 결혼했고 졸지에 첩으로 전락한 여인들이 불같이 화를 냈소. 그제야 서로의 존재를 알게 된 여인들은 원망, 질투로 하루가 멀다 하고 싸웠소. 두 분의 성깔과 주식, 주요의 거친 기질이 두려웠던 어머니는 가만히 숨을 죽이고 살았다고 하오."

주이영이 물을 한 모금 마신 후 말을 이어갔다.

"그런데 어느 날, 밥상을 들고 온 시녀의 손이 하도 작아 아버지가 한 번 잡아보았을 뿐인데, 이를 멀리서 본 미씨 부인이 시녀 손을 시뻘건 인두로 지졌소."

예솔과 해영은 기겁을 했다.

"어머!"

"그리고 신지 자리를 놓고 사사건건 부딪쳤는데, 태자 책봉 시기가

오자 둘은 또 다투었소이다.
네 살 먹은 나의 어머닌 온순한 탓으로 죽을 뻔한 적도 몇 번 있었소.
아버지에게 「본부인은 나라며 자기 아들이 태자가 되어야 한다」고 들볶고 압박했소. 어머니는 엄연히 정실(正室)이었으나, 내가 다칠까봐 자긴 태자 자리에 관심이 없으니 조용히 살게만 해달라고 했소. 그러나 끝없는 분란 속에 모든 것이 여의치 않자 미씨 부인이 드디어 살수들을 불러 반란을 일으켰고, 구씨 쪽도 세력을 동원하여 맞섰소.
그런데, 주식과 주요가 난리 통에 죽자, 아버진 정신이 돌아버린 듯 미씨, 구씨 일족뿐 아니라 조금이라도 관련된 자를 싹 다 죽여 버렸소.
그때 구씨 부인이 3살 된 주란을 살려 달라고 애걸하며 막무가내로 어머니 방에 던져놓고 죽자, 어머니가 시녀를 시켜 소도의 육통선사(六通仙師)에게 데려다주었소. 육통선사는 바로 어머니의 오라버니외다."
우화가 아! 하고 탄식했다.
"육통선사가 거둔 주란은 열세 살이 되자 문득, 어디론가 사라졌고, 선사는 돌아가시기 전 마힐선사에게 이 사실을 이야기해 줬다고 하오.
그 후 모든 걸 잊고 있었는데 독정이 마힐선사를 찾아와 육통선사와의 인연을 언급하면서 잠시 머물게 해 달라하여 별당을 내주었다 하오. 그리고 얼마 후 자기와 다섯 장로는 독정노파가 살포한 무색무취(無色無臭)의 독에 중독되었고, 소도를 빼앗기에 되었다 하더이다."

최유가 말했다.
"주예가 독정으로 보입니다. 과거를 알고 있는 구씨 부족 중 누가 주예의 신세를 알려주며 원수를 갚으라고 들쑤신 모양이군요. 그런데 흑부리는 또 누굴까요?"
"마힐선사는, 흑부리와 살수들은 가달성에서 나온 졸개들 같다 하셨소이다."
"흑림!"
최유와 예솔, 해영이 크게 놀랐으나, 주이영은 차분하게 말을 이어갔다.
"독정노파는 주예가 틀림없으며 노파는 신소도국의 신지가 되었어야 할 오빠 주요의 죽음에 깊은 한을 품고, 나를 해치려 한 것이외다."
최유 등은 신소도국 사건이 사십 년 전, 주이영 부친의 방탕(放蕩)한 생활이 발단이었다는 사실에 한숨을 내쉬며 여러 생각에 빠져들었다.
특히 우화는, 요작미의 간계로 타국을 유랑하는 자기 신세를 돌아하며 탄식했다.

신소도국이 제자리를 찾아가자 최유와 우화, 예솔 등이 주이영을 찾았다.
"당초의 계획대로 마힐선사님 소식도 알았고, 이젠 돌아갈까 합니다. 해적선을 개조한 배가 처녀항해를 한다 하니 그 편으로 떠나겠습니다."
주이영은 은인(恩人)들이 떠난다 하자, 몹시 서운했다. 우화를 돌아보며 물었다.
"왕자도 떠나시려오?"
"네,
요작미를 제거할 방법을 찾아야 하니, 한걸음이라도 가까운 달지국에 머무는 게 좋을 것 같습니다. 거기 머물며 형님 소식을 알아볼까 합니다."
"그간 감사했소. 언제든 연락 주시오. 내 도움이 필요하면 한 걸음에 달려갈 것이외다."
예설이 말했다.
"저희 둘과 사백 무극도인의 제자 척정 그리고 사손(師孫) 넉쇠의 이름을 선적(仙籍)에 올렸으니, 저흐들도 관봉산(山) 망애곡(谷)으로 돌아가겠습니다."

난조선원

우화와 함께 달지성에 온 최유는 맏도비 설동에게 신소도국 소도가 겪은 흑부리와 독정노파의 난(亂)에 대한 이야기를 상세하게 들려주었다.
설동은 딘식했다.
"이젠, 흑도의 무리가 소도(蘇塗)를 흔드는 시대가 되었군요. 오가(五加)는 단제를 지키며 구이 72국을 이끄는 제후국인데 감히 요작미가."
다음날, 우화가 말했다.
"얼룩장주님이 내게 자금을 도와주고 가셨소. 달지국은 북쪽의 아리나례(- 압록강)를 경계로 주작국과 이웃하며 바닷길과 육로가 모두 좋으니, 요작미와 싸울 의군(義軍)의 거점으로 삼을까 싶은데, 어떻소?"
"좋은 생각입니다. 제가, 지리에 밝은 불만유님을 소개해드리겠습니다."
우화를 불만유에게 소개해준 최유는, 모처럼 배옥의 집을 찾았다.

마침, 뜰에서 꽃밭을 정리하던 배옥이 깜짝 놀라며 반갑게 맞이했다.
"별고 없으셨나요? 바람 같은 분이라, 어디론가 떠나셨을까봐 조마조마했어요. 까치가 그리도 울더니. 어머, 내 정신 좀 봐. 소협, 들어오셔요."
배옥은 반가움과 부끄러움이 섞인 손으로 머리를 매만지며, 서재로 안내했다.
배옥을 떠올리지 않으려 애써 왔으나, 문득문득 보고 싶었던 최유는, 배옥의 보석 같은 눈을 마주하는 순간 자기도 모르게 정신이 아뜩해졌다.
'이토록 아름다운 여인이 나를 기다렸다니.'
최유는 자기의 마음을 들킬까 싶어, 관심사였던 배항의 일을 물었다.
"소저, 아버님 소식은 없으신지?"
"마비가, 협박이 안 통하는 사람들을 암살하고 있어요. 지금 계신 비리국이 오히려 안전하단 생각이 듭니다. 시간을 봐서 곧 다녀올 생각이어요."
벽면의 책장에는 죽간과 양피지가 가득 쌓여있었다. 선교의 각종 경전들과 천문, 지리, 군사, 복술, 의술, 무술, 병법 등의 글자가 보였다.
이어, 쟁반 같이 둥근 달이 백두산 천지를 비추는 그림에 최유의 눈이 취한 듯 멈추었다.
"소협, 이 그림이 어떤가요?"
"화공(畫工)이 누굽니까? 달빛이 신비롭습니다. 경지에 오르신 분 같은데."

"그 그림은 월씨족(月氏族)의 팔진선인(八珍仙人)이 그리신 것입니다."
최유는, 자기의 신분이 달지국(- 월씨국, 월지국) 맹가유 가한의 둘째 아들이었기에, 월씨국(國)에 대한 막연했던 호기심이 강렬하게 일었다.
"이곳이 왜 달지국인지 궁금했습니다. 대월지국은 구이원 서쪽 천산산맥에 있지 않나요?"
배옥이 곱게 웃으며 고개를 끄덕였다.
"네. 월씨국을, 은나라 문자로 훈독(訓讀: 한자의 뜻으로 읽음/ 달 월의 달) 하여 표기하다 보니 달씨국, 달지국으로 변화한 것으로 보입니다.
대월지국과 달지국(- 월지국)은 3천 년 전에 갈라졌을 뿐, 그 뿌리는 같습니다.
월씨족(- 달씨족, 달지족)은 환웅천황을 따르던 81부족 중 9대 핵심 부족이었으나, 천황 자리를 두고 이루어진 투쟁에서 해씨에게 밀리자,
멀리 감숙성 돈황의 삼위산(三危山)으로 분봉을 받아 떠나게 되었답니다. 그때 낯설고 먼 땅으로 가기 싫어 주저앉은 소수의 월씨족이 세운 나라가 지금의 달지국이라고 합니다만, 또 다른 이야기도 있어요.
상고시대 달지국에 열 근(斤)이나 되는 꼬리를 가진 양이 있었는데, 사람들이 잘라 먹어도 다시 꼬리가 자라 식량 걱정을 할 필요가 없었어요.
그런데 달지족이 천산으로 양을 끌고 가버리자, 잔류한 달지족의 수가 이유를 알 수 없이 줄어들어갔고, 이에 달지족의 씨가 마를까 걱

정한 단제가 여타의 소수 부족을 통합하여 지금의 달지국을 세웠다고 하니, 전설이 맞다면 지금의 달지국은 이름만 달지국인 셈이 됩니다.
그러다 조선이 삼한관경제를 실시하면서, 달지국은 마한 54연방에 편성되어 가한의 자리를 임명 받았습니다. 맹가유 가한은 달씨족의 후예가 아니라 단제께서 왕으로 임명한 분이며, 우리 배씨는 달씨족 장로의 후손입니다. 그것이 저 백두한월도(白頭閒月圖: 달이 교교히 빛나는 백두산 그림)를 배씨 가문이 가보로 소유하고 있는 연유입니다."
최유가 배옥의 해박한 지식에 놀라는 사이, 욱면이 화차(花茶)를 내왔다.
잔을 입에 대는 순간 야생화의 향기와 함께 초원의 바람을 느꼈다. 최유는 신소도국 사건을 들려주며 마축이 일으킨 전쟁으로 화제를 돌렸다.
"소저는 마비를 어찌 생각하십니까?"
"마비는 백해무익한 사람입니다. 마비는 백아궁을 백금으로 다시 짓고 싶은데 국고가 바닥나 착공을 못하자, 허영과 사치를 탓하지 않고 「54번국이 조공을 바치지 않는 제도」에 불만을 갖게 되었습니다.
이번 전쟁은 그 제도를 바꾸고자 일으킨 것입니다. 복종하지 않는 번국을 정복하고 재물을 탈취해 사치와 군사비용을 충당하려는 겁니다.
마한의 가한과 신지들은 모두 수행이 깊은 선관 출신이었으나, 마비는
수분하(河) 초원의 여우가 둔갑한 여자라는 소문까지 나돌 정도이며

삼신(三神)을 믿지 않습니다. 지난 이십 년간 한 차례도 천제(天祭)에 참석하지 않았다는 것이 바로 그 명백한 증거입니다.
하물며 이젠 조정(朝廷)마저 마족 인물로 채우고, 전쟁을 핑계로 사막의 도적 오귀(吾鬼)를 두령으로 하는 1백 호위대 귀조(鬼組)를 조직함으로써 안전을 확보하고 사오 가한과 같은 영달을 꾀하고 있다 합니다."
"귀조? 오귀?"
"네, 가한이 깨어나실지 누구도 장담할 수 없으니, 마한은 당분간 마비의 마수(魔手)에서 벗어나지 못할 겁니다. 어쩌면 가한이 저렇게 된 것부터가, 섭정을 하기 위해 마비가 꾸민 간계였을지 모릅니다."
"음"
최유는 배옥의 말에 공감하며, 지금 당장 어찌할 방도가 없음을 한탄했다.
"그런데 소저, 묘향산(山) 난조선원은 어떤 곳입니까?"
최유가 화제를 돌리자, 배옥은 의아한 표정을 지었다.
"묘향산은 제11 대 도해단군 시절, 성인(聖人) 유위자님이 계시던 곳으로 그분의 학문을 배우기 위해 제자들이 난조선원을 지었다고 전해집니다. 유위자님은 배달국(國) 자부선인의 학문을 계승한 성인으로
「道之大原 出乎三神 도지대원 출호삼신: 도의 근본은 삼신에게서 나온다」
는 가르침을 남기셨습니다. 상나라의 재상(宰相) 이윤도 성인의 제자라고 합니다.
그리고 선원에는 굴(窟)이 하나 있는데, 성인께 학문을 배운 아한

단군이 득도하며 채운이 일자, 난조(鸞鳥: 태평성대에 나타난다는 새)가 날아들었고, 이를 본 속세의 새들이 너도나도 성인의 강의를 듣기 위해 몰려들었다고 합니다. 아닌 게 아니라, 조이(鳥夷) 전설에 새도 깨달음을 얻으면 영허(靈墟: 귀허)로 갈 수 있다는 말이 있습니다."

"선원의 관리는 누가 합니까?"

"백두선문의 각수선사라고 들었어요. 소협, 난조선원은 왜 물으시는지..?"

"신소도국 소도의 사건을 들은 설동님이 난조선원에 가보자 하시더군요. 지난 5월, 천제를 지낸 후로는 교류가 전혀 없었다고 합니다."

"교류라면?"

"상의할 일이 생기면, 봉화처럼 연(鳶)을 띄워 소식을 전해왔답니다."

"연!"

"네, 연에는 흑연, 백연, 황연이 있는데, 백연은 별 일 없다는 뜻이고, 황연은 상의할 게 있다는 것이며, 흑연은 위난을 알리는 신호인데,
지난달에 떠오르다 만 흑연이 있어, 좀 더 기다리자 다시 백연이 떴답니다."

"지금껏 흑연이 뜬 적은 없었기에 백연을 보고 안심하였으나, 독정노파의 사건을 듣고 보니 뭔가 개운치 않다고 하시면서, 2년 전 봉래산으로 떠나신 백우선사가 돌아오시지 않는 것도 불안하다 했습니다."

배옥이 놀라며

"그럼, 소협. 난조선원에도 뭔 일이 있을까요?"
하고 물었다.
"백두선문이 관할하는 곳을 누가 건드리겠소?"
"지금 구이원은, 전란을 피해 중원에서 넘어 온 자들의 사도(邪道)에 물들어가며 재주풀이나 하는 변술가들의 세상이 되어가고 있습니다. 묘향산은 백두선문과 거리가 멀고 일반 참배객이 들어갈 수 없는 곳이다 보니, 뭔 일이 나더라도 여간해선 알아채기 어렵습니다."
이야기를 듣던 최유는 문득 배옥과 함께 난조선원을 구경하고 싶었다.
"소저, 소생이 모실 테니, 설동님을 따라 선원에 가보는 건 어떻습니까?"
배옥은, 듣던 중 반가운 소리에 두 손으로 입을 가리며 뛸 듯이 기뻐했다.
"어머, 좋아요! 저도 예진부터 난소선원을 꼭 한 번 보고 싶었어요."
그녀는 대화를 이어가면서, 오늘 헤어지면 언제 또 최유를 만날 수 있을까 초조했는데, 난조선원에 가자는 말에 심중(心中)의 먹구름이 단박에 천리 밖으로 날아갔다. 최유도 자기의 심정과 같다는 걸 모르는 배옥은 자기가 모실 테니 함께 가자는 최유의 권유가 꿈만 같았다.
다음날, 우화가 최유의 객잔에 왔다.
"우화 형, 적당한 곳을 찾으셨나요?"
"음, 잘 되었네. 불만유님과 주작국 국경으로 가다 은산(銀山)에서 삼십 여 도적의 산채를 발견했네. 그 자리가 너무도 마음에 들어 두

목에게 팔라했더니, 그것들이 날 죽이고 돈만 뺏으려 들더군. 그래서 두령과 소(小)두목 넷을 뚝딱 해치웠더니, 졸개들이 모두 무릎을 꿇었네. 하산하겠다는 졸개는 노자를 주어 보냈고, 날 따르겠다는 자들에게 산채를 허물고「주작선원」을 세우라 지시하고 오는 길이네."

"후후, 잘되었군요. 산채를 도관으로 바꿨으니, 얼마나 좋은 일입니까?"

"아우가 그리 생각해주니 고맙네. 난 단지, 내나라 가까운 곳에 거점을 마련해서 기쁘네. 장차 주작국 사람들을 데려와 군사를 기를 것이네."

"축하드립니다. 그리고 우화 형, 사흘 후 설동님과 묘향산에 디녀올까 합니다."

"난조선원?"

"네, 선황당처럼 아무나 가볼 수 있는 곳은 아닌데, 뜻하지 않은 사고가 있을까 제게 함께 가자고 하셔서 배소저와 동행하기로 했습니다."

단군의 행궁을 겸한 수행처이며 영기(靈氣) 가득한 난조선원을 간다는 말에, 우화는 주작선원의 완공이 멀었다는 걸 떠올리며 헛기침을 했다.

"험, 그럼.. 나도 가면 안 되겠나, 아우?"

"하하하, 혹시나 해서 벌써 설동님께 말씀드려 놨습니다."

사흘 후,

설동과 도인 지안, 지용 그리고 최유, 우화, 배옥, 욱면은 묘향산으로 향했다. 이틀을 달려 사흘째 날 묘향산 남쪽에 도착하자 남색(藍色)의 목책성이 가까이 보였다. 산세에 의지하여 탄탄하게 지은 위용이 엄숙한 성이었다. 최유가 설동에게 물었다.
"산에 웬 성입니까?"
"행인국(國)이외다."
"마한 연방인가요?"
"아니오. 성은 작지만 마천령의 개마국과 함께 조선 제후국입니다. 매우 오래된 나라로, 원래 배달국의 번국이었는데 단조(檀朝)에 들어와 단제에게 귀부했소.
행인국은 수행자만 사는 도인국(國)이외다. 환웅천황이 가달마황을 없앤 후 여기에서 천제를 올린 적이 있었는데, 많은 도인들이 묘향산의 영기(靈氣)에 반해 천황의 허락을 받고 마을을 만들게 된 겁니다.
그 후, 구도자들이 모여들어 마을이 커졌고 자연스럽게 행인국으로 변모했는데, 단조에 들어 묘향산을 수호하라는 임무가 행인국에 내려져, 난조선원에 가려면 반드시 행인국(國)의 입산 허락을 받아야 하오."
하고, 설동이 성문으로 다가갔다. 그런데 문의 좌우로 파락호 같은 도인들이 서 있었다. 그 중 배가 산만큼 나온 도인이 나서서 퉁명스럽게 물었다.
"뭔 일이냐?"
설동의 안색이 살짝 변했다.
"달지성 소도의 맏도비 설동입니다. 난조선원에 가려 하오. 전에 계시던 도인들은 다 어디 가셨소? 내가 아는 분이 한 분도 안 계시는군요?"
배불뚝이가 말했다.
"그 도인들은 폐관 수련에 들어갔소이다. 난조선원에 가려면 가한의 허락이 있어야하는 건 잘 아시죠? 우선, 대밀(大密) 객잔에서 기다리시오."

"대밀객잔? 언제 그런 곳이? 그러지 말고, 지금 가한을 뵙게 해주시오."

"허구한 날 방문하는 사람들을 일일이 만나주실 순 없소. 객잔은 행인국의 영빈관이니 거기서 기다리면, 매달 말일(末日)에 몰아서 뵙도록 하고 있소."

"한 달 한 번 접견은 너무한 것 아니오?"

"웬 말이 그리 많소. 싫으면 돌아가시오."

달지성에서 왔다고 하면, 바로 통과시켜 주는 게 관례였는데, 뭔가 이상했다.

"따라오시오."

하고 도인 둘이 앞장섰다. 설동의 얼굴에는 당혹감이 가득했다. 가는 동안 몇 번 말을 걸었으나, 도인들은 못 들은 척 한마디도 하지 않았다. 얼마쯤 가자 계곡이 나왔고, 계곡으로 들어간 후 모퉁이를 도니 대밀객잔이라는 간판이 걸린 건물이 나타났다. 한 도인이 말했다.

"저기서 기다리시오. 그리고 수도에 방해 되니 함부로 싸돌아다니지 마시오."

설동 일행은 무례한 자를 뒤로 한 채, 마굿간에 말을 묶고 객잔으로 들어갔다. 손님은 보이지 않았고, 계산대 뒤로 사내 하나가 졸다가 눈을 떴다. 툭 불거진 솔방울만한 눈이 부리부리한 게 인상이 험악했다.

그가 의자에서 벌떡 일어섰다. 벽에는 보란 듯이 철퇴가 무겁게 걸려 있었다.

"어서 오시오."
승냥이 같은 목소리에 배옥과 욱면이 몸을 떨며 최유의 뒤로 숨었다.
"달지성 소도에서 왔고, 나는 맏도비 설동이라 하오. 난조선원을 찾아왔소이다."
사내는 설동의 소개에는 관심이 없는 듯, 배옥을 힐끔 훔쳐보며 안내했다.
"2층 복도 끝에 있는 객실(客室) 세 개를 쓰시오."

행인국(荇人國)

다음날 아침, 뱁새눈의 도인이 와서, 눈웃음을 치며 능글맞게 말했다.
"월말(月末)이 아니나, 난조선원 방문을 가한께서 특별히 허락하셨습니다. 허나 여자는 갈 수 없으니, 아씨들은 객잔에서 기다리라는 말씀이 있었습니다."
뜻하지 않은 통보에 모두들 깜짝 놀랐다. 설동이 말했다.
"여자는 갈 수 없다니, 무슨 말씀이오? 그런 말은 처음 들어봅니다."
뱁새가 말했다.
"전에는 규제가 없었는데 많이 바뀌었습니다. 명을 따르셔야 할 겁니다"
설동이 말했다.
"방룡 가한을 만나고 싶소."
뱁새가 헤- 웃으며 말했다.
"가한은 아무 때나 만날 수 있는 분이 아니오. 잠깐 도관에 나와 지시를 내리고, 다시 백일수행(百日修行)에 들어가셨소. 꼭 만나야겠다면 백일을 기다려야 하오."
설동이 노기(怒氣)를 띠며
"어찌 이리 무례하오? 달지성 맏도비는 마한의 가한도 만날 수 있거늘!"
하고, 손을 뻗어 뱁새의 맥문을 쥐었다. 매가 쥐를 잡듯 빠른 금나수였다.
"ㅇㅇㅇ"
뱁새가 고통스러운 신음을 토했다.
"으흑!"
"가한에게 안내하겠느냐?"
"네, 안내해드리겠습니다."
설동이 힘을 빼자, 뱁새가 한숨을 내쉰 후 맥문(脈門)을 잡힌 채 일행을 궁으로 안내했다.
가한의 방숙궁(宮)은 매우 아름다웠다. 기화요초들의 중앙에 연못이 있었으나 물빛을 보니 그 깊이를 짐작하기 어려웠다. 배옥이 감탄했다.
"아름답습니다!"
설동이 말했다.
"성숙원(星宿園)은 조선의 3대 정원 중 하난데, 개방되지 않아 아는 사람이 적습니다."
최유가
"나머진 어딘가요?"
하고 묻자, 설동이
"현무국 만금장(莊)과 아사달의 아사원입니다. 나도 가보지는 못했소."

라고 답했고, 모두 성숙원을 감상하며 만금장과 아사원을 상상해 보았다.
잠시 후, 황룡이 감고 있는 도행각(閣)이라는 건물 앞에 도착했다. 문을 열자, 꾸불꾸불한 염소수염의 도인이 몇몇 도인들과 대화를 나누다가 설동 등을 끌고 온 뱁새를 보고 눈알 두 개가 핵 뒤집어졌다.
"뱁새, 네가 스스로 무덤을 파다니?"
질겁을 한 뱁새가 엎어지듯 말했다.
"달지국 맏도비님의 마음에 보물이 있는 듯 해, 만사 제치고 달려왔습니다."
더 없이 난폭한 도인의 말에, 여우처럼 둘러댄 임기응변이 놀라웠다.
느닷없는 뱁새의 말에 설동과 최유 등은 무슨 말인지 의아했으나, 두목의 눈에 스친 살기로 목이 날아갈 운명에 처했음을 느낀 뱁새가, 백척간두에서 보물 운운하며 생사의 주사위를 냅다 던진 것이다.
배옥이 뱁새의 뜬금없는 요상한 말에 고개를 갸우뚱할 때 설동이 나섰다.
"달지국 설동입니다. 방룡 가한님과 달솔(- 재상) 갈엄님을 뵙고 싶습니다."
순간, 염소수염의 눈알이 절벽을 구르듯 배옥과 욱면을 훑으며 반짝였다.
"나는 암양이라 하며, 방룡 가한께선 낭림으로 수행을 가셔서 뵐 수 없습니다. 그리고 갈엄님은 6개월 전 병으로 돌아가셨고, 내가 달솔 직을 맡고 있으니, 기쁜 소식이란 게 무언지 내게 말해도 무방하오."
설동이 암양과 뒤에 시립(侍立)한 도인들의 면면을 보니 다 낯선 얼굴이었다. 설동은 행인국에 분명, 좋지 않은 일이 있다는 걸 직감하며 물었다.
"난조선원 출입에 여인을 왜 금하셨는지 알고 싶습니다. 남녀 차별이 될 말입니까?"
암양이 대답했다.
"맏도비님 이야기는 많이 들었소. 언제고 보고 싶었는데, 이렇게 만나니 반갑소.
행인국은 수천 년간 다른 나라와 통교를 하지 않아왔으나, 도를 전하는 나름의 법이 있고, 선원 수호(守護)의 책임은 전적으로 행인국의 일이오.
이는 배달국 때부터 내려온 환웅천황의 법이오. 그간 덕이 부족한 사람들이 마구 드나들어, 수행에 방해가 된다는 원성이 하늘을 찌를 정도였소.
하여, 여인(女人)과 수행이 부족한 이에게 삼천 배(拜)를 시켜 땀으로 탁기를 배출하고 오르게 하라는 방룡 가한님의 지시가 있었소이다."
이어 헤- 웃으며 배옥을 사르르 훑어보았다. 앞뒤 없이 여자를 열등하게 평가한 가한의 명을 수긍할 수 없었으나, 설동은 더 이상 할 말이 없었다.
그때, 배옥이
"이해했습니다. 여기까지 왔는데 우리만 돌아 갈 수 없으니, 저와 욱면은 오늘 여기에서 삼천 배(拜)를 마치고 내일 뒤따라가겠습니다."

말하자

"맏도비님, 그렇게 하셔요. 제가 소저와 함께 내일 선원으로 올라가겠습니다."

하고 최유가 거들었다.

"네 분은 오르시고, 세 분은 객잔에서 기다리십시오. 안내원이 찾아 갈 것입니다"

얼떨결에 배옥, 욱면, 최유와 떨어지게 된 설동은 왠지 찜찜했으나 '남의 집에서 소란을 필 수도 없고, 내일 합류하는 것이니 별일 없겠지.'

하고 출발했다. 설동과 최유 일행이 사라지자, 암양이 은솔(- 관직명) 인충에게 지시했다.

"여자들의 미모가 대단하다. 뱁새 저놈이 죽기 싫어서 아무 말이나 하는 줄 알았더니, 제법 안목이 있다. 저것들을 처첩(妻妾)으로 삼아야겠으니 당장 두 놈을 없애고 여자들을 황도암(庵)에 고이 가둬라."

객잔에 돌아온 최유가 배옥에게 물었다.

"행인국은 다른 나라와 관직 명(名)이 다르군요. 달솔이 뭔 뜻입니까?"

"솔의 의미는 우두머리입니다. 소나무를 나무의 으뜸이라고 본, 배달국 때부터 내려온 명칭입니다. 달솔, 은솔 외 금솔, 덕솔, 간솔 등이 있었다고 합니다."

이런 저런 이야기를 나누고 있을 때, 암양이 말한 안내원이 찾아왔다.

"제가 소도로 안내하겠습니다."

도인을 따라간 거리에는 사람이 없어 적막(寂寞)했고, 잠시 후 접어든 산길을 한참 걸으니 솟대들이 나타났다. 그러나 솟대에는 새 한 마리 보이지 않았다.
최유가 그 연유를 물었으나, 안내원은 덤덤한 표정으로 아무 대답도 하지 않았다.
곧이어 건물 세 채가 나타났는데, 도인이 가운데 건물로 들어갔다. 3백 명은 족히 들어갈 크기의, 바닥 전체가 온돌이 깔린 방(房)이었다.
검은 장막으로 가려진 벽 아래 제단의 가마솥에서 향이 타오르고 있었다.
그때, 최유의 눈이 비수처럼 번득였다.
"소저, 숨을 멈추시오. 향로의 향이 이상합니다, 향나무가 아닙니다."
향이 독정노파가 도망치며 뿌린 독처럼 역겨웠다. 배옥은 깜짝 놀랐다.
"네?"
이어, 제단으로 몸을 날린 최유가 오른쪽 줄을 당기자 장막이 걷혔다.
"음?"
응당 있어야 할 삼신(三神)의 초상화 대신, 가달마황이 그려져 있었다.
구름을 감고 불을 토하는 가달마황이 환웅천황을 밟고, 선장(仙將)들이 굴비 꾸러미처럼 묶인 채 요괴들의 발아래 엎드려 항복한 마황승선도(魔皇勝仙圖)였다. 배옥은 대경실색하며 머리털이 곤두섰다.
"앗!"

하고 소리칠 때, 동굴 속의 박쥐같은 음침(陰沈)한 목소리가 들려왔다.
"흐흐, 잘 아는구나. 이제부터 너희가 모셔야 할 위대한 신(神)이시다!"
어느새, 출입문에 인충과 도인 열세 명이 서 있었다. 최유가 검을 뽑았다.
인충이
"너희는 마교에 입교토록 선택되었다. 복종하지 않으면 목을 따겠다. 행인국 도인들 모두 가달마황님을 모시고 있다. 내가 주는 마령단을 먹고 가달마황님께 아홉 번 절을 올리면, 영생을 얻게 될 것이니라."
며 손을 들자, 도인들이 앞을 가로막고 섰다. 배옥은 기가 막혔다.
"수천 년 역사의 행인국이 마황의 속국이 되었군요. 악이 이토록 활개치고 있는데, 조선 조정은 정신 못 차리고 권력 다툼이나 하고 있다니.."
"흐흐, 어떡하겠느냐. 기다려 줄 시간이 없다. 당장 이 마령단을 먹어라."
하자, 졸개가 목함에서 붉은 약을 꺼내 들고 배옥의 앞으로 다가섰다.
이에 최유가 막아서자, 옆의 도인이 쇄도하며 최유의 어깨를 베어갔고, 차가운 칼날에 배옥이 놀라는 순간 최유의 검(劍)이 하얗게 날았다.
캉! 소리와 함께 칼을 차단한 최유가 벼락같이 좌장(左掌)을 내질렀다.
"퍽!"

하고 우당탕 뒹구는 모습이 피할 생각이 전혀 없는 듯 보였으나, 사실 도인은, 검과 부딪친 충격으로 마비가 온 상태에서 가격당한 것이다. 악- 하고 자빠진 도인이 울컥울컥 피를 토하며 의식을 잃었다.
서생 같은 최유가 의외의 솜씨를 발휘하자, 인충은 미칠 듯이 분노했다.
"쳐라!"
소리에 배옥, 욱면을 제단 귀퉁이로 이끌고 돌아선 최유가 팔조탁목(八鳥啄木: 새 여덟 마리가 나무를 찍음)의 검초로 적들을 밀고 틀고 찍고 가르며 봉쇄한 후, 야조승풍(夜鳥乘風: 밤새가 바람을 타고 남)의 경신술로 전진하며, 주춤거리는 도적들을 차고 던지고 벼락 같이 베어 넘겼다.
마치, 땅바닥의 돌멩이를 양 발로 차며 노는 듯 가벼운 몸놀림이었다.
인중은, 부하들이 순식간에 여덟 명으로 줄어들자 길길이 뛰며 합류했다.
"지원 요청해라!"
한 놈이 달려간 후, 적들이 공격을 않고 지키기만 하자, 최유는 답답했다.
'적들이 몰려 올 텐데, 어쩐다?'
배옥을 겨냥하라 하고, 인충이 압박 수위를 높여가는 사이 지원군 열다섯이 몰려 왔다. 그 중 갈고리를 든 세 명이 구석에 몰린 최유에게 갈고리를 던지고 긴 창(槍)을 든 자가 멀리서 찌르기 시작했다.
귀퉁이가 여인들을 지키기 편한 반면, 경신술을 펼치기 어려운 최유는 점점 힘이 빠지는 걸 느꼈다. 24인의 차륜 공격을 정면으로 받으며 배옥을 노린 갈고리를 막고, 자신의 허리로 날아든 또 하나의 갈고리를 쳐내며 창을 피할 때, 소리 없이 날아든 갈고리가 발을 감았다.
"휘릭!"
"윽!"
"소협!"
도인이 갈고리를 잡아당기자, 최유가 속절없이 끌려갔다. 절체절명의 위기였다. 배옥이 사색이 되어 최유의 옷자락을 잡으려 달려들었다.
그때 세찬 파공음과 함께 갈고리 주인의 등 복판에 은빛 단검이 꽂혔다.
"헉!"
놀란 인충이 돌아보기도 전에 도인들이 뭉그러지며 좌우로 자빠졌고
순간, 서전동귀(西轉東歸: 서쪽으로 구르며 동쪽으로 돌아옴)로 일어선 최유가 남래북거(南來北去: 남쪽으로 왔다가 북쪽으로 감)의 검을 휘두르자, 허허실실의 검에 앞뒤로 적을 맞은 도인들이 또 한 차례 쓰러졌다.
기습을 한 자들은 난조선원으로 갔던 설동과 우화, 지안, 지용이었다.
"네 놈들은!"
사태가 불리함을 깨달은 인충이 살아남은 부하들을 데리고 도망을 쳤다.
설동이 안도하며 최유에게 다가왔다.

"큰일 날 뻔했소. 내가 경솔했소이다.
"어떻게 돌아오셨습니까?"
"산을 오르면서 뭔가 의심스러웠는데, 우화 왕자님이 깨우쳐 주셨소.
흑림은 열국 내 권력투쟁을 이용해, 가한이나 충신들을 제거해 나간다고 했소. 주작국, 번조선, 신소도국이 모두 그 경우라고 말이오.
행인국은 비록 재물은 없으나 선교국(仙敎國)의 상징이라 할 수 있는 바,
배달의 정신을 꺾기 위해 흑림이 노릴 만 한 곳이니, 소저 일행이 삼천 배(拜)를 끝낸 후 함께 움직이자는 권유에 급히 돌아왔소이다."
배옥이 고마워했다.
"하마터면, 마령단을 먹고 암양의 종이 될 뻔했어요. 감사합니다."
최유의
"그렇다면, 행인국 가한과 신하들도 신소도국 소도처럼 중독되어 어딘가에 갇혀 있을 것입니다. 먼저 암양을 잡아서 문초해야겠습니다."
소리에, 설동이 고개를 끄덕이며 말했다.
"먼저 여길 점령한 후, 난조선원을 살펴보는 것이 좋을 것 같습니다"
우화가 신소도국을 떠올리며 말했다.
"도인들이 모두 다 사로잡혔을 터인데, 우리 몇이 해결할 수 있을까요?"
설동이 난감해 할 때, 최유가 말했다.
"마령단을 먹고 가달마교의 꼭두각시가 되었다고 해서, 모두 죽일

수는 없습니다. 해약을 먹고 정신이 돌아오는 걸 신소도국(國) 소도에서 경험했습니다. 달지성 소도의 도인들이 몇이나 되는지 아십니까?"
"골짜기와 동굴, 암자를 합하면 3백은 될 것이니, 2백은 동원 가능합니다."
최유가 물었다.
"시간이 좀 걸리겠죠?"
"황학산 비연암(庵: 초막)은 연(鳶)을 띄우는 곳이니, 퇴각하는 척하고 비연암으로 가서 흑연(黑鳶)을 올리면 도인들이 달려올 것이오."
최유의 안색이 밝아지자, 설동이 일행을 이끌고 황학산 비연암으로 달렸다. 비연암(庵: 초막)에 오른 설동은 처음 보는 도인들을 발견했다.
그들은 마당에 둘러앉아 멧돼지를 구우며 술을 들이키고 있었다. 고기를 뜯던 자가 불청객을 보자
"누구냐? 감히 여기가 어디라고?"
하다 배옥과 욱면을 보자, 어색한 웃음을 지으며 간드러지게 말했다.
"낭자들이 어찌 이곳에 걸음을?"
입 안의 고기를 삼키며 말하는 자를 보자, 설동과 지안, 지용은 기가 막혔다.
크게 분노한 설동이
"수행하는 자들이 술독에 빠져 있다니! 여기 있던 분들은 어디 갔느냐?"
고 호통을 치자, 도인들이 칼을 들고 일어서며 설동과 마주섰다. 그

중(中) 두령 같은 자가
"흐흐흐.. 알 것 없고, 살고 싶으면 계집들만 남기고 모두 내려가라."
협박하자, 우화가 달려들며 용격운산(龍擊雲散), 용비서산(龍飛西山)으로 쓸고, 최유의 검이 바람을 타고 나는 새처럼 기이한 궤적을 그렸다.
도인들도 실력은 있었으나 최유와 우화, 설동의 상대는 될 수 없었다.
얼마 지나지 않아 도인들을 모두 쓰러뜨린 최유가 한 놈을 신문했다.
"너는 어디 출신이냐?"
"귀운관(鬼雲館)이오."
설동이 깜짝 놀랐다.
"귀운도사의 제자..?"
"네"
"난조선원도 귀운도사가 접수한 게냐?"
"그렇소, 난조선원은 흑림에 귀부한 귀운도사가 접수한지 이미 오래 되었소."
설동은 신음했다.
"음"
그동안 귀운도사를, 달지성 시월루(樓)를 중심으로 활동하는 흑도의 인물로만 알고 있었는데, 흑림의 귀검성과 손을 잡고 있었던 것이다.
흑림이 이 정도로 주도면밀할 줄은 까맣게 모르고 있었다. 최유에게 신소도국 소식을 들을 때만도 거기만 그렇겠거니 여겼는데, 묘향산 난조선원이 흑림의 무리에게 넘어갔으니, 장차 이를 어찌한단 말인가.
최유가 물었다.
"각수선사님은 어찌되셨느냐?"
"난조선원 일은 모르오. 귀운관은 흑선의 명에 따라, 행인국과 초막의 일만 관여했소."
"암양은 누구냐?"
"그분이 흑림의 흑선이오."
"가한은 죽었나?"
"가두어 놓았다고 들었소."
신문이 끝나자, 놈들의 사혈을 짚고 소도를 향해 연을 띄운 설동이 말했다.
"소도의 지원군은 모레 도착할 것입니다."
최유가
"저는 그동안 행인국을 살펴보겠습니다."
고 말하자, 설동이 동의했다.
"좋은 생각입니다. 그러나 지안과 함께 가셨으면 합니다."
최유가 떠나자, 배옥은 최유와 떨어지기 싫은 심정을 감추기 어려웠다.
함께 가고 싶었으나 마음과 다른 말을 하며, 무예를 모르는 자신을 원망했다.
"소협, 조심해서 다녀오셔요."
최유가 하산하며 보니 행인국은 묘향산 산자락과 넓은 황무지를 끼고 있었으며 동서 삼십 리, 남북(南北) 이십 리에 터를 잡고 있었다.

국경을 따라 훈화를 빽빽이 심어 달지국과의 국경(國境)을 표시했으며, 수행자 대부분 흙벽과 목책으로 지어진 성 안에 거주했다. 성은 남, 동, 서문 세 곳이 있었고 난조선원으로 올라가는 문이 동문이었다.
북쪽은 암벽과 험준한 산이 성문을 대신해 외부인의 접근을 막고 있었다.
최유는 북쪽으로 가 성이 잘 보일 절벽을 타고 올라간 후, 칡넝쿨을 지안에게 내려주었다. 성을 보니 도인들의 경계는 더욱 삼엄해져 있었다.
출입은 일일이 통제되었으며, 각 성문마다 도인이 수십 명씩 지키고 있었다.
지안이 붓으로 방숙궁(宮), 성숙원(園), 대밀객잔과 도인들의 배치를 빠르게 그려갔다. 날이 어두워지자 최유와 지안은 비연암으로 돌아왔다.
초믹은 마루를 중앙으로 쇠우에 방(房)이 하나씩 있었다. 왼쪽의 작은 방은 배옥과 욱면이, 오른쪽 큰 방은 설동 등이 나눠 쓰기로 했다.
지안이 성 안을 그린 그림을 펼치자, 최유가 지도를 가리키며 상황을 설명했다.
"문마다 수십 명씩 지키고 있다면 행인국을 접수하기가 쉽지 않을 듯하오."
우화가 말했다.
"어차피 피해는 감수해야 합니다. 이번에 물러서면 저들이 기세를 타고 세력을 키울 것이니, 어떻게든 궤멸시킬 방법을 찾아야 합니다."

산상마제(山上魔祭)

설동과 최유, 우화는 암양의 방비가 철저한 탓에, 전략을 바꿔 난조선원을 먼저 공격하기로 했다.

난조선원과 백애산 일대가 행인국 중앙에 위치하고 있어, 멀리 북으로 돌아 험준한 산맥을 타고 난조선원으로 내려오기로 했다. 얼마 후 달지 소도의 혜읍, 혜원, 혜영, 혜송, 혜월이 도인 2백을 이끌고 황학산에 도착했다. 그들 중에는 수십 명의 명궁들이 포함되어 있었다.

설동이 산을 내려가 이들을 맞이했다.

"지안, 지원, 혜읍, 혜원은 팔십 명을 이끌고 대기하다 탈출하는 적을 주살하고

비연암의 흑연(黑鳶)을 보면, 행인국을 공격할 태세를 갖추고 기다리시오. 우린 난조선원으로 갈 것이오."

라고 지시한 설동은 혜영, 혜송, 혜월 그리고 궁수대 포함 1백 이십 도인과 묘향산 북쪽 능선으로 향했다.

그들은 오후 늦게 관동리 온천(溫泉) 지대에 도착했다. 강행군을 한 만큼 외곽에서 일찍 숙영하고 다음날 새벽 무동봉(峰)으로 향했다.

원시림이라 길이 없고 가시덤불이 무성해 낫으로 길을 내며 전진했다.
해가 뜨고 지는 것도 알기 어려울 정도였다. 설동이 한참 전진할 때 혜영이 한 약초꾼을 데려왔다. 낭림과 묘향산맥을 꿰고 있다는 그는 난조선원을 빼앗은 요괴들이 도인들을 토막 내 짐승의 먹이로 던졌다고 했다.
"백애산을 지나 묘향산 단군봉(峰)을 오르려면 힘이 많이 들 겁니다. 여기에서 묘향산 북쪽으로 통하는 지름길을 제가 알고 있습니다."
설동은 기뻤다.
"안내를 좀 부탁드립니다."
"전에는, 산삼(山蔘)을 캐면 난조의 선사님께 드리고 쉬어가기도 했습니다만, 지금은 요괴들 때문에 두렵습니다. 제가 앞장서겠습니다."
약초꾼은 산을 오르던 중 지면에 가슴을 붙여야만 하는 비탈길을 가로지르다, 동굴도 계곡도 아닌 캄캄한 길로 휙 꺾어들었는데, 말이 길이지 길이라고 할 수 없었다. 나무를 걸쳐 도랑을 건너고, 절벽의 잔도를 걷다 급경사를 누워서 내려가기도 하고, 때로는 밧줄을 걸고 오르기도 했으나 대부분 무인이라 어려움 없이 선원 가까이에 도달했다.
배옥, 욱면은 최유가 이끌었다. 숙영지를 잡고 정찰을 다녀온 우화가 말했다.
"선문은 닫혀있고 보초들이 여럿 보이는데 모두 흑림의 무리 같습니다.
악도들의 수(數)와 중독된 도인들이 어떻게 되었는지 알아야 합니다. 지형(地形)에 짜 맞추듯 지어진 선원이라 공략(攻略)이 쉽지 않으며 또한 행인국(國)에 있는 놈들의 지원도 염두에 두어야만 합니다."
최유가
"뭔가 빈틈이 있지 않을까요? 내일 새벽에, 제가 한 번 정탐해보겠습니다."
시간이 흘러, 최유가 토납을 위해 앉으려는 찰나 요란한 소리가 야공(夜空)을 흔들었다. 징과 북, 피리 소리였다. 모두가 놀라 일어났다.
자시(子時: 밤 11시 반)였다. 최유 등이 밖으로 나와 난조선원을 보니
"가달님이시여! 징징징...징..징징"
"흑림의 혼백들이시여, 왕림하소서! 으흥, 쉭, 오우우, 우엉, 깨갱깽깽.."
"비나이다, 비나이다. 마황이시여! 삘릴리리삐리리리.."
"선교의 도사들을 모두 없애겠나이다! 둥둥두리두둥.."
의 절규가 산상(山上)으로 울려 퍼졌다. 경계를 서던 도인이 보고했다.
"맏도비님, 요괴들이 난조선원에서 마제(魔祭)를 올리는 소리 같습니다."
최유와 우화가
"우리가 보고 오겠습니다."
라고 하자
"함께 가 봅시다."
하며 설동이 혜영, 혜월, 혜송에게 숙영지를 지키라 한 후, 난조선

원으로 향했다. 세 사람은 난조선원이 잘 보이는 봉우리로 올라갔다.

선원의 마당은 불을 피워 대낮처럼 밝았다. 북쪽을 향해 제단을 마련해놓고 마제를 올리고 있었는데, 오늘이 가달마황의 기일인 듯했다.

가달마황의 위패 앞에 반듯하게 잘라진 인간의 머리 열 개가 진설되어 있었고, 술을 큰 잔에 담아 위패(位牌) 앞에 올린 후 좌우로 뿌렸는데, 안력(眼力)을 돋우어 보니 사람의 피로 만든 혈주(血酒)였다.

마제를 진행하는 자(者)는 여우의 탈을 쓰고 등에 칼을 매고 있었다.

제일 앞줄에 자리한 오두요괴(烏頭妖怪: 까마귀 요괴)와 좌우의 호위들 뒤로, 3백은 족히 될 마인들이 머리를 박고 엎드려 있었다. 제단의 오른쪽에는 징, 꽹과리, 북, 나팔, 피리를 비롯해 기이한 악기들을 든 악단이 자리하고 있었다. 그들의 음악은 매우 처절하고 슬펐다.

꽤액꽥- 쉬익 쉬-이이
악마의 노래를 부르자

우주의 주인은 가달님
약육강식은 우리 법칙
요괴는 나쁘고 인간은
착하다고?

요괴보다 나쁜 인간이
얼마나 많은데.

생과 사는 마도(魔道)
의 일부이나
흑림에서 수천 년을
떨고 굶주리며 살아온
건
모두 다, 도사들 때문

자, 우리
마황님의 머리와 몸을
찾아
주인님의 복수를 하자

마(魔)의 깃발을 높이
들어
선계를 제압하고 도사
들을 모조리 잡아먹자

크크크 카카 크크카카
카카카 크크 카카크크

흐느끼며 분노하고, 낄낄 거리다 곡(哭)을 하며 분위기가 절정에 이르자, 요괴들은 하늘을 향해 팔을 벌리고 머리를 쥐어뜯으며 울부짖었다.
"마황님, 저희들의 적을 물리쳐주시고, 가달의 세상을 만들어주소서!"
마인, 요괴들이 차례로 혈주(血酒)를 올리고 마제가 끝나자, 김이 모락모락 나는 멧돼지만한 솥에서 푹 고아진 인육(人肉)을 꺼내 으적으적 씹어 먹었다. 이어, 술독 삼십 개가 나와 춤판이 벌어지자, 너도나도 퍼마시고 산이 무너져라 춤을 췄다. 음악은 요란해졌고 제(祭)를 올리던 인간들이 여우, 너구리, 박쥐, 올빼미, 오소리, 쥐, 까마귀, 뱀, 늑대 요괴들로 확- 바뀌었다. 설동, 최유, 우화는 인간으로 알았던 자들 모두가, 사람 탈을 쓴 요괴라는 걸 뒤늦게 알아챘다.
"혹, 행인국의 암양도 요괴?"
하고 놀랄 때, 요괴들이 나와 광란의 칼춤을 추고 나서야 마제가 끝났다.
설동은 난조선원에 자주 다녀 내부 건물들의 위치를 잘 알고 있었다.
단군굴로 들어서는 오두마왕과 반대편 건물로 들어간 여우요괴를 확인하고, 삼경(三更: 밤 11시 반)이 되어 최유, 우화와 야영지로 돌아왔다.
설동이
"놈들이 술에 떡이 된 지금, 습격하는 것이 좋겠소이다. 어떻소이까?"
묻자, 우화가

"기습하는 김에, 화공(火攻)으로 싹 다 태워 버리는 게 좋을 것 같습니다."
고 했으나, 설동이 말렸다.
"아니오. 선원을 불태울 순 없습니다. 단제님이 수행하신 곳인데요."
우화가 말했다.
"네, 그럼, 요괴들 숙소만이라도 태우시죠. 요괴들이 너무 많습니다."
최유가 말했다.
"우화 형 계책이 좋습니다. 몇몇 우두머리만 없애면 더 수월할 겁니다."
까마귀는 제가 잡을 테니, 맏도비님은 여우를 맡아주시고, 우화 형은 까마귀 호위들을 없애주십시오."
"좋소!"
전격적으로 습격을 결정한 설동이 혜송. 혜영, 해월을 불러 지시했다.
"요괴들이 술에 취해 잠들었다. 나와 소협이 잠입해 문을 열면 혜송은 사방에 불을 놓고, 혜영은 우화님과 뒷문으로 들어가 칠성전 요괴들을 해치우고 종루의 돌종(鐘)을 울려라. 종은 묘향산에 떨어진 운석으로 만들어, 도인은 정신이 맑아지는 반면에 요괴들은 어지러워진다."
혜송, 혜영이 나간 후
"혜월은 궁수(弓手) 이십 명과 제일 높이 위치한 태시전(殿)을 장악하라."
고 지시했다.

배옥은 최유와 떨어지기 싫었으나
"여기, 꼭꼭 잘 숨어 계시오."
라는 최유의 말에
"잘 숨어 있을 테니, 걱정 마셔요."
라고 대답했다.

설동, 최유는 혜송과 도인들을 이끌고 난조선원으로 올라갔다. 모두 삼십 장(丈) 떨어진 곳에 대기하고, 최유와 설동은 정문으로 다가갔다.

설동과 혜영이 숨죽이고 살펴볼 때, 최유가 벽을 짚으며 담장 위로 떠올랐다. 어느새 돌출 석(石)을 당기며 야묘(夜貓)처럼 넘어간 것이다.

보초는 둘이었으나 최유가 좌측 요괴의 숨을 끊는 사이, 설동이 비수를 날렸다. 오른쪽 요괴가 눈을 뜨다 컥- 쓰러졌고, 최유가 문을 열었다.

이를 본 혜송과 도인들이 진입했고, 최유는 단군굴(窟)로 몸을 날렸다.

설동이 여우요괴의 건물과 옆 건물을 가리키자, 혜송이 둘레에 기름을 퍼부은 후, 불을 질렀다. 잠시 후, 불길이 번지며 활활 타오르자
"불이야!"
"으악-!"
"적이다!"
소리와 함께 큰 소란이 일었다. 요괴들은 살기 위해 밟고 밟히며 몰려나왔으나, 문 앞에서 기다리던 도인들의 검에 하나씩 나동그라졌다.

한편, 단군굴에 도착한 최유는 보초 둘을 벼락 치듯 해치우고 들어

섰다.
굴은 넓고 깨끗했으나, 가달마황이 그려진 벽(壁) 아래 향로에서 검은 연기가 마구 피어오르고 있었다. 오두마왕은 높은 좌대에서 마공(魔功)에 몰입하던 중 불청객(不請客)이 들어가자 두 눈을 번쩍 떴다.
"누구냐? 감히 마왕전에!"
직접 보니 오두마왕은 산에서 내려다본 것 보다 거대했다. 툭 튀어나온 주둥이가 가히 위압적이었고, 두 눈은 둥글둥글 크고 어두웠다.
과연, 요괴 중의 요괴라 할만 했다.
그때
"까악!"
하며 암기 세 개가 날아들었다. 이마와 옆구리, 다리로 쇄도하는 파공음이 하얗게 이는 순간, 새가 나무를 차고 날 듯 최유가 떠올랐다.
"탁!"
소리와 함께 떨어진 것은, 사람의 뼈를 비수처럼 깎아 만든 암기였다.
천인공노할 일이었다.
"흐흐.. 도인들의 뼈란다. 고기는 씹어 먹고, 피는 술로 먹고, 해골은 잔으로 쓰고, 뼈는 암기로 쓰니 도인들은 버릴 게 하나도 없더구나."
크게 분노한 최유가
"이리도 잔인한 짓을? 내가 하늘을 대신해 네놈의 목숨을 거두겠다!"

하고 몸을 날리자, 오두마왕도 뛰어내리며 최유를 창으로 찔러갔다.
"어린 것이 무슨 우라질 한울 타령이냐! 다 부질없는 망상(妄想)이니라!"
최유가 이십일 초(招)를 공격하자, 마왕이 모두 막아내며 반격을 했다.
"창창창창창창.."
최유가 마왕의 술법과 힘을 가늠하다 몸을 날리자, 놈의 검은 전포가 까마귀 날개처럼 펄럭이며 시야를 어지럽혔다. 최유가 전포에 속임수가 있을까 멈칫하는 순간, 횡(橫)으로 창(槍)을 그으며 전진한 마왕이 하강하고 있는 최유의 정강이를 노리고 까마귀처럼 솟구쳤다.
희끗, 마왕의 왼발이 나는 동시에 반공(半空)에 뜬 창날이 꿈틀거렸다.
나름 자부하는 까마귀 신법과 발차기로 최유를 흔들고 창으로 꿰뚫을 참이었다. 과거 죽어간 것들처럼, 이놈 역시 뭔 방법이 있겠나 하고 득의(得意)의 미소를 흘릴 때, 최유가 마왕의 철각을 오른발로 막으며 그 반동으로 창을 피해 내려섰다. 설명은 길었으나, 아차 하는 찰나 주고받은 공수(攻守)였다. 솟구치며 내찬 발길질과 창(槍)을 눈 깜짝할 사이에 발로 막고 내려선 최유의 경신술에 놀랄 새도 없이,
둥근 검광이 마왕의 머리로 밀려들었고, 마왕이 창으로 막으려 할 때, 최유의 검이 상하로 움직이며 산봉우리를 감고 나는 새처럼 회전했다.
예측하기 어려운 궤적의 검이 날자, 마왕은 동요하기 시작했다. 새처럼 빠른 검이 팔방(八方)을 스치며 번득이자, 까마귀가 심야에 부

엉이를 만난 듯, 어느 쪽으로도 움직이지 못한 채 엉거주춤 서서 창을 마구 휘둘렀다. 그때 좌우상하로 시선을 끌던 최유가 좌장을 활짝 펴자 매처럼 날아든 손바람이 오두마왕의 가슴을 무겁게 타격했다.

"악!"

마왕이 피를 토하며 자빠지자, 최유가 마왕의 수급(首級)을 취해, 막 들이닥친 요괴들에게 던졌고, 요괴들이 분노하며 득달같이 쇄도했다.

이어, 좌우를 봉쇄하고 반월 모양의 진을 펼친 요괴들이 진퇴 속에 춤을 추자 도광(刀光)이 최유의 팔 다리와 몸뚱이를 가를 듯 번득였다.

최유가 일순, 수비에 치중하며 진(陣)의 파해 법을 궁리할 때, 마제(魔祭)의 악단 요괴 다섯이 한쪽에 자리를 틀고 마곡을 연주하기 시작했다.

"끼익끼이익끼끽"

"ㅇㅇㅇㅇㅎㅎㅎ"

"스르르스르스르"

듣기 거북한 음(音)이 흐르자, 요괴진은 나흘 굶은 이리가 고기를 먹은 듯

"창창찾찾찾캑캑"

하며, 더 빠르게 움직였으나, 최유는 고막을 두드리는 불협화음에 정신이 혼란스러웠다. 이대로 가다가는 자기가 먼저 쓰러질 참이었다.

그때

"구웅, 구웅, 구웅, 구웅.."

소리가 들리며, 최유의 머리가 일시에 맑아졌다. 종루(鍾樓)의 돌종이 울리고 있었다. 혜영과 우화 형이 드디어 기습에 성공한 것이다. 이윽고, 마음(魔音)의 고저장단(高低長短)과 요괴진의 변화를 파악한 최유가 힘을 찾자, 돌종 소리에 팔다리가 떨려 곡을 연주할 수 없게 된 요괴들이 자기의 목이 달아갈까 두려운 듯, 악기를 내던지고 토끼처럼 도망을 쳤다. 악단이 사라지자 요괴진의 위력은 더욱 감퇴했다.

돌종 소리에 저항하느라 잠깐 사이, 내공의 소모 또한 적지 않았던 것이다.

돌종이 요괴들을 선음(仙音)으로 괴롭힐 때, 최유의 검이 새처럼 움직이며 한 요괴의 목을 치자, 가뭄에 땅이 갈라지듯 요괴들의 진(陣)이 무너졌고, 요괴들은 더 이상 최유의 팔색검법을 상대할 수 없었다.

그때, 우화는 칠성전 앞에서 여우요괴와 마주쳤다. 여우는 가달성의 위사로 무예가 뛰어났고, 마한 정복을 위해 오두마왕을 따라온 요괴였다.

여우는, 선원과 행인국을 정복해 마한 정복 거점을 만든 공(功)을 가달마황께 고한 지 한 시진이 지나지 않아 불청객이 기습하자, 화가 치밀었다.

"못된 도사들!"

하고 도사들의 숨을 끊으려 할 때, 겁을 상실한 어린놈이 가로막았다.

"도사가 아닌데 넌 누구냐?"

"이 몸은 주작국의 우화다!"

의미 없는 통성명을 하며, 둘은 원수를 만난 듯 싸웠으나, 쉽게 승부를 내지 못했다. 그러나 여우도 돌종이 울리자 가랑이가 찢어지도록 도망을 쳤다. 그 외(外) 도력이 약한 요괴들은 대부분 종소리에 몸이 굳어 도인들에게 목숨을 잃었고 도망친 것들은 얼마 되지 않았다.
최유와 우화가 깊은 동굴에 꼭꼭 숨어있던 배옥과 욱면을 찾아 돌아왔고
설동은 중독(中毒)되어 움직이지 못하는 각수선사와 5장로를 지하뇌옥에서 구출한 후, 요괴들이 헛간에 묶어 놓고 간식으로 잡아먹던 도인 백여 명을 찾아냈다. 그들 역시 독에 혼(魂)을 빼앗긴 상태였다.

각수선사

각수선사가 해독되어 정신을 차리자 설동에게 그간에 겪은 일을 이야기했다.
1년 전, 각수선사가 백일수행을 마친 장로들을 불러 다회를 열고 있을 때, 혜읍이 보고했다.
"마비가 사람을 보냈습니다."
"마비가?"
병석에 누운 가한 대신 정사를 보고 있는 왕비였다. 각수선사가 장로들에게
"내 장로님들의 오도송(頌)을 듣고 싶었는데.."
라고 하자, 수석 장로 각원이 웃으며 말했다.
"선사님, 왕비님의 일입니다. 한담은 저희들끼리 하겠습니다."
각수가 선방에서 손님을 맞이하니, 뜻밖에도 발을 약간 끄는 노파였다.
"저는 마비님 시녀 독정이라고 합니다."
"각수입니다."
노파(老婆)가 건네는 서찰을 펼쳐보니,

각수선사님께.

가한께서 누우신 지 3년이 넘도록 차도가 없습니다. 제 정성이 부족한 것 같아 한울님께 제(祭)를 올리고자 하나, 백우선사님은 봉래산으로 가신 후 소식이 끊겨 상의할 분이 없습니다.
나라의 큰일이니만큼 난조선원에서 제(祭)를 올리고 싶습니다. 선사님께서 좋은 날을 잡아주시면 비용과 제수(祭需)를 마련하여 보내드리겠습니다.
제가 정사(政事)로 자리를 비우기 어려워, 독정을 보내니 살펴주시기 바랍니다.

- 마비 -

라는 내용이어서, 제(祭)를 올릴 날을 독정에게 알렸고, 제를 올리기 1일 전, 궁의 요리사들과 시녀 셋 그리고 식재료와 술 항아리 등 각종 제수(祭需)를 짊어진 지게꾼 열 명이 산에 올라왔네. 그들은 도착하자마자 잠시도 쉬지 않고 주방에서 음식을 만들었네. 보통은 도인들이 제수를 준비했는데 솜씨 좋은 시녀들이 장만하니 모두 좋아했지.
그리고 다음날 오시(午時)에 천제를 올렸고 순조롭게 진행되었네. 그런데 문제는 제주(祭酒: 제사에 쓰는 술)에 있었네. 무슨 술인지, 지극히 향기로운지라 다들 내심(內心) 천제가 끝나기만을 기다렸다네.
천제를 다 올리고 난 후 덕담을 나누며 제주(祭酒)를 한 잔, 두 잔

주고받았네. 시녀들이 곁에서 시중까지 들어주니 편하게 잘들 먹었지.

그러나 반 시진(- 1시간)이 지나자 머리가 혼미해지며 힘을 쓸 수 없었고, 제(祭)를 지낸 후 왕궁으로 떠났다는 독정과 지게꾼들이 다시 나타나 우리를 지하 감옥에 가두었네. 알고 보니, 독정과 지게꾼 두목 흑부리는 흑도의 사악한 고수였고 그들에게 저항하던 도인 몇은 목이 부러져 세상을 하직했네. 모두, 일이 잘못되었음을 알았으나 너무 늦었지. 한순간, 방심으로 천추의 한(恨)을 남기고 만 것이네."

말을 마친 각수선사가 장탄식을 했다.

"너무 자책하지 마십시오. 왕비의 함정에 누군들 당하지 않겠습니까?"

하고 설동이 위로하며

"독정은 신소도국 수도까지 점령했었고, 흑부리는 그녀의 아들입니다"

고 말하자, 각수선사는 등은 경악했다.

"헉!"

최유가 신소도국(國)에서 벌어진 일을 차근차근 소상하게 들려주었다.

"네, 독정노파는 소도를 장악한 후 자기 아들 흑부리를 도장으로 임명하고 신소도국을 삼키려다 도망쳤는데. 여기 달지국으로 넘어온 겁니다.

노파는 흑림, 문어방(幇)과 연결된 마녀로, 그 수법이 상상을 초월합니다. 여기 일도 보십시오. 마비(馬妃)를 업고 일을 저지르지 않습니까.

노파는 왕비의 시녀가 아니고 흑림의 중요한 인물임에 틀림없습니다. 마비(馬妃)가 모르는 사람이라고 발뺌하면, 따질 수도 없는 일입니다. 둘의 관계를 주시하면서, 행인국을 구하는 것이 선결과제입니다."

설동이 말했다.

"도인들의 건강도 거의 되찾았고 요괴들의 흔적도 모두 지웠으니, 내일 행인국으로 가겠습니다. 선사님께선 내일 진시(辰時: 오전 7시 반)에, 황학산 비연암에서 볼 수 있도록 흑색 연(鳶)을 띄워주십시오.

연이어 비연암이 흑연(黑鳶)을 날리면, 행인국을 총 공격할 것입니다."

설동이 지안, 지원의 팔십 도인과 합류하기 위해 하산하며 내려다본 행인국은 그 많던 요괴들이 다 어디로 갔는지 이상하리만큼 고요했다.

공격을 유도하는 함정이 아닐까 심히 의심스러웠으나, 설동은 죽음을 두려워하지 않는 2백 도인들의 선봉에 서서 행인국 성문을 부수며 진입했다. 몇 안 되는 요괴들이「이러려면 왜 남아있었나」할 정도로 비실거리며 저항하다 도인들의 무차별 공세에 생(生)을 마감했다.

설동, 최유와 도인들은 암양을 찾아다녔으나 어디에서도 볼 수 없었다.

우화가 요괴 하나를 잡아 문초하니「돌종 소리에 기겁을 한 암양이, 자기들에겐 성을 사수(死守)하라 지시하고 정신없이 내뺐다」고 실토했다.

설동은 즉시 가한 방룡과 도인들을 찾아다녔고 백애산 중턱 동굴에서 중독되어 갇혀있던 방룡과 도인 수백 명을 찾아냈다. 이어, 소도와 난조선원의 도인들이 치료를 해주었으나, 고령의 방룡 가한은 회복이 더뎠다. 행인국이 제 모습을 찾아가자 편전(便殿)에 방룡, 각수, 설동, 최유, 우화 등이 모였다. 방룡이 행인국이 겪은 일을 말했다.
"평생, 구도의 길을 걸어왔는데 요괴들에게 나라를 빼앗기다니, 부끄럽소.
작년에 독정노파가 「마비(馬妃)의 주관 하에 난조선원에서 천제를 올리고 남은 술」이라며, 각수선사님이 보냈다는 술항아리를 지고 왔소.
근래 몇 년은 흉작으로 쌀이 모자랐기에 술은 생각조차 못할 때였소.
무슨 술인지 향이 너무 좋아 평소 술을 안 하던 도인들도 한 잔씩 마셨는데, 그 길로 모두 중독되는 바람에 그들의 협박에 굴복하게 되었소. 그리고 수많은 요괴들이 나타났고 우리는 동굴에 갇힌 것이오."
모두 짐작하고 있었으나, 선계의 추앙을 받는 난조선원과 행인국이 요괴들 손에 당했으니 입이 있어도 변명하기 부끄러운 일이었으리라.
설동이 물었다.
"흑림이 궁과 도관 깊숙이 침투했습니다. 장차 어찌 해야 하겠습니까?"
각수선사가
"우선, 난조선원과 행인국·일을 선계의 어른이신 백두선문의 아리운 대선사님께 보고 드리고 행인국(國)과 난조선원, 달지성이 하나가 되어 마비(馬妃)와 독정의 움직임을 감시하며 임기응변해야 합니다."
라 말하자, 우화가 말했다.
"탁견이십니다. 우리는 적을 모르고 있습니다. 저만 해도, 준비 없이 무작정 설치다 이렇게 천하를 떠도는 신세가 되고 말았습니다. 풍문으론 저의 형 우광도 폐(廢) 태자 되고 귀양을 갔다 들었습니다.
마한 연방 또한 간단치 않아 보입니다. 달지국 만이 아니라 신소도 국도 이미 홍역을 치렀는데, 마비는 야심가로 사오의 지원까지 받고 있습니다."
최유가 이어 말했다.
"마비와 노파는 저와 우화 형이 주시하겠습니다."
전략회의 후 각수선사는 난조선원으로, 설동은 달지성으로 돌아왔다.
최유는 우화와 주작산장으로 가고, 배옥과 욱면은 집으로 돌아갔다.

그 후, 최유는 주작산장과 달지성 객잔을 오가며 조정과 왕궁의 동정을 살폈다.
도박장 시월루(樓)에 들어가 보고 싶었으나, 사간(四奸)과 싸운 적이 있어 불가능했다.
최유는 고민하던 끝에 각종 재료를 구한 후 어머니께 배운 역용술로, 꼬박 하루 만에 흑부리와 비슷한 분위기를 내는 얼굴로 바꾸었다.
흑부리를 아는 자라면 최유를 주먹 좀 쓰는 자로 느낄 얼굴이었으

나,
아무리 바꾸려 해도 은은히 드러나는 본연의 기품(氣品)은 감출 수 없었다.

최유는 객잔에서 며칠 쉬다가 항구를 돌아보았다. 달항은 오월(吳越), 제(齊), 북옥저, 마한 연방, 왜(倭) 등 각국의 상선이 수시로 드나드는 곳이라 사람들이 붐볐고 기루와 주점들은 불야성을 이루고 있었다.

최유가 시월루에 들어섰다. 어두컴컴한 도박장은 노름꾼들로 가득했다.

한동안 구경만 하던 최유는 쌍륙(雙六: 주사위 두 개로 하는 노름) 판에 끼었다. 몇 번 돈을 걸었지만 운이 붙지 않았는지, 결국 자리를 털고 일어났다.

최유는 영산강(江) 포구의 도박장에서 나는 냄새와 별 차이가 없다고 생각했다.

'도박장의 분위기나 냄새는 어디나 비슷하군.'

그때, 농염한 여인이 눈웃음을 치며 다가왔는데, 사간(四奸) 중 흰개미였다.

"왜, 벌써 다 잃으셨어? 내가 좀 빌려줄까요?"

툭 던지는 말이, 한 십 년 알고 지낸 사이처럼 친근하고 자연스러웠다.

무술 외엔 여러모로 순진한 최유가

'앗, 날 알아보네?'

하고 깜짝 놀랐다.

"아! 역용(易容)을 했는데 알아볼 리 없지."

하고 태연을 가장하며 무심한 듯 대꾸했다.

"나를 아시나?"
"어머? 이리와요, 누나가 차 한 잔 드릴게."
하며 흰개미가 소매를 끌자, 최유는 짙은 분 냄새가 싫었으나 어어하며 못이기는 척 당기는 대로 끌려갔다. 자리에 앉자 흰개미가 차를 따라주었다.
"나는 흰개미라 하는데 동생은 이름이 뭐?"
사실,
흰개미는 최유가 도박장에 들어설 때부터 지켜보고 있었다. 싸움엔 제법 이골이 난 얼굴이었으나 주사위는 영 아닌지라, 벗겨먹기 좋은 자로 낙점(落點)하고 말을 건 것인데, 웬걸 잠깐 팔짱을 껴보니 옷 속으로 강철 같은 근육이 꿈틀거렸고, 자기의 손길에 살짝 움찔하는 모양이 뜻밖에도 여자를 가까이 해보지 못한 어색한 몸짓이 아닌가?
흰개미는 순간 몸이 아르르 달아올랐다. 이 같은 사람을 만나본 기억이 아스라했다. 한때는, 자기도 좋은 남자 만나 평범하게 살고 싶었던 순진한 소녀였다.
그때, 최유가 대답했다.
"독고부리라 하오"
"독고부리? 호호호, 그래서 도도한 남자 같군요? 이름은 못 속인다니까."
최유가 뚱한 표정을 지었다.
"그렇게 웃지 마시오. 당신은 왜 흰개미요? 전혀, 개미 같지 않은데.."
흰개미가 웃으며
"개미가 아니면?"

"음.."
흰개미가 바싹 얼굴을 대며
"아이 참, 개-미가 아니면?"
하고 묻자, 천성이 착한 최유는 요부(妖婦) 같다고 하려다 심했나 싶어
"너무 요염해요."
라고 말을 바꾸었다. 순간 얼굴이 붉어진 흰개미가 들뜬 표정으로 말했다.
"호호호호호호. 동생은 어쩜, 몸도 좋은데 심미안(審美眼)까지 지녔어요?"
그때 사간의 둘째 상관이 최유와 희희낙락하는 흰개미를 보고 심통이 났다.
"자네, 어디서 굴러먹던 잔데 도박장에서 도박은 안하고 노닥거리기나 하나? 여자는 건너편 기루(妓樓)에 열 가마니쯤 있으니 그리 가봐!"
강호에 몸을 담근 지 십 수 년, 독고부리 같은 매력남을 보지 못한 흰개미가 끼어들었다.
"다 털린 것 같아서 위로해준 거예요. 돌고 도는 거라고. 오늘 잃었어도 내일은 딸 수 있다고."
흰개미가 아쉬운 듯 먼저 일어났다.
"그럼 동생, 잘 가고 다음에 또 와."
최유도 일어나며 「다음에 또 봅시다」하고, 객잔(客棧)으로 돌아왔다.

다음날, 욱면이 배옥의 심부름으로 최유를 찾다가 독고부리를 보고 물었다.
"누구시죠?"
최유는 상황이 상황인지라, 어쩔 수 없이 거짓말을 꾸며댔다.
"나는 최유의 친구 독고부리라 하오. 최유는 반 시진 전에 출타했습니다."
"아이, 참?"
하며, 욱면은 독고부리의 인상이 두려웠으나, 최유의 친구라기에 조금 안심이 됐다.
"중요한 일인가요? 전하실 게 있으면 제게 말씀하세요. 꼭 전해드리겠소."
독고부리의 말에, 욱면이 답했다.
"저희 아씨가 상의할 일이 있어 뵙자 한다고 꼭 전해주셔요."
최유는 곤란했다. 한동안 역용을 지우지 않고 독고부리로 지내야했기 때문이다.
"그건 좀 어려운 일이군요. 그 친구 한동안 못 올 것 같던데, 어떡하죠?"
욱면이 발을 동동 굴렀다.
"어딜 가셨나요?"
"속로불사국으로 갔소."
"아, 고향에 가셨군요."
욱면이 크게 실망하자, 표정이 너무 안 돼 보였는지, 독고부리가 물었다.
"혹, 제가 도와드리면 안 될까요?"
조금 전 첫인상과 달리, 독고부리에게서 정중한 면모를 느끼던 욱면

이
"요즘 웬 사내들이 저희를 감시하며 미행도 붙습니다. 최소협의 당부로 소도 도인들이 지켜주고 계시지만 어쩐지 불안한 마음이 듭니다."
"음?"
"소도에서 행패를 부린 시월루의 사간(四奸) 패거리 아니면, 달강(江) 나루터에서 우리 아씨를 희롱하려다 망신당한 자들 같기도 한데.."
달강 이야기를 묻는 최유에게, 욱면이 당시 겪었던 이야기를 해주었다.
"선객 맹소요?"
"네, 귀한 집 자제(子弟)로 보였는데, 우리 아씨를 매우 좋아하는 것 같았어요. 함께 있는 동안 잠시도 아씨에게서 눈을 떼지 않았으니까요."
독고부리가 눈썹을 꿈틀거리며 물었다.
"배소저는 맹소를 어찌 생각하시는지?"
"건달을 물리쳐 주셨기에 예(禮)를 갖추었지만, 또 만나자는 청은 수락하지 않으셨어요. 아, 그리고 공자는 용가권(拳)을 익힌 고수라 하셨어요."
독고부리가 고개를 천천히 끄덕였다.
"알았소. 그렇잖아도 최유 그 친구가, 배소저의 주위를 기웃거리는 자들이 없나 살펴봐 달라고 거듭 당부하더이다. 내 한 번 가보리다."

한편, 맹위 때문에 속을 끓이던 마비는 토화로부터 맹위가 배옥에게 푹 빠져 있다는 보고를 받고 독정노파를 불렀다. 노파는 신녀 행세를 하며 백아궁 북쪽의 별당에 머물고 있었다. 마비의 푸념을 들은 노파는

"그까짓 계집, 당장 없애버리면 되는 것 아닙니까?"

하고 시월루(樓)의 귀운도사를 찾았다. 마침, 귀운도사는 언진산(山) 귀운동(洞)에서 백일연공을 마치고 돌아와 있었다. 노파는 귀운도사에게

「태자(太子) 맹위를 마가족 마은과 결혼시킬 생각인데, 맹위가 배항의 딸 배옥이라는 여아(女兒)에게 푹 빠져있으니 없애 버리라」는 마비(馬妃)의 명을 전했다. 귀운도사는 한동안 잊고 있던 배옥 이야기에

'일이 저절로 풀리는구나. 날름 잡아와서 내 자식부터 낳게 해야겠다. <u>흐흐흐흐</u>'

하며 사간을 불러 배옥을 귀운동으로 납치하라 지시했다. 진초가 말했다.

"사부님, 배옥 뒤에 소도의 도인들과 최유라는 자가 있습니다. 자칫, 일이 꼬일 수도 있습니다."

귀운도사는 사간이 최유와 설동의 상대가 안 되는 걸 잘 알고 있었다.

"쯧쯧쯧, 머리를 장식으로만 달고 다니는 것들, 에잇! 좀 기다려봐라."

이틀 뒤, 귀운도사가 진초에게 서찰을 한 통 건네주며 지시를 내렸다.

"이걸, 맹소의 편지라고 전해라. 그리고 배옥이 달강(- 대동강) 팔각

정으로 오면, 포대기를 씌워 귀운동에 꼭꼭 숨겨 놔라. 절대 다치게 해선 안 된다."

독고부리는 시월루를 자주 찾았다. 도박꾼들도 그를 도박에 빠진 남쪽 어느 번국의 부자 집 아들로 알았다. 어느 날, 한동안 보이지 않던 귀운도사가 돌아왔다. 그리고 진초가 귀운의 별채에 들어갔다 나온 후, 밀실로 불러들인 부하가 말쑥하게 옷을 바꿔 입고 외출했다. 이어 진초, 초달, 흰개미가 건달 넷을 거느리고 어디론가 가자, 이를 본 독고부리가 잠시 갈등하다 옷을 바꿔 입은 자(者)를 추격했다.
그는 북촌을 향하고 있었다.
'혹, 배옥 소저의 집..?'
하며 뒤를 밟았는데 아니나 다를까, 놈이 배옥의 집 앞에서 문을 두드렸다.
"계십니까?"
안에서 욱면이 나왔다.
"누구시죠?"
"맹소님의 편지입니다."
욱면이 서찰을 받으며 우리가 여기 사는 걸 어떻게..? 하고 갸웃거렸다.

배소저,

소생 맹소입니다. 별래무양(別來無恙)하십니까? 함께 거닐었던 달강의 팔각정을 몇 번이나 가보았는지 모를 정도로 소저가 그립습니다. 소저의 옥용(玉容)을 떠올리다, 저도 모르게 서찰을 띄우게 되었습니다. 한 번 뵙고 싶습니다.
오늘 미시(未時: 오후 1시 반)에 천운(天運)을 믿고, 팔각정에서 기다리겠습니다.

- 맹소 드림 -

배옥이 아미(蛾眉)를 찌푸렸다.
"어찌하면 좋겠느냐?"
욱면이 웃으며 대답했다.
"정(情)은 마귀보다 무서워 한 번 빠지면 골수(骨髓)까지 상한다 했습니다. 오늘 맹공자께, 일생을 함께 하고 싶은 사람이 따로 있다고 하셔요.
배옥이 난처한 표정을 지었다.
"어찌, 거짓말을 하라 하느냐?"
고 나무라자, 욱면이 웃었다.
"어머. 아씨, 정말 없으셔요?"
"아니, 얘가? 거짓을 말할 순 없고, 어쨌든 마음을 접으시도록 해야겠다."
얼마 후, 배옥과 욱면이 달강의 팔각정에 올랐으나 맹소는 보이지 않았다.

잠시 기다리고 있자니 사람들 몇이 건들거리며 다가왔다. 배옥이 보니,
전에 소도 다실에서 차에 미혼약을 탄 진초와 흰개미였고 또 하나는 모르겠으나 그 뒤의 것들은 지난 번 나루터에서 자기를 괴롭혔던 무뢰배들이었다.
배옥과 욱면이 크게 놀라며 반대편 계단으로 도망쳤으나, 어느새 따라붙은 왈패들이 낚아채며 비명을 지르는 여인들의 얼굴에 포대기를 씌웠다. 그리고 공(功)이나 세운 듯 의기양양(意氣揚揚)하게 돌아설 때, 느닷없이 날아든 돌 네 개가 놈들의 이마 정중앙을 강타했다.
"악! 헉! 컥! 큭!"
하며 왈패들이 의식을 잃었고 배옥과 욱면이 포대기를 벗자, 한 사나이가 나타났다.
"말씀드렸던 최소협의 친구 독고.."
욱면의 말이 끝나기도 전에 진초와 초달, 흰개미가 들이닥쳤다. 진초가 우두둑 소리가 나도록 목을 꺾으며 말했다.
"독고부리 아냐? 넌, 도박이나 할 일이지, 왜 우리 일을 방해하느냐?"
"너희가 못된 짓을 할 것 같아 따라왔는데, 역시 내 짐작이 맞았구나."
초달이 눈을 부라릴 때, 흰개미가 독고부리와 배옥을 보며 안타까운 얼굴로 말했다.
"동생이 이 여인을 좋아하는군. 내게 마음을 왜 안주나 했어. 그런데 동생,
먹지 못할 감은 올려다보지 말라고 했어. 배옥은 탐하는 자가 많으

니, 못 본체 해줄 수 없겠어? 대신, 이 누나가 많이 예뻐해 줄게, 응? 동생"

진초는 부아가 치밀었다.

"아, 그만!"

하고 악을 쓰자, 독고부리가 검(劍)을 뽑았다.

"물러나면 살 것이나, 그렇지 않으면 달강의 물고기 밥이 될 것이다,"

고 호통을 치자 진초와 초달, 흰개미가 쌍- 하고 칼을 뽑으며 달려들었다.

강바람을 가르며 초달이 독고부리를 베어갔고 독고부리가 한 발 물러서자,

그렇겠지 하며 진초가 차가운 도광(刀光)을 뿌리는 동시에 독고부리의 등 뒤로 돌아선 흰개미가 질투가 가득 담긴 칼을 매섭게 휘둘렀다.

이를 본 배옥이 눈을 감을 때, 진초의 공격을 막으며 흰개미의 칼을 흘린 독고부리가 전광석화와도 같이 흰개미의 손목을 돌려 찼다. 칼을 놓친 흰개미가 고통으로 움츠릴 때 진초, 초달의 칼이 들이닥쳤으나, 독고부리가 비조이지(飛鳥離之: 날아오른 새가 떠나감)의 경신술로 도망(刀網)을 벗어나며 뿌린 단검이 초달의 정수리를 파고들었다.

"꺽!"

과연, 새를 좋아한 조이(鳥夷)의 경신술은 놀라웠다. 진초가 입술을 떨며 안색이 하얗게 탈색되었다. 평소, 용맹을 과시했으나 단검이 박힌 채 눈을 뒤집은 초달을 보고 서생보다 못한 꼴을 보이고 있었다.

겁에 질려 온 몸이 굳어버린 것이다. 그때, 흰개미가 막으려 했으나, 희끗 다가선 독고부리가 사시나무처럼 떨고 있는 진초의 목을 쳤다.
설명은 길었으나, 진초와 초달의 협공을 벗어나며 초달의 머리에 단검을 박고 진초의 목을 친 것은 눈 깜짝 할 사이에 벌어진 일이었다.
사실, 소도에서 이들과 처음 겨루었을 때에 비해 최유의 무예는 몇 차례 겪은 생사의 결투로 비약적인(飛躍的)인 발전을 이룬 상태였다.
"악!"
하고 공포를 느낀 흰개미가 몸을 날리자, 독고부리가 나지막하게 불렀다.
"돌아오시오!"
순간, 벼락을 맞은 듯 멈추어선 흰개미가 두 다리를 떨며 비틀거렸다. 정신을 압도당하면 몸을 움직일 수 없는 법, 흰개미를 돌려세운 독고부리의 손이 환영(幻影)처럼 흰개미의 기해혈(氣海穴)을 타격했다.
"컥!"
선혈을 연이어 토하며 고통스러워하는 흰개미에게
"당신은 아직 선한 구석이 남아 있으니 살려주겠소. 더 이상 악(惡)을 행하지 마오. 이 돈으로 멀리 숨어 평범한 아낙으로 살아가시오."
라고 말한 독고부리가 묵직한 주머니를 던져주며 표연(飄然)히 돌아섰다.
뜻밖에 죽지 않은 흰개미가 감동어린 눈으로 독고부리를 돌아보며

떠나자,
배옥과 욱면이 다가와 더할 수 없이 정중하게 감사(感謝)를 표했다.
"구해주신 은혜, 평생 잊지 않겠습니다."
"별 말씀을.. 최유에게 신세 진 일이 많았는데, 조금은 갚은 것 같아서 오히려 제가 고맙습니다. 그 친구가 어찌나 소저의 이야기를 많이 하던지, 원."
배옥은 독고부리의 말에 표현할 수 없을 정도로 기뻤으나, 친구 앞에서 자기를 걱정했다는 최유를 떠올리자, 부끄러운 마음에 볼이 발갛게 달아올랐다.
배옥의 얼굴을 황홀하게 바라보던 독고부리가 아차 하며 말을 이었다.
"시월루에서 사간의 수작을 보고 따라왔습니다. 받으셨다는 서찰을 볼 수 있을까요?"
배옥은 맹공자의 순정이 담긴 글을 타인에게 보여줄 수 없어 망설였으나, 자기를 납치하려는 음모였을지도 모른다는 생각에 건네주었다.
서찰을 본 독고부리가 문득, 돌을 맞고 기절했던 놈들 중에 흰개미가 떠난 후 깨어났으면서 아닌 척 눈을 감고 있는 점박이를 걷어찼다.
"일어나!"
"악!"
점박이가 극통을 참으며 벌떡 일어서자, 독고부리가 사간 중 셋이 죽었다고 하며 물었다.
"거짓을 고하면 죽을 것이나, 이실직고하면 살려주마. 사간은 소저가 여기 오는 걸 어찌 알았느냐? 맹소는 왜 안 왔고, 맹소는 누구냐?"
단검이 박힌 초달과 진초의 머리를 본 점박이가 덜덜 떨면서 대답했다.
"서찰은 귀운도사가 준 것이고, 서찰을 보면 소저가 나올 거라 했소."
"귀운도사?"
"그렇소."
"그럼, 맹소는 누구냐?"
"태자 맹위가 궁 밖에서 사용하는 가명이오."
독고와 배옥, 욱면은 점박이 말에 깜짝 놀랐다. 짐작 가는 바 있는 독고부리가
"지난번 소저를 맹소가 구해준 건 모두 네 놈들이 짜고 한 짓 아니냐?"
고 묻자, 점박이는 모든 걸 포기했는지 술술 불었다.
"태자가 놀러 나왔다가 배옥 소저를 보고 한 눈에 반하자, 읍자 토화가 두 사람을 엮어 주기 위해 시월루(樓)의 사간(四奸)과 꾸민 일이오.
우리 달강사걸이 태자님의 주먹에 며칠 고생했으나, 태자는 이 사실을 전혀 모르고 있소."
독고부리가 배옥과 욱면을 보자, 배옥은 이들의 간특함에 치를 떨었다.
독고부리가 또 물었다.
"태자가 사모하는 소저를 왜 잘 모시지 않고, 짐짝 나르듯 했느냐?"
"그건, 귀운 사부님이 언진산(山) 귀운동굴로 빨리 납치하라 해서

요."
독고부리가
"태자 맹위의 거처가 아니고, 왜 하필이면 멀리 떨어진 귀운동굴이냐?"
고 묻자,
"그게 세상의 묘한 이치요. 태자는 좋아하지만, 배항의 따님이라는 걸 안 마비가 귀운에게 없애라고 영을 내렸소. 이에, 입이 찢어진 귀운도사가 소저와 시녀를 씨받이를 삼겠다고 동굴에 가두라 한 것이오.
다 사랑 놀음이오. 그깟 사랑 놀음에 제자들 모두, 피 흘리며 죽어 간 거요."
배옥이 대노했다.
"네 놈이 사람을 농락하는구나."
하며 진초의 칼로 찌르려고 하자, 점박이가 머리를 감싸며 소리쳤다.
"이실직고하면 살려 준다 하지 않았소?"
독고부리가 배옥을 진정시키며 물었다.
"그럼, 귀운관은 마비(馬妃)의 밑으로 들어간 것이냐?"
"거기까진 모르고, 백아궁에서 독정노파가 이따금 귀운도사를 만난다는 것만 아오."
독고부리는 독정노파가 마비의 부하로 있으며 귀운과 한 통속이라는 걸 확인했다.
'마비, 정말 악녀 중의 악녀로군.'
그 외 시월루의 동정을 물어볼 때, 다른 세 명도 깨어나자 독고부리가 말했다.

"너희를 살려주겠다."
"고맙소. 그런데, 저희를 살려주신 대협의 존성대명을 알 수 있겠소?"
라는 점박이 물음에
"누군지 모르면 목이 날아가는 게냐? 난 흑부리의 의형 독고부리니라!"
고 답하자, 여덟 개의 눈이 휘둥그레지며 돌아갔다. 독고부리는 당분간, 안전을 위해 배옥과 욱면이 마읍산 소도에서 지내도록 안배한 후, 마읍상회를 찾아 불가유로부터 달지성(城)과 왕궁의 소문을 들었다.
"용가에서 돌아온 맹위는 파락호들과 방탕(放蕩)한 생활을 한다 하며,
마비는 내부대신 숙통과 정(情)을 통하고, 마한 연방 5국을 점령하고 얻은 재물로 건물도 개축하고 사치와 향락에 빠져 지낸다 합니다."

달강사걸로부터, 독고부리라는 자의 훼방으로 배옥을 납치하지 못했고 진초와 초달, 흰개미가 죽었다는 보고를 들은 귀운은 노발대발했다.
귀운이 무예를 익히고 하산한 후, 고르고 골라 키운 수족 같은 제자들이었다. 달지국에서 주먹으로 그들을 상대할 자는 거의 없었고 도박장과 기루, 푸줏간 관리를 맡겨왔는데 이젠 상관 하나만 남은 것이다.
'셋이 당했다면 대단한 고수다. 누굴까? 흑부리의 의형이라고? 흑부

리는 독정노파의 아들로 우리 편인데, 의형이라는 자가 왜 훼방을 놓지?"
하며 상관에게 흑부리를 부르라 했다. 흑부리는 신소도국을 떠나 달지성 서촌에 도관을 짓고 도사 노릇을 하고 있었다. 귀운도사가 물었다.
"왕비 지시로 배옥을 없애려 했는데, 자네 의형이라는 독고부리가 내 제자들을 죽이고 달강사걸도 머리가 깨졌네. 어찌 이럴 수가 있는가?"
난데없는 말에 흑부리의 눈이 돌아갔다.
"네?
의형은 무슨! 말이 되는 소릴 하십시오, 난「義」라는 글자도 싫어합니다.
그리고 의를 원수처럼 생각하겠다고 가달마황님 영전에서 혀를 깨물며 맹세한 내가 뭔, 똥 같은「의형」이 있겠습니까? 독고부리가 어떤 놈입니까? 그 빌어먹을 놈이 도사님과 저를 이간질하는 겁니다."
귀운도사는 거품을 문 흑부리를 찬찬히 뜯어보며 한 번 더 찔러봤다.
"달강사걸은, 독고부리가 그리 말했고 말투나 분위기가 모두 자네와 똑같다던데?"
흑부리는 부아가 치밀었다. 상대가 귀운이 아니면 당장 해골을 부술 일이었으나
"감히, 누가? 놈을 어디서 만날 수 있죠? 당장 그 빌어먹을 놈의 목을 따오겠습니다."
귀운도사가 말했다.

"그럼, 놈은 자네가 처리하기로 하고, 배옥의 일은 독정신녀님께 이해해주십사 잘 말씀드려 주시게."
흑부리는 그 날부터 7일 간, 독고부리를 찾아 달지성을 구석구석이 잡듯 뒤졌으나, 이름에 「독고」나 「부리」가 들어간 놈도 찾아볼 수 없었다.

한 젊은이가 귀운파가 운영하는 푸줏간으로 쑥 들어왔다. 주인은 수건으로 이마를 질끈 동여맨, 돼지 털 같은 체모가 가슴에 수북한 낙타 눈의 사내였다.
'흐흐, 애송이로군'
"어서 오쇼."
"양고기 열 근(斤) 주시오. 얼마요?"
"닷 냥이오."
잠시 후, 사내가 툭탁툭탁 자른 고기 열 근을 주며 돈을 달라고 손을 내밀었다. 젊은이가 돈을 건네고 돌아서다 고기를 이리저리 뒤적이며
"허, 말고기를 섞어 주면 어떡하오?"
하자, 사내가 눈을 뒤집으며 말했다.
"투정부리지 말고 갖고 가서 먹어! 맛이 엄청 좋아, 정력에도 좋고!"
"조상님들 제사 드릴 고기요. 그런데 말고기라니. 얼른 양고기로 주오."
젊은이의 말에
"하.. 이놈이?"

하며 사내가 고기 자르는 칼을 냅다 흔들었다. 그러나 젊은이는 단호했고, 말투도 바뀌었다.
"말로 할 때 내놓아라."
사내는 젊은이의 하대(下待)에 꼭지가 돌았는지
"이놈!"
하고, 칸막이 너머로 몸을 날리며 칼을 휘둘렀다. 칼이 훅- 하고 떨어지는 순간 연기(煙氣)처럼 비켜선 젊은이가 사내의 옆구리를 타격했다.
"헉-!"
소리를 토한 사내가 주저앉자, 젊은이가 사내의 목을 발로 짓눌렀다.
"양고기를 걸어놓고 1년 내내 말고기 파는 놈이 있다 해서, 사실 확인 차 왔다. 선한 자를 위협하고 시장 질서를 어지럽히는 더러운 놈!"
하며 말고기를 썰던 칼로 사내의 오른 발목 힘줄을 가차 없이 그었다.
"악!"
"또 다시 사기를 치고 공갈 협박을 하면, 목을 칠 것이니라, 명심해라."
"으.. 당신은 누구요?"
"나? 독고부리이니라."
말한 후, 푸줏간의 돈 통에 담아놓은 돈을 모두 챙긴 후 유유히 사라졌다.
"이건, 너를 살려준 대가로 가져가는 것이니, 너무 원망하진 말아라."

한편, 독고부리를 찾아다니다 지친 흑부리가 시월루(樓)의 도박장에서 시간을 죽이고 있을 때, 한 졸개가 허겁지겁 달려왔다.
"흑부리 도사님. 시장의 푸줏간에 독고부리라는 놈이 나타났었답니다."
푸줏간은 본래 귀운파(派)의 가게였다.
"뭐?"
하고 달려 나간 흑부리 눈에, 발이 잘린 부하와 씹어 먹어도 시원치 않을 독고부리가 남긴 글이 들어왔다.

> 양고기를 걸어놓고 말고기를 팔아먹는 자를 처벌했다
> 흑부리는 나를 찾느라 힘 빼지 마라. 네놈이 한 눈을
> 팔 때, 너의 등 뒤에 그림자처럼 서 있을 것이니라.
>
> - 이로운 독고부리 -

흑부리가 이를 빠득 갈았다.
'이놈이 감히, 나를 조롱해?'
하며 더욱 눈에 불을 켜고 독고부리를 찾아다녔다. 이를 본 상관이 말했다.
"사부님, 무작정 들쑤시는 것보다 길목을 지키는 건 어떻습니까?"
"길목?"
"네, 우리가 배옥 근처를 서성거리면 놈이 불안해서 나타나지 않을

까요?"
듣고 보니 꼭 맞는 말이었다.
"아하, 네 말이 맞다. 그래!"
흑부리는, 상관을 시켜 배옥의 집 근처를 배회하게 하고, 숨어서 사흘을 지켜보았으나, 의심스러운 자는 쥐새끼 한 마리 오가지 않았다.
뒤늦게, 밥 짓는 연기가 나지 않는 걸 깨달은 흑부리가 잠입해보니 집은 텅 비어있었다. 배옥과 욱면이 거처를 옮긴 것이다. 허탈해진 흑부리가 시월루로 터벅터벅 돌아갈 때 졸개 하나가 엎어질 듯 달려왔다.
"2각 전, 말을 탄 독고가 성 북쪽으로 흔들흔들 가는 걸 상관님이 봤답니다."
"뭐? 북쪽?"
"상관님이, 부하들을 모두 끌고 성문 앞에서 기다리겠다고 했습니다."
"아냐. 그러다 놓친다. 그리고 그딴 놈 하나로 여럿이 고생할 필요 없다."
하며 내달렸다. 1각을 전속력으로 달린 끝에 멀리 작고 검은 말을 탄 놈을 발견했다.
얼굴은 볼 수 없었으나, 이 바닥에서 한 번도 본 적 없는 검은 색의 작은 말과 손으로 빙글빙글 나뭇가지를 돌리며 가는 분위기가 부하의 보고와 딱 일치하는 놈이었다. 독고부리가 분명했다. 흑부리가 속도를 올리자,
세월아 네월아 하던 독고부리가 뭔가를 느꼈는지 박차(拍車)를 가했다.

흑부리는 뒤도 안 보고 치달리는 독고를 곧 놓칠 것만 같았다. 흑부리가 악을 쓰며 비탈길을 돌아서자, 뜻밖에도 독고부리가 나뭇가지를 돌리면서 태연히 기다리고 있었다. 흑부리는 말을 멈추고 상대를 찬찬히 뜯어보았다.
'정말 나와 닮았네.'
"네가 독고부리냐?"
독고부리가 무뚝뚝하게 대답했다.
"응"
"하"
흑부리는 놈의 「응」 소리에 기가 찼으나, 꾹 참으며 점잖게 물었다.
"끄응, 나는 너를 모르는데 너는 왜 나의 의형이라고 하고 다니느냐?"
"넌 못된 짓을 많이 해서 곧 죽을 목숨이라, 네 놈에게 살 기회를 주고 싶어 그랬다. 너를 잡아 아우로 삼고 의(義)를 가르칠 생각이니라."
"뭐라?"
"네가 지금 무릎을 꿇고 나를 형으로 모시면, 나의 의동생으로 오래오래 살 것이고, 그렇지 않으면 오늘 이 자리가 네 무덤이 될 것이야."
"우라질 놈!"
울화통이 치민 흑부리가 칼을 들고 말을 달렸고, 독고부리도 오냐 하고 마주 달렸다. 두 사람이 드디어 생사(生死)를 걸고 싸우기 시작했다. 흑부리의 칼에 실린 힘은 강했고 독고부리의 검은 변화무쌍했다.
"창창창창 창창창창창창"

"히히히잉힝 힝-힝 히힝"

칼과 검이 격돌하자 흑풍이 푸르륵 용을 썼다. 흑부리의 말을 윽박지르며 흑풍이 최유가 검을 휘두르기 용이한 자리를 선점하며 움직였다.

아무도 없는 산에서 기합 한 번 없이 팔십 합을 격돌하자, 도검(刀劍)이 가르는 바람을 타고 두 사람의 숨소리가 조금씩 커지기 시작했으나, 네 개의 눈은 검기도광(劍氣刀光) 속에 얼음 조각처럼 번득였다.

일호의 틈도 보일 수 없는 공수 속에

"얏!"

하고 흑부리가 내려친 칼을 독고부리가 막자, 홀연 비수를 든 흑부리의 좌수(左手)가 독고부리의 옆구리를 찍어갔다. 싸움이 쉽게 끝날 것 같지 않자 불의(不意)의 기습으로 승부를 결정지으려 한 것이다.

독고부리는 칼에 눌려 검을 움직이지 못했고, 흑부리는 득의의 미소를 참지 못했다. 초목(草木)조차 놀라 숨이 막힌 듯 산은 바람 한 점 없었고 눈 깜짝할 사이에 판세를 바꾼 자신이 더 없이 대견스러웠다.

흑부리가 칼과 비수에 온 힘을 실으며 오늘 밤은 여자와 술독에 빠져 죽자 다짐할 때, 툭- 하고 낙마한 독고부리가 지면을 차고 도약했다.

추락하던 새가 땅바닥을 찍고 다시 날아오르는 조이(鳥夷)의 경신술, 낙안중비(落雁重飛: 추락하던 기러기가 다시 날아오름)를 펼친 것이다.

느닷없는 독고부리의 낙마에, 흑부리가 엎어질 듯 몸이 쏠리며 균형을 잃는 순간 다시 떠오른 독고부리가 흑부리의 뇌호혈(穴)을 가격했다.

인피면구

마한 북변(北邊) 은산(銀山)의 주작산장. 무술 지도를 하던 우화는, 웬 사내가 흑풍(黑風)의 등에, 기절한 자를 싣고 나타나자 깜짝 놀랐다.
한 눈에 봐도 예사롭지 않은 고수였고, 외관(外觀) 또한 파락호였다. 순간, 우화가 다가서며 번개처럼 검을 뽑았다.
"누군데, 감히 내 아우의 말을 타고 있는가?"
최유는 반가운 마음이 일었으나, 우화 형의 입장을 짐작하지 못했기에, 발검과 함께 밀려드는 검기(劍氣)에 나동그라지듯 뒤로 물러섰다.
한 번도 적으로 마주한 적 없는 우화 형의 맹룡(猛龍) 같은 기세가 놀라웠다. 여차하면 최유의 목을 칠 것 같은 안광(眼光)이 이글거렸다.
최유가 황급히 대답했다.
"우화 형, 저.. 최유에요."
우화는 최유의 목소리와 비슷하다는 생각이 들었으나, 목소리는 얼

마든지 변조가 가능했기에
"누굴 바보로 아나? 넌 오늘, 여기서 살아 돌아가지 못할 것이다."
하며 득달같이 달려들었다.
이에, 사내가 다시 물러서며 인피면구를 벗자, 본 얼굴이 대충 드러났다.
"앗! 이게 어찌 된 일인가?"
우화가 급히 검을 거두자,
"자세한 이야긴 들어가서 하십시다. 형, 내가 흑부리를 잡아왔어요."
"독정노파 아들?"
"네, 난조선원에 술을 지고 왔다는 지게꾼 두목 말입니다. 이놈을 어디 묶어둘 데 없습니까?"
우화가 흑부리를 창고(倉庫) 기둥에 단단히 결박하고 최유와 산장으로 들어갔다. 최유는 그간에 겪은 이야기를 들려주었다. 우화가 말했다.
"맹위가 배소저를 마음에 두고 있는데, 마비는 배항의 딸이라 싫어한다?"
"그래서 마비의 지시를 받은 독정이, 귀운도사에게 소저를 없애 달라 했는데, 귀운은 독정 몰래 소저를 납치해 씨받이로 삼으려 했소."
우화가 말했다.
"귀운이 자기의 씨를? 명색(名色)이 도사라는 게 아주 못 된 놈이군."
하며 그동안의 일을 말해주었다.
의주 서쪽 바닷가에 사는 주작국 유민 열다섯이, 요작미와 염방을

제거하는 일에 지원을 해줘서 사십오 명이나 되는 대원을 구성했으니,
이제 주작국으로 잠입해 우광 태자와 수단, 저후, 손광을 찾아보겠다고 했다.
최유는 매우 반가웠으나 「나 혼자, 달지의 마축과 귀운, 독정의 세력을 제거하는 건 쉽지 않다. 반드시, 우화 형의 도움이 필요하다」 생각하며
"대원이 최소 백 명은 되어야 하지 않을까요? 우화 형, 조직과 군사 훈련 그리고 요작미 축출 작전이 구체화될 때까지 달지국(國) 재건을 도와주시면, 형의 일이 완벽히 끝날 때까지 제가 도와드리겠소."
라고 말했다.
우화는
'아우가, 배옥을 좋아하는 맹위와 마비, 귀운 때문에 머리가 아프고 마음도 급한 모양이군. 그러나 내가 그 일에 세월을 보낼 수는 없다.'
고 생각하며 난감한 마음이 들었다.
"아우, 나는 나라를 떠나 바다를 떠돌면서 많은 시간을 허비했고, 지금에야 이 산 속에 작은 기반을 마련했소. 그런데, 우광 형은 폐태자 되어 고범도로 유배를 갔고, 태자비(妃)는 현무가로 쫓겨 갔다 하니 촉박하오. 실패하더라도, 더는 지체할 수 없으니 이해해 주오."
듣고 보니 우화 형의 사정도 딱했으나, 최유는 설득을 멈추지 않았다.
"마비를 몰아내고 가한을 구하면, 달지의 전군(全軍)을 동원해 형을

돕겠소."
우화가
"달지의 전군(全軍)?"
하며, 의아한 표정으로 전군(全軍)을 누가 동원할 수 있냐고 묻자
"내가 그리 하겠소!"
라고 최유가 답했다.
"서운하게 듣지 마오. 아우의 드높은 의기와 무예는 알고 있으나 전쟁은 선객이 좌우할 사안이 아니오. 그 마음만 소중하게 기억하겠소."
라는 우화의 말에
'우화 형의 말이 맞다. 어쩔 수 없다. 우화 형을 설득하려면 나의 신분을 밝힐 수밖에.'
"형, 잠시만 기다려주시오. 내 얼굴을 좀 씻고 오겠소."
라 말한 최유가 느닷없이 나가자, 미안해하던 우화는 매우 의아했다.
최유는 우물로 달려가 얼굴을 씻었다. 달지국에 처음 올 때의 얼굴을 지우고, 원래의 용모를 되찾았다. 우화는 웬 소년이 방으로 들어오자 벌떡 일어섰다. 독고부리로 위장했던 최유가 또 한 번 달라진 것이다.
우화가 복잡한 심정으로 뭔가 말하려 할 때, 최유가 먼저 입을 열었다.
"그동안 진면목을 감추어온 아우를 너그럽게 용서해주십시오. 죄송합니다. 어쩔 수 없는 사정이 있었습니다. 매우 황당하게 들리시겠으나,
제 말을 끝까지 들어주시면 고맙겠습니다. 저는 본래 달지국 맹가유

가한의 쌍둥이 아들 중 둘째입니다.
과거, 마비는 아이를 갖지 못했는데, 천제(天祭)를 지내기 위해 가한이 난조선원으로 갔을 때, 저의 어머니 최비(崔妃)가 맹위를 낳자마자 마축에게 매수된 시녀가 훔쳐갔고, 음모를 눈치 챈 어머니가 또 다른 시녀에게 저와 도망치라 지시한 후, 마비에게 죽임을 당하셨소.
그때 나를 안고 도망친 시녀가 날 길러주신 지금의 어머니입니다. 형, 나는 속로불사국에서 살아왔소. 제가 달지에 온 건, 어머니의 복수를 하고 나라를 되찾기 위해서이며, 역용은 쌍둥이 맹위 때문에 취한 불가피한 선택이었습니다. 형, 저를 용서하시고 도와주십시오."
우화는, 충격적인 비사(祕史)였으나 최유의 인품을 너무도 잘 알기에 의문을 품지 않았다. 요작미와의 승부에 강력한 지원군을 얻는 것과 별개로, 아우의 비통한 사연을 듣고 더 이상 외면할 수는 없었다.
"그런 기막힌 사정이 있을 줄이야. 좋소, 아우 일에 힘을 보태리다. 그러나 마축과 독정은 그렇다 치고 맹위는 아무것도 모르고 있는데?"
"기회를 만들어 생모가 마축의 손에 암살당한 사실을 알려줄 겁니다."
"그래도 말을 듣지 않는다면 어쩔 거요?"
"휴, 그건 그때 가서 생각해 보겠습니다."
우화와 최유는 밤이 깊도록 술잔을 기울였다. 최유는 다시 역용을 한 후,
달지성(城)으로 돌아와 배옥을 찾았다. 배옥은 몹시 반가워하며 독

고부리의 도움을 신명나게 전했다.
"소협, 고향엔 잘 다녀오셨습니까?"
"네, 급한 일을 해결했고, 맏도비님과 상의 할 일이 있어서 왔습니다."
최유는 배옥과 설동의 접견실로 갔다. 최유는 「조정 요직이 마가족으로 채워졌으며, 마비가 내부대신 숙통과 사통하고 있다는 것, 독정은 마비의 측근이며 귀운과 한 패라는 사실, 1백 호위대 귀조(鬼組)의 두령 오귀가 마비를 호위하고 있다는 것과 독고부리로 역용을 하고 흑부리를 은산(山)의 주작산장에 가두었다는 소식을 전하며 이제, 본격적으로 마비 제거를 시도해야 한다」고 하자 설동은 정색했다.
"소협, 소도와 조정은 상대의 요청이 있다면 모를까, 간섭하지 않는 것이 단제(檀帝)가 정립하신 정교분리의 법이오. 가한이 병석에 계시나 분명 살아계시니, 마비를 제거하자고 증거도 없이 나설 수는 없소.
조정에서 알아서 할 일이라는 말이외다. 독정노파와 귀운도사를 없애는 일에 힘을 다할 것이나 무작정 조정과 척을 질 순 없소. 그리고 나라의 병력이 소도에 쳐들어오는 일은 상상조차 하기 싫소이다."
배옥은 최유가 독고부리였다는 말에 깜짝 놀라며 두근두근 뛰는 가슴을 누르다, 긴 침묵을 이어가던 최유의 얼굴이 조금씩 어떤 격동(激動)으로 일그러져 가는 걸 발견하고, 자기도 모르게 가슴이 아려왔다.
최유에게서 겨울바다의 절벽 같은 처량함을 느낀 배옥이 의아해 할 때

문득, 최유의 입술에 피가 번지며 번갯불 같은 안광이 일었다. 최유의 돌연한 변화에 설동은 크게 놀랐고 배옥은 가슴이 철렁 내려앉았다.
"마비(馬妃)가 저지른 천인공노할 악행의 증거는 바로 저, 최유입니다."
라는 말이 최유의 입에서 터져 나왔다.
설동이 놀란다.
"무슨 말씀이오?"
묻고
배옥이 덩달아
'무슨 말씀일까?'
생각할 때
"모든 걸 말씀드릴 때가 되었군요. 밖에서 얼굴을 씻고 올 테니, 기다려 주십시오."
라고 한 최유가 우물에서 역용(易容)을 모두 지우고 방으로 돌아왔다.
배옥은 홀연 맹소가 나타나자 어머! 하며 놀랐고, 설동은 최유의 변신에 당황했다.
'변화무쌍한 팔색검법에 얼굴마저 팔면(八面)? 어찌 이런 일이? 기이한 일이로고.'
그때, 배옥이 흠칫 몸을 떨며
"소협,
독고부리님으로 바뀌었다가 지금은 또 팔각정의 맹소로 바뀌었군요. 어느 얼굴이 진짠가요?
지금의 모습인가요, 독고부린가요? 아니면, 제가 아는 최소협 인가요? 너무 혼란스럽습니다. 소협은 누군가요?"
하고 묻자, 설동 역시 궁금한 듯 바라봤고 이내 최유가 사연을 털어놓기 시작했다.
「자기가 맹가유 가한의 아들이며 태자 맹위의 쌍둥이 동생이라는 것.
십팔 년 전, 최비(崔妃)가 회임하자 마비가 자기도 회임했다고 거짓말을 했다는 것.
가한이 아들을 점지해 달라는 기도를 하기 위해 난조선원에 갔을 때,
최비가 낳은 아기를 마비가 시녀를 통해 빼돌렸고, 쌍둥이를 연이어 낳은 후 또 다른 시녀 유란에게 아기와 도망치라고 한 최비는 결국 암살당했다는 것.
유란이 아기를 속로불사국(- 전남 나주)에서 아들로 키웠는데 그 아이가 바로 나라는 사실을 알고 눈물을 삼키며 복수를 결심했다는 것.
그리고 태자와 다른 얼굴이어야 했기에 어머니께 역용술을 배워 최유로 분장했으며, 흑부리를 잡기 위해 독고부리가 될 수밖에 없었다」
는 사정을 담담하게 토로하며, 맏도비님과 배옥 소저를 본 모습이 아닌 얼굴로 교류해온 못난 최유를 용서해 달라고 고개를 깊이 숙였다.
맏도비 설동은 상상 못할 이야기에 경악했으나, 당시의 사연에 대한 너무도 소상한 진술과
최유가 그동안 보여준 드높은 의기(義氣) 그리고 태자와 똑같이 생겼다는 배옥의 말에 믿지 않을 수 없었고, 배옥은 최유의 처절한 사

연에 잠시 가졌던 오해가 눈 녹듯 사라지는 동시에 마축에게 쫓겨난 아버지를 떠올리며 깊은 연민을 느꼈다.

"제가 비록 무예를 모르는 여자이나, 소협의 복수에 힘을 보태고 싶습니다."

라는 배옥의 말에, 설동이「우리, 힘을 모아 마비를 몰아내자」며 최유의 손을 굳게 잡았다.

최유는 배옥, 설동에게 고마움을 느끼며 눈을 감고 마음을 가라앉혔다.

"전, 왕자의 자리를 탐하는 게 아닙니다. 암살당한 어머니와 독수에 쓰러진 아버지의 원한을 갚고, 도탄에 빠진 백성을 구하기 위해서입니다.

마축은, 사오와 동맹을 맺고 포악한 자들로 조정을 채웠습니다. 그녀를 방치하면, 마한 54국은 장차 흑림의 속방이 되고 말 것입니다."

설동이 말했다.

"그런데, 지금 마비를 치면 피바람이 일 것이니, 정면 대결은 피하고 마비의 힘을 최대한 약화시키는 것이 좋겠소. 마비는 여인이지만 술책(術策)에 능한 자요. 54연방을 장악하기 위해 군사를 키우는 동시에,

흑도와 결탁해 정도(正道)의 선협들을 하나하나 제거해가고 있으니, 귀운도사와 독정노파를 먼저 제거하여 강호를 안정시키도록 합시다."

"예, 먼저 독정노파를 흑부리로 유인해, 우화 형과 함께 없앨 것입니다."

설동과 이야기를 나눈 후, 최유와 배옥은 소도의 후원을 함께 거닐

었다. 배옥은 최유의 수려한 얼굴에서 좀처럼 눈을 떼지 못하며 말했다.
"소협, 저는 못 믿겠어요. 지금 소협의 얼굴이 진짜인지 아닌지 한 번 만져 봐도 될까요?"
최유가 겸연쩍어하며
"아, 그렇게 하시오"
하고 뺨을 내밀자, 배옥이 만져보다 갸웃거리며 갑자기 세게 꼬집었다.
"아!"
"어머! 이번엔 진짜가 맞네요. 죄송합니다, 소협. 어쩔 수 없었어요."
최유가 배옥에게 꼬집힌 볼을 만지며 어색하게 웃었다.
"나는 다시 독고부리로 변장한 후, 노파를 없앨 것이오."
"……"
"악은 선한 가면을 쓰고 사니, 나는 악과 싸우기 위해 익의 딜을 쓸 것이오."
배옥이 한숨을 내쉬었다.
"소협, 저도 주작산장에 가면 안 될까요? 소도는 사람이 너무 많이 드나들어서요."
그렇잖아도, 태자의 눈에 든 배옥이 마비 손에 해를 당할까 걱정하던 최유였다.
"그럼, 오늘은 내가 성(城)에서 할 일이 있으니, 내일 함께 가십시다."
최유는 독고부리로 변장하고 시월루(樓)로 갔다. 귀운도사와 상관은 출타한 상태였다. 도박장은 발칵 뒤집혔고 달강사걸이 허겁지겁 달려왔다.
겁을 먹은 점박이가 연신 굽신 거리며 말했다.
"선협, 오랜 만입니다. 저기에서 한 판 하십쇼."
"귀운과 상관은?"
"모두 외출하셨습니다."
"그럼, 자네가 말 좀 전해주게,"
"넵"
"흑부리는 내가 데리고 있으니, 독정노파에게 데려가라 해라. 혹, 관병을 달고 나타나면 흑부리의 목을 딸 거라 하고, 모레 진시(辰時: 아침 7시 반)에 서문 밖 십리주막에서 차를 마시며 기다리라 전해라."

이틀 뒤, 언진산 귀운동. 언진산(山) 마귀봉(峰) 절벽 아래 도장 건물이 있고 뒤쪽 계단을 타고 오르면 6장 높이에 귀운동굴이 있었다.
사방 벽에는 가달마황을 섬기던 뿔사리, 뿔요괴, 마왕(魔王)의 그림이 마치, 건물을 감싸고 보호하고 있는 듯 우악스럽게 그려져 있었다.
설동이 혜읍, 혜원, 혜영, 지안, 지용 및 도인 백 명을 이끌고 도착하여 귀운동을 포위하고 다음 날 새벽까지 기다렸다. 도인들은 모두 왜 공격은 하지 않고 밤을 지새우나 의문을 가지며 다소 지루해 했다.
그러나 설동은 난조선원에서의 경험으로, 귀운동에 있을지 모르는 요괴들을 피하고, 요괴들이 두려워하는 새벽을 틈타 공격하기 위해서였다.
아닌 게 아니라, 자정이 되니 2백여 마인들이 나와 가달마황에게 기도를 올린 후, 귀운도사를 단(壇) 위에 모시고 징과 꽹과리 등으로 요사한 음악을 연주하고 노래를 부르며 요괴공(功)을 연마하기 시작했다.

   차가운 달빛이 만든 그림자처럼
   소리 없이
   따라 움직이는 귀신처럼 가볍게
   춤추어라.

   숨도 쉬지 말고, 벙어리가 되어
   나약한 인간에게 공포를 심고,
   발목을 잡아 머리털이 솟게 한
   후
   목을 물어 피를 쭉- 빨아먹어라

잠시 후, 흥이 절정에 오르자, 그들의 팔다리가 흐늘흐늘해지며 늘어났다 줄었다 하던 중, 갑자기 높이 뛰어오르고 떨어지며 호박처럼 굴러다녔다.
무공 초식으로 보이는 그들의 동작들은 매우 괴이했고 공포스러웠다.
이를 본 설동이 탄식했다.
'이미 사라진 줄 알았던 요괴공(功)이 다시 등장했군. 악은 악을 먹고 자란다는 가르침이 옳았어. 누구에게나 있는 악의 씨는 잠시만 한 눈을 팔아도, 또 다른 악을 먹고 자라며 세상을 마구 어지럽히는 법!'

인시(寅時: 새벽 3시 반)가 다가오자 요괴들은 다시 도장으로 들어갔다. 반 시진(- 1시간) 후, 설동이 드디어 불화살을 날리라는 신호를 보냈다.

소도의 도인들 역시 동이(東夷)의 후예라, 모두 활을 잘 다루었다. 그들이 준비해 온 활은 모두 단궁보다 사거리가 길고 강력한 맥궁이었다.

궁수들이 모두 땅바닥에 누워 양발로 걸어 활을 쏘기 시작했다. 불화살이 새벽을 밝히며 까마득하게 날아갔고, 놀란 마인들이 허겁지겁 뛰쳐나왔으나 기다리고 있던 도인들의 칼을 맞고 죽어갔다. 설동이 동굴로 활을 쏘라 하자, 수십 대의 불화살이 입구의 무언가에 불을 붙였다. 귀운동에 있던 두령 셋이 정신 나간 듯 뛰쳐나오자, 설동이

"저들을 없애자."

하며 몸을 날렸고 혜읍, 혜원, 혜영이 뒤를 따랐다. 세 두령은 흑림에서 귀운도사를 지원하기 위해 온 흑선과 사각사(四脚蛇: 도마뱀)들이었다.

흑선이

"나는 흑선 구월귀(九月鬼)다. 넌 어떤 놈이냐?"

묻더니

"난 달지성의 설동이다. 너희들을 없애러 왔다."

는 말에, 기습적으로 형천장(刑天掌)을 펼쳤다. 하늘을 가격하는 형천장이 괴이한 소리를 내며 밀려들자, 설동이 좌장(左掌)을 훅 뒤집

었다.
"꽝!"
하고 두 개의 손바람이 부딪치자, 절벽에서 우수수 흙이 떨어졌고, 둘 다 다섯 걸음을 나동그라지듯 물러서며 검붉은 피를 토해냈다. 한 번의 격돌로 서로 내상을 입은 것이다. 혜영이 구월귀를 협공했고 혜읍과 혜원이 사각사들에게 달려들자, 사각사 둘도 거품 물고 저항했다.

어느덧, 혈투 속에 언진산의 새벽이 밝아오고 있었다. 구월귀(鬼)는 본래 요괴였기에, 어둠 속에서 희미한 빛이 늘어나는 걸 발견하자, 형천검의 일초(一招) 귀월관운(鬼月貫雲: 귀기 어린 달이 구름을 뚫음)을 발작적으로 전개해 설동, 혜영의 포위를 뚫고 들쥐처럼 몸을 내뺐다.

사각사들 역시 도망치려 했으나 혜읍, 혜원이 막고 도인들이 퇴로를 차단하자 각기 장렬하게 싸우다 생을 마감했다. 싸움이 끝나고 동이 텄는지, 동이 트며 싸움이 끝났는지 모르는 도인들이 지친 몸으로 여기저기 주저앉아, 산악을 타고 떠오르는 붉은 태양을 바라보고 있었다.

달지성 서문 밖 십리주막.
독정노파가 뱀 머리 지팡이를 왼손으로 잡고 차를 마시고 있었다. 십리주막은 작았고, 탁자는 고작 여섯 개였다. 이른 시간이라 아무도 없었다. 노파는 쭈글쭈글한 눈을 반쯤 감고 깊은 생각에 잠겨있었다.

'독고부리? 감히 내 아들에게 손을 대다니, 내 이놈을 찢어죽이리

라.'
그러나 아무리 기다려도 독고부리는 나타나지 않았다. 노파가 이를 갈며 자리에서 일어나려할 때, 화살이 쌩- 하고 날아와 벽에 꽂혔다.
노파가 몸을 날렸으나 쥐새끼 한 마리 보이지 않았다. 화살에는 천이 묶여있었다.

꼬리를 달고 왔군. 흑부리를 당장 죽일까 했으나, 노파가 불쌍해 기회를 한 번 더 주겠소. 내일 신시(申時: 오후 3시 반), 「토성둔」 묘역의 느티나무에서 기다리겠소.

- 독고부리 -

독정노파가 부르르 떨며 주먹을 내려치자, 탁자가 우지끈 둘로 쪼개졌다.
"놈을 잡아, 죽지도 살지도 못하게 만들리라!"
하며 숲으로 가보니, 마비가 지원해준 귀마대 무사 넷이 죽어있었다.
노파는 다음날, 이십 명을 더 붙여주겠다는 마비의 배려를 마다하고 토성둔으로 홀로 나갔다.
수천 년 된 무수한 고인돌이 구릉에 세워져 있었으나, 고인돌에는 매장된 자의 이름이 하나도 새겨져 있지 않았다. 아마도, 이름은 이

승에서의 상형문자일 뿐 저승에선 필요 없는 것이어서가 아닐까. 인생은 빈손으로 왔다가 빈손으로 가는 것. 인간은 누구나 흙으로 돌아간다.
피고 지는 들꽃처럼 일장춘몽의 회한을 품고, 왔던 곳으로 돌아가는 게 인간의 숙명 아니던가.
독정노파의 머리에는 탐욕과 시기, 질투, 증오, 원망만이 가득했기에
'혹, 놈이 묘역의 귀신들을 불러내 날 괴롭히려는 것 아닐까?'
하며 겁을 내기도 했다. 독정노파가 석양을 응시하며 이를 갈고 있을 때, 멀리서 한 선객(仙客)이 걸어오고 있었다. 태양을 지고 걸어오고 있어 용모를 알아보기 어려웠으나, 가까이 다가오자 선명하게 보였다.
노파가
'독고부리가 과연 우리 흑부리와 많이 닮았구나. 오해들을 할 만 했다.'
고 생각하며 물었다.
"흑부리는 어디에?"
"난, 내가 한 말은 지키는 사람이오. 내게 한 가지 약속을 해주면, 놓아주겠소."
"뭔 말이냐?"
"앞으로, 배옥을 건들지 마오."
노파는 대답을 않고, 이마에 날리는 머리카락을 쓸어 넘기며 물었다.
"네 정체가 뭐냐?"
독고부리가 물끄러미 노파(老婆)를 바라보다 스산한 표정으로 후훗

하고 웃었다.
"정말 알고 싶소?"
"왜 겁이 나는가?"
"알려줄 수 있으나 내 진면목을 마비, 귀운 등에게 말하지 않겠다고 약속하시오."
"그건 또 왜?"
"노파가 목숨을 유지하지 못할 것이기 때문이오."
"이, 이놈이!"
"하하, 노파가 대답을 안 하니 이만 돌아가겠소."
노파가 말했다.
"여기서 살아갈 수 있다 생각하느냐?"
"당신은 흑부리의 처지를 잊었군. 그리고 내가 여기 혼자 왔겠는가?"
노파가 실눈을 뜨고 사방을 살폈다.
'신출귀몰한 놈이니 일단, 아들부터 살려놓고 봐야겠다. 두고 보자.'
하며
"독고부리, 꼭 함구(緘口) 하겠다."
고 하자, 독고부리가 손을 턱밑으로 가져가 자기의 얼굴 가죽을 핵 벗겼다.
순간, 노파는 크게 놀랐다. 이제 보니, 독고부리는 면구(面具)를 쓰고 있었는데, 독정노파의 앞에 느닷없이 태자 맹위가 나타난 것이다.
"앗! 당신은 태자!"
"내가 배옥을 좋아하는데, 어머닌 죽이려 한다는 걸 아오. 더 이상 배옥을 건들지 마시오. 귀운도사는 어머니께 「배옥을 죽였다」고 거짓으로 보고한 후, 귀운동(洞)으로 끌고 가 씨받이로 삼을 심산이었소.
그 외의 사정은 노파가 잘 알고 있을 터.. 흑부리는 십리주막에 있으니 안심하오. 자, 살려줬으니 노파도 약속을 지키길 바라오. 나는 가오."
말을 끝낸 맹위가 서너 번 솟구치다 휙- 부는 바람처럼 숲으로 사라졌다.
노파는 그의 경신술에 놀라며
'용가(龍加)의 무예를 배웠다더니, 과연 대단하군. 음, 역용술은 여인들이 주로 사용하는 걸로 아는데, 태자에게 가르쳐 준 자는 누굴까?'
생각하며 십리주막으로 갔다.

맹위는 군영을 불류강(江) 부근에 차리고 5천 병사를 소련하고 있었다.
동옥저를 정벌하라는 명이 떨어지면 즉시 병력을 움직일 생각이었다. 그는 마비가 마씨 조카와 결혼시키려는 걸 피해 도망치듯 백아궁을 나오며
"동옥저를 정벌 한 후 답을 드리겠습니다. 나라 일이 급하지 결혼이 급합니까?"
라고 하자, 마비도 배옥과 떨어지면 곧 잊을 거라 생각하고, 동옥저 정벌을 추진하며, 사오에게 동옥저 북쪽에 새로운 전선을 만들어 동옥저의 병력을 묶어주면, 정복 후에 동옥저의 절반을 드리겠다는 제안을 했다.

용가의 사오가 싫어할 리 없었다. 마비는 남갈사성(城)에서 용가군(軍)과 합류하기로 하고, 태자 맹위에게 우수(雨水: 2월 18일 경)에 출정하라 지시했다.

부여국과 현무국의 동맹

현무가(加)의 태자 유학명은 주작국의 우광이 수단, 전막, 벽려와 현무국에 오자, 버선발로 뛰어나가 부둥켜안으며 더 없이 반갑게 맞이했다.
오희는 죽은 줄만 알았던 신랑을 보자 비명을 지르며 기절했다. 왕비는 놀라 자리에서 벌떡 일어났다.
'금새를 쫓아간 가한의 생사를 모르는데, 공주가 요작미에 쫓겨 오고 사위 우광 태자마저 죽었다는 소문이 파다하자, 현무가는 이제 다 망했다.'
며 상심하고 병으로 누웠던 것이다.
"아이고. 난 태자가 내 딸을 과부 만든 줄 알았네. 정말 잘 왔어! 오! 천지신명님 감사합니다."
유학명과 우광은 요작미와 대사자 염방의 배후에 용가(龍加) 사오가 있다는 걸 알고 함께 대처해 나가기로 했고, 우광이 현무국(國)에 어느 정도 적응이 되어가자
오희가 주작궁(宮)에서 가한을 중독 시킨 복령에 대해 이야기를 꺼

냈다.
"주작가 어의(御醫) 황려가 준 복령을 제가 친정으로 오면서 갖고 왔어요. 그걸 오라버니(- 유학명)가 오성산(山) 상지선인에게 보여줬더니
복령에 독성을 일으키는 흑과(黑果: 검은 과일)를 섞어 넣었다며 보여주더군요."
우광이
"흑과(素果)!"
하고 놀랐다
"그리고 당시 행각도인 건려라는 자(者)가 나타나 해결한 후 중용되었고, 저와 태자님은 가한을 해치려 했다는 모함을 받기 시작했습니다."
상지선인이 이렇게 말씀하셨어요.
"여긴 최고의 의선방(房)입니다. 흑과가 복령에 상극이라는 건 삼척동자도 압니다. 누군가 주작의 가한을 해하고 권좌를 찬탈하려 한 짓입니다."
우광은 당시 첩약을 들고 갔던 상궁 운영을 불러, 도중에 의심스러운 일이 없었는지 물었다. 운영이 당시를 곰곰이 회상하며 대답했다.
"있었습니다. 청사성(城) 역참(驛站)에 들었을 때 옆 건물에 불이 난 적이 있었어요. 모두 놀라서 밖으로 뛰쳐나온 적이 있었는데, 약을 건드렸다면 그때일 겁니다. 그 외엔 짐을 손에서 놓아 본적이 없습니다."
"모든 건 요작미와 염방이 저지른 일이다."
요작미의 음모에 치를 떤 우광은, 유학명의 도움을 받아 수단, 전

막, 벽려에게 고향을 떠나 유랑하는 주작국 사람들을 모아 의군(義軍)을 조직하라 명했다.

"처남. 현무국은 부여와 용가라는 두 개의 적을 상대하고 있습니다. 의로운 인물이라 알려진 해모수는 이도여치(以道興治)를 선포했으나,

용가 사오는 연(燕)과 내통하고 있으며 흑림과 손을 잡고 가달마교를 용인하고 있습니다. 홍익인간의 조선에서 하늘의 도(道)와 마도의 싸움이 벌어지고 있는 겁니다. 나는 현무국(國)이 과거의 일을 잊고 해모수와 동맹을 체결해 용가 사오를 제거해야 한다고 생각합니다."

유학명이 말했다.

"해모수는 우리 땅을 빼앗아 간 자! 어찌 그와 동맹을 맺으란 말인가?"

"말씀드리기 죄송하나, 사오에게 지는 날이 오면 그 고통은 상상하기 어렵습니다. 지난 날, 선소채와 굼보에게 겪었던 일을 생각해보십시오.

해모수는 비록 어리다 하나 지혜롭고 의롭다고 합니다. 소문에, 팔황(八荒)이 추앙하는 창해신검과 해모수가 서로 공경하는 사이라고 합니다.

창해신검이 가달성을 무너뜨릴 때 해모수가 조선을 통일할 것이라는 소문과 함께, 천하 영웅들은 신협(神俠) 창해신검이 구이원의 무림을 이끌고 흑림(黑林) 정벌에 나서주기를 학수고대하고 있다 합니다.

그리고 해적 문어방(幫)의 암습으로 위기에 처해 있던 십이비검 수단을,

도리깨 선협이 구해주었는데, 그는 동옥저 인물로 강호초출에 연(燕)의 연산독응과 붉은거미방주를 없앤 용사이며, 마중마(魔中魔) 백발마군의 팔을 돌개바람으로 부러뜨린 고수입니다. 그는, 삼십여 년 전
혈도방(幇)을 궤멸시키고 사라진 마한의 전설, 무극도인의 사손이며 창해신검의 의제입니다.
그는 창해신검을 「선한 이에게는 한없이 다정하나, 의롭지 않은 자는 그 누구도 용서하지 않는 불세출의 협객(俠客)」이라고 평하였습니다.
고수라 할지라도 온전한 몸으로 돌아온 자가 없는, 황사산과 파곡산을 평지로 만들고, 도망치는 사룡(蛇龍)을 물속까지 추격해 참하였기에,
야차(夜叉)는 피할 수 있어도 신검은 벗어날 수 없다는 말까지 생겼다고 합니다. 그러한 창해신검이 해모수를 잘못 보았을 리 없습니다.
구이원에 일고 있는 바람 또한 심상치 않습니다. 웅가국 소도 마혜와 백호국 소도 호풍선사조차 흑림의 간계에 당해 자기 나라를 떠나 백오곡(谷)에 머무르고 있으며, 구이원 전역에 불길처럼 번지고 있는 가달마교의 악행에 영웅들이 백오곡으로 속속 모여들고 있답니다.
오가(五加) 가운데, 흑림에 휘둘리지 않는 곳은 용가와 현무가 둘뿐인데 사오를 가까이 할 순 없지 않습니까? 저하, 영웅들이 따르는 신협(神俠)의 안목을 믿고, 해모수를 한 번 만나 보시면 어떻겠습니까?"
유학명은 처남 우광의 충정(衷情)어린 이야기에 귀를 기울이며 고민

에 빠졌다.
"아, 부왕은 어디에서 무얼 하시나? 나에게 이 짐을 남기고 소식이 없으시니.."
이어, 우광이
"시간이 없습니다. 용가에서 눈치 채기 전에 동맹을 맺어야 할 겁니다."
하고 피를 토하듯 주청(奏請)했다.
"처남, 내 이 길로 부여의 녹산성(鹿山城)으로 가 해모수를 만나겠네."
태자 유학명이 허락하자, 우광이 친서를 받아 수단과 전막, 벽려를 이끌고 부여국으로 갔다. 주작국 태자 우광이 방문한다는 소식에 대보(大輔: 재상) 목맹후가 직접 우광을 1등 객사에 모시고 정중히 대접했다.
취기가 적당히 오르자 목맹후가 우광에게 물었다.
"주작국의 태자께서, 우리에게 어떤 이익을 주려고 이렇게 오셨소이까?"
우광은 속으로 생각했다.
'맹자를 접견한 양혜왕을 흉내 내다니? 그럼, 난 맹자가 될 수밖에 없군.'
하며 정색하고 말했다.
"대보께선 하필 이익을 말씀하십니까? 천하에는 오직 도가 있을 뿐입니다. 사오가 조선의 주인이 되기 위해 도를 버리고 가달성과 결탁했기에, 저희와 더불어 삼신(三神)의 도를 지키자고 찾아왔습니다."
목맹후가 파안대소했다.

"하하하하.. 알겠습니다. 그렇다면, 우리 함께 천하의 도를 지키기 위한 방안을 나눠봅시다."
우광이 담담하게 웃었다.
"제 속을 짐작하시는군요. 우리의 한 가지 제안을 받아들여 주신다면, 이도여치(以道興治)의 기치 아래 현무국(國)과 주작국(國)이 동맹을 체결할 것입니다."
목맹후가 의아한 얼굴로 반문했다.
"현무와의 동맹은 이해되나, 주작은 용가와 꽤 긴밀한 관계 아닙니까?
그리고 태자님은 지금 병사 한 명 거느리지 못하고 계신데, 우리와 어떻게 동맹을 맺겠다는 말씀인지? 그리고 한 가지 제안은 또 무엇입니까?"
우광이 엄숙하게 말했다.
"주작국은 제 아버님이 가한이나, 요작미와 염방에 의해 좌우되고 있습니다.
나는, 간신들에 대항할 미래의 용기 있는 신하들과 의로운 백성을 대표하고 있습니다. 현무국 내에 그 수는 적으나 주작국의 의군이 있습니다. 사오는 장차 나의 불퇴전의 군사들과 마주하게 될 것입니다."
목맹후는 우광의 당당함과 포부가 마음에 들었다.
"잘 알겠습니다만 그리고 또?"
소리에
우광이
"부여가 현무국(國)으로부터 **빼앗아** 간 열 개의 성(城)을 돌려주시면 우리의 동맹(同盟)은 일사천리(一瀉千里)로 체결(締結)될 것입니다."

라고 대답하자 목맹후는 흠칫 했다.
"해모수 가한께선 하늘의 도(道)를 펼치시는 분으로 현무국의 작은 성(城) 열 개에 연연하지 않으실 겁니다. 성을 돌려주시면 열국들도 가한의 이도여치를 믿고 따르며 함께 다물의 시대를 열어갈 것입니다.
작은 것으로 천하의 민심(民心)을 얻을 수 있는, 다시없을 기회를 드리는 겁니다."
목맹후는 우광의 통찰력과 두려움 없는 가슴 그리고 웅변이 마음에 들었다.
'우광 태자는 큰 그릇이다. 주작국을 반드시 되찾고 바로 세울 것이다.'
목맹후가 미소를 지으며 말했다.
"알았소이다. 가한님께 아뢰고 연락드리겠소. 객사에서 쉬고 계십시오."
다음날 우광은 해모수 가한을 만나 현부국의 제안을 받아들인나는 승인을 받고 현무국으로 돌아왔다. 유학명은, 우광이 동맹을 체결하고 부여국에 빼앗긴 열 개 성까지 찾아오자 크게 기뻐하며 백성들에게,
현무국과 주작국이 부여와「삼신(三神)의 도」를 수호하는 동맹을 체결했다는 것과 비도(非道)의 무리와 용맹하게 싸워나갈 것임을 선언했다.

치우천황의 탁록대전과 춘추필법

연나라의 조선 침략 전진기지 철연방(幇)을 무너뜨린 선협들은 각자의 위치로 돌아갔다.
뇌바우는 수유성 기비의 군문(軍門)에 투신했고 에제니와 소별은 신녀국으로 돌아갔다.
청련도 중앙정사님께 기한을 정하고 간신히 나왔던 터라 바로 백두선문으로 돌아가야 했다. 모두에게 인사를 마친 청련이 목에 걸려있는 깜찍한 옥피리를 꺼내 불었다.
"삐리리삐리리리 삐리리리리리리"
맑은 소리가 푸른 하늘에 빗물이 번지듯 퍼져나가자, 한참 후 하얀 구름 같은 날개를 펼친, 정수리가 붉은 선학이 청련 옆에 너울너울 내려 앉아 몸을 낮추었다.
청련은 여홍과 정말 헤어지기 싫었다. 여홍이 친(親)오라버니 같았고, 더 깊은 마음속엔 알 수 없는 감정이 싹트고 있었다.
'오라버니와 이렇게 헤어지면 언제 또 볼 수 있을까? 아이, 가기 싫어'
선학의 등에 오르던 청련이 눈물을 글썽이며 돌아서서 여홍의 품으로 뛰어들었다.
"오라버니-!"
여홍이 청련의 머리를 쓰다듬었다.
"착한 청련.. 수고 많았어."
청련의 두 눈에 눈물이 글썽였다.
"선문에 언제 오실 거죠?"
"한 번 가야지. 백룡선사님과 중양정사님 모두 뵙고 싶다."
며 등을 토닥이자, 청련이 여홍을 보며 작은 주먹을 꼭 쥐고 말했다.
"오라버니, 약속한 거다?"
"응"
여홍이 고개를 끄덕이자, 청련이 여홍의 품에서 나와 선학에 올라탔다.
선학이 날개를 펴며 날아올라 일행의 머리 위를 한 바퀴 선회한 후 멀리 사라져갔다. 까마득한 하늘을 응시하던 여홍이 넉쇠를 돌아보았다.
"아우, 어디로 갈까? 나는 사매와 왕검성으로 가 며칠 구경 좀 하려네."
"그럼, 저희들도 대형을.."
하고 여홍을 보며 넉쇠가 멋쩍게 웃자, 두약과 옥랑(玉郎: 옥이)도 가만히 웃었다.

번조선 우현왕의 왕부.
"뭐? 다시 말해 봐라"

우현왕 도바바가 안색이 변한 채, 너구리같은 몸에 여우 주둥이를 한 자의 보고를 받고 있었다. 바로 철연방에서 극열 장로와 싸우다 도망친 창고장(倉庫長)「노기」였다. 그는 도바바와 동향(同鄕)이었다.

노기는 엉엉, 눈물을 짜며 보고했다.

"마화와 악흔을 없앤 창해신검이 무려선문 도사들과 내부로 통하는 땅굴을 파고 기습해 철연방이 궤멸했습니다. 방주 전비는 산현에게 목이 날아갔고, 음곡은 창해신검의 손짓 한 번에 고혼(孤魂)이 되었으며

과거, 역수(易水: 하북성의 강)의 흑룡 전삭님과 자웅(雌雄)을 겨루었던 장물삼귀 조차 창해신검에게 참패를 당하고 종적이 묘연하다 합니다.

그리고 구문견(九紋犬)이라 불리는 구견은「지주산 거미방주의 목을 비틀어 만독존자에게 던졌다는 도리깨선협」에게 머리가 부서졌다 하며,

마지막 당주 파성과 육(六)향주는 누구에게 당했는지 알 수 없습니다."

우찌가 입을 벌리며 경악했다.

"선배님, 산현 그 늙다리가 전비 방주님 보다 무공이 높다는 말입니까?"

"아니오, 방주님과 산현은 백중지세였기에 산현 또한 방주의 마공(魔功)에 목을 내놓을 판이었으나, 창해신검이 방해했다고 들었습니다."

"뭐라, 창해신검이 비겁하게..?"

비겁을 운운(云云)할 자격이 없는 도바바가 신음했다. 그동안 일토

산이나 무려선문의 도인들은 철연방의 위세에 눌려 싸움을 피하고 있었다. 도바바는, 구이원의 신룡(神龍)같은 존재이며 그 무예가 입신(入神)의 경지에 이르렀다는 창해신검을 생각하자 머리가 아파왔다.
'철연방과 나는 한 몸처럼 밀접했다. 연(燕)에서 귀화한 내가 이 자리까지 오를 수 있었던 것은, 전비의 막대한 자금과 지원 덕분이었다.
돈을 밝히는 것들에게는 돈을 주고, 계집을 좋아하는 자에게 계집을 주며, 이도 저도 아닌 것들은 간계(奸計)로 축출하고, 끝까지 방해가 되는 것들은 철연방 살수들이 쥐도 새도 모르게 없애 주었기에, 모두 나를 두려워하고 있었다. 그런데 이제는 음.. 수유성의 기비와 일토산 소도, 무려선문 등이 조정 일에 이러쿵저러쿵 간섭할 터인데..'

도바바는 작년에 자기를 찾아 왔던 용가국의 유서(由鼠)라는 자가 생각났다.
그는 비단과 금덩어리, 도전(刀錢) 천 냥을 바치며
"인재를 아끼는 저희 주군께서 번조선의 영웅, 도바바님께 드리는 선물입니다."
"사오 가한께서 무슨 뜻으로, 일면식도 없는 내게 이리 잘해주는 것이오?"
"거두절미하고 말씀드리겠습니다. 주군께선 번조선과 동맹을 맺고 싶어 하십니다."
도바바의 표정이 살짝 변했다.

사오가 단제의 위(位)를 노리는 건 천하가 아는 일이고, 번조선 가한 기윤은 관심이 없는 척 고고하게 지내고 있으나, 내심 누구보다도 단제의 자리를 호시탐탐(虎視眈眈) 노리고 있다는 걸 잘 알고 있었다.
어느 날 도바바와 단 둘이 있을 때, 기윤이
"조선이 삼한관경제 즉 삼조선 -진조선, 번조선(- 변한), 막조선(- 마한)- 으로 통치하는 건 당신도 알고 있을 것이오. 진조선 단제의 후사가 끊기면, 부단제인 번조선(- 변한)이나 막조선(- 마한) 에서 나와야 하며, 그 중에서도 서열이 앞서는 번조선 가한이 단제 1순위(順位)인데
막조선 보다도 격(格)이 낮은 용가의 사오와 저 북쪽 변방의 해모수까지 나서고 있으니 한울님도 나와 마찬가지로 기가 막히실 것이오. 나는 술이나 마시며 놈들이 머리 터지게 싸우는 걸 지켜보다가, 때가 되면 맹호출림(猛虎出林)의 기세로 저들을 싹 다 쓸어버릴 것이오."
라고 말했다. 그런 기윤에게 동맹을 건의하면 목이 떨어질 것으로 생각했다.
머리를 핑핑 돌리던 도바바가
"험, 우리 번조선 가한과 오가의 제후가 격이 다른 건 대인도 잘 아실 터, 백성들이 보기에 좋지 않습니다. 번조선이 형이고 용가국이 동생이라면 또 모를까, 우리가 어찌 동맹(同盟)을 맺는다는 말이외까?"
라고 엄숙하게 말하자, 유서는 도바바의 말에 동의한다는 듯 끄덕였으나
'번조선, 막조선이 오가보다 격이 높아? 우리 흑룡기(騎) 만으로도

석 달이면 너희들을 뭉갤 수 있느니라. 마한의 가한은 의식불명이고 54개 소국은 오합지졸. 누가 단제가 되든 끌려오게 되어 있느니.'
하며 슬쩍 말을 바꾸었다.
"그럼 꼭, 동맹이 아니더라도 유사시 서로 도울 일이 있지 않겠습니까?"
꾀보 도바바는, 욕심이 많았고 용가의 군사력 또한 무시할 수 없었다.
"대인께서 무거운 걸 힘들여 가져오셨으니 받겠습니다. 서로 돕고 사는 데야 무어 문제가 있겠습니까. 경전에도 상부상조를 가르치고 있지 않습니까? 아름다운 일이지요. 더구나 지금은 전국시대 아닙니까.
단제를 꿈꾸는 제후들이 번조선과 용가의 동맹을 좋게 보지 않을 터. 이면적으로 두 나라의 실질적인 동맹을 이끌어드리면 어떻습니까?"
유서는 눈치 빠른 자였다.
"그렇습니다. 그깟 형식적인 조약이 뭐랍니까? 조정에서 일하실 때 조금 융통성 있게 용가를 배려해주시면 그걸로 충분합니다. 그게 사오 가한님의 뜻이기도 하고요. 그럼 이만 돌아가겠습니다. 감사합니다."
계산에 밝은 두 사람은 처음 만난 순간부터 죽이 척척 맞았다. 도바바는 자기를 이해해준 유서를 위해 주연을 크게 베풀었던 일이 생각났다.
'유서를 홀대하지 않은 게 천만 다행이다. 음.. 어느 구름에 비가 올지 모른다더니.'
도바바는 다음날 아침 서둘러, 용가국(國)의 유서에게 서한을 보냈다.

한편 여홍과 두약, 넉쇠, 옥랑은 철연방이라는 대악(大惡)을 없애고 모처럼 여유가 생기자 왕검성으로 가 이곳저곳을 구경했다. 왕검성은 배달국 때 세워진, 조선 제2 의 성(城)으로 3,500년 된 고도(古都)였다.
길고 긴 비단길 노정의 동쪽 거점일 뿐만 아니라 항구가 접해있어 마한, 오, 월, 제나라 등지의 물산이 거래되는 경제, 산업, 문화의 국제도시였다.
북쪽 태아궁(宮)을 중심으로 뻗어나간 구월대로(九月大路)를 중심으로, 좌우 일곱 개의 도로가 격자형으로 건설되어 있었다.
구월대로 전체의 바닥을 판 후, 한 발 길이로 자른 박달나무와 참나무, 소나무를 수직으로 박아 도로를 포장하였는데, 나이테들로 가득한 도로의 면(面)은 단단하고도 형언하기 어려울 정도로 아름다웠다.
시장은, 물산이 가득 쌓여 없는 것이 없어 보였고 가는 곳마다 사람들이 북적거렸다.
초원길을 따라, 다양한 피부와 복장의 대상(隊商)들이 들여온 물산이 상점과 객잔, 주점마다 가득 쌓여 거래되었고 인파는 매우 붐볐다.
밤이 되면, 주루마다 불야성으로 사내들이 술을 마시고 노래와 춤을 즐겼다.
네 사람은 즐거운 대화를 나누며 종일토록 돌아다니다, 이각객잔(耳覺客棧)이라는 누각을 발견했다.

"재밌네요. 이각(耳覺)? 귀에도 뭔가 있는 모양이죠? 우리 저기 묵을까요?"
하며 두약이 귀를 만졌다. 모두, 하늘을 날 듯 시원한 처마의 3층 누각으로 들어갔다. 그들은 곧 객잔 상호가 「이각」인 까닭을 짐작했다.
1층에 거대한 공연 무대가 설치되어 있었는데, 저녁 때 구이원(九夷原)의 여러 극단 배우들이 나와 가면극이나 각자의 가무(歌舞) 공연을 한다고 했다. 이각객잔은 구이원 각지의 공연 무대를 갖춘 곳이었다.
총관으로 보이는 자가 무대에 올랐다.
"우리는 격이 다른 공연을 올립니다. 특히 고대(古代) 동이 제(諸) 부족의 음악과 칠주악(樂) 뿐 아니라, 선율만 들어도 도(道)에 가까워진다는 각 선문이 자랑하는 음악도 들려드립니다. 이각은 바로 그런 의미입니다. 오늘은 동이극단에서 가면극 「탁록대전」을 공연합니다!"
넉쇠는 솔깃했다.
"음악을 듣고 도를 깨우친다니 정말 좋습니다! 하하, 그럼 저의 내공도 더욱 깊어지고 도리깨 무술도 더 강해질 것 아닙니까. 하하하하"
"율려(律呂)는 마음을 평화롭게 하고, 마음이 평화로워지면 이목(耳目)이 열리네."
어린 시절 어머니로부터 음악을 배운 여홍은 개마국에서 마음보(魔音譜)를 익힌 후,
동예악선 적보월이 아바간성 소도에 남긴 복마곡(曲)을 터득하였기에, 음악이 인간을 선으로도 악으로도 이끌 수 있다는 걸 잘 알고

있었다.
"아! 그래서 귀를 통해 깨닫는다는 의미였군요. 그런데 난 음악은 좋아해도 아직은 도(道)를 모르겠어요. 항상, 알 듯 말 듯 아리송해요."
두약이 고개를 끄덕이자 옥랑이 말을 이었다.
"그리고 이 번잡한 객잔에 어울리는 이름은 아닌 것 같죠?"
그들은 객실에서 쉬다가, 공연시간에 맞추어 막이 오르기를 기다렸다.

어디선가 범종소리가 궁- 울리며 미모의 중년 여인이 무대로 걸어 나왔다. 차림은 신녀들처럼 수수했으나 어딘지 모르게 기품이 있었다.
여인은 낭랑한 목소리로 자기를 동이극단의 해설사 설영(雪英)이라 소개하고 탁록대전을 설명했다.
"오늘 여러분이 관람하실 탁록대전은 배달국의 대영웅 치우천황이 황제 헌원과 싸워서 승리를 거둔 이야기를, 가면극으로 꾸민 것입니다.
가면극은 인간사회를 상징하는 극(劇)입니다. 가면은 표리부동한 인간을 나타냅니다. 착한 사람이 선한 가면을 쓰고 악한 자가 추악한 가면을 쓰고 있다면, 선악(善惡)과 정마(正魔)의 구분이 얼마나 쉽겠습니까?
그러나 현실은, 늑대가 양의 탈을 쓰고 다니는 걸 흔히 볼 수 있습니다.
치우천황 당시, 세상은 배달의 도(道)가 흔들리고 악마와 요괴의 무리들이 가면을 바꾸어 써가며 백성들 속에서 진실을 호도하고 세상을 어지럽혔습니다. 가면극은 마음의 수행을 돕는 극(劇)이기도 합니다.

탁록대전은 전쟁 극이지만, 그 이면에 인간이 지향해야 할 도와 사랑이 도도히 흐르고 있습니다. 탁록대전을 가면극(劇)으로 꾸민 이유가 여기에 있습니다.

극을 볼 때 가면 뿐 아니라 그 뒤에 숨은 진짜 모습을 주시해주십시오.

눈은 마음의 표상입니다. 아무리 두껍고 큰 가면도 눈빛만은 감출 수 없습니다.

가면의 구멍으로 번득이는 눈빛이 저 밤하늘의 밝은 별빛 같은지 아니면, 어두운 숲에 웅크린 야수의 눈 같은지 예리하게 살펴보십시오.

탁록대전은 배달국 제14 대 치우천황(- BC 2707~ BC 2598)이 헌원과 싸워 탁록에서 승리하는 이야기인데, 여러분이 반드시 알아야할 것이 있습니다.

상당수의 사람들이, 치우천황이 승리한 탁록대전을 헌원이 이겼다고 잘못 알고 있다는 것입니다. 치우천황은 헌원과 10년 동안 70여 차례의 전쟁을 했습니다.

그 긴 전쟁 중에 치우천황의 친척, 치우비(蚩尤飛)가 전사(戰死)한 것을, 치우를 잡아 죽였다고 화하 족(族)들이 거짓 선전하고 있습니다.

그러나 진실은 치우천황이 탁록대전에서 승리하였고 그 후, 배달국의 영토는 탁록성 남쪽 회하(淮河)와 대산(岱山) 유역까지 넓어졌습니다.
그때부터 수십여 동이계 거수국들이 산동, 하남, 산서성 일대를 지배하여 왔으며
단조(檀朝) 제13 대 흘달 단군 시대에, 탕임금(- 은나라 시조)의 요청을 받아 하나라 마지막 왕 걸(桀)을 쳐서 은나라 건국을 도와주었습니다.
그 후 은나라는 하남성 일대의 패권을 잡고 6백 수십 년 통치를 이어갔습니다.

치우천황이 돌아가신 후 사람들은 산동성 동평군에 7장(丈) 높이의 묘(墓)를 쓰고 지금까지 매년 10월, 천황의 제(祭)를 올리고 있습니다.
치우천황이 헌원에게 패했다는 왜곡은 무왕이 주(周)를 세우고 난 후부터 시작되었습니다.
주(周)의 무왕, 주공은 동이의 은(殷)을 정복한 후 수십 년에 걸쳐 동해 연안까지 동정(東征)하여 수십여 동이국가들을 정복하고 연과 제를 세웠습니다.
분봉(分封) 지역은 사방 백리에 불과했으며 거의가 동이 열국의 영토였습니다.

그 후, 화하족은 동이의 고토 회복 의지와 기상을 꺾기 위하여 먼저, 동이(東夷)의 역사(歷史)를 지우는 작업에 착수했습니다. 그 대표적 사례가

치우천황이 탁록대전에서 패했다고 날조(捏造)함으로써 동이인들에게 「패자의 후손」이라는 열등감을 갖게 한 것입니다. 주(周)는 동이의 역사와 문화를 더럽히고 폄하하기 위해 「황제 헌원이 치우천황을 이겼다」고 기술하며 치우천황을 기괴한 요괴로까지 묘사했습니다.

그리고 춘추는 공자가 저술한 노나라의 역사서인데, 춘추필법이라는 오강(五綱)을 만들어 놓고 썼다 합니다.

오강(五綱) 1. 미이현(微而顯)　　　　간결하면서도 모두 다 드러내고
　　　　　　2. 지이회(志而晦)　　　　은은하게 뜻을 밝히며
　　　　　　3. 완이성장(婉而成章)　　완곡하나 완벽한 문장을 이루고
　　　　　　4. 진이불오(盡而不汚)　　자세하나 너저분하지 않으면서
　　　　　　5. 징악이권선(懲惡而勸善)　악을 징계하고 선을 권(勸)한다.

춘추는, 시종일관 비판의식을 가지고 개혁을 멈추지 않으며 대동세계를 이루고자 했던 공자의 의지가 담겨있으나 자세히 읽어본 사람은
오강 외에, 세 가지의 원칙이 있는 듯 없는 듯 흐르고 있음을 부인하지 못할 것입니다. 저는 이것을 춘추삼회(春秋三晦)라고 부릅니다.

+ 춘추삼회(春秋三晦)

1. 위중국휘치(爲中國諱恥)   중국을 위해 수치스러운 것을 감추고
2. 긍화이누이적(矜華而陋夷狄)   중화를 자랑하고 오랑캐를 깎아 내리며
3. 내상이약외(內詳而略外)   중국은 상세히 기록하고 다른 나라는 간략히 기록.

삼회를 보면, 공자의 대동사상은 「배달국의 조국이념, 홍익인간 제세이화처럼 종족이나 피부의 구별 없는 모든 인류를 위한 대동(大同)」이 아닌, 화하 족(族)만의 대동(大同)을 추구했다는 것을 알 수 있습니다.
그리고 헌원을 위대한 왕이라 묘사하고 「누에를 쳐 실을 뽑아서 옷 만드는 법, 밭을 일구는 법, 사냥하는 법, 집 짓는 법, 마차를 만들고 병을 치료하는 법, 음률을 만드는 법들을 가르쳤다」는 신화를 만들었는데, 상식적으로 그 많은 것들을 한 사람이 창조할 수는 없습니다.
이는 배달국과 조선이 전해준 문명과 역사적 사실을 지우기 위해서였습니다.
치우천황 시대는 배달국의 전성기였습니다. 좋은 시간 보내시고 깨달음이 있기를 기원합니다."

해설사의 이야기에 여홍은 깜짝 놀랐다.
치우천황이 탁록대전에서 팔십일 형제와 장렬하게 전사한 줄로만

알았던 여홍은 치우천황이 탁록대전에서 승리했다는 말을 듣고 처음에는 다소 혼란스러웠으나,
이내 역사왜곡(歷史歪曲)의 전후 맥락을 이해하고 탁록대전을 관람했다.

탁록대전

치우는 소년시절 깊은 산속에 들어가 수행을 하다 한때, 고비사막으로 가 불을 피우고 화염 속에 연공했고, 또 다른 한 때는 북극 동토(凍土)의 꽁꽁 얼어붙은 강을 깨고 얼음 속에서 극한의 수련을 했다.
목숨을 건 구도행(求道行)을 내려다보신 한울님이 신선을 보내 물었다.
"아이야, 너는 왜 힘든 수행을 하느냐?"
소년 치우가 주먹을 불끈 쥐어 보이며
"도를 깨우친 후, 이도여치(以道輿治)로 혼탁한 세상의 백성과 생명들을 구하렵니다. 도를 구현하는 데에 장차 제 목숨을 바칠 것이옵니다."
라고 답하자, 한울님이 칭찬하시며 배달비기(倍達祕記)를 하사하셨다.
치우는 배달비기의 지혜와 절세의 무공(武功)을 연마한 후, 구이원을 주유하며 영웅 팔십 일 명과 결의형제를 맺고 그들과 함께 구이원의 조선족, 선비족, 오환족, 묘족(苗族) 등 모든 무리를 통합하였다.
치우천황이 다스리던 때는, 구이원과 중원의 구분이 없었던 시기였다.
갈로산(葛盧山: 산동성 청도 부근으로 비정)의 금을 캐 칼, 창, 화살촉을 벼리고 구혼(九渾)에 올라 1년 동안 아홉 제후를 굴복시킨 치우는 다시 옹호산(山)에 거하는 「하늘에서 쫓겨난 대장장이 천장(天匠) 마마차」를 찾아 이도여치(以道輿治)의 포부를 밝히며 도와 달라 설득하고,

마마차의 감독 하에 구치(九冶: 광석을 캐 주조하는 기계)를 제작했으며

광석(鑛石)을 철로 주조하여 오구장(五丘杖: 미상未詳), 옹호극(戟: 찌르고 당길 수 있는 갈래창), 태노(太弩: 한 번에 여러 개를 쏘는 쇠뇌), 예과(芮戈: 쌍날 창) 등의 병기를 만들고, 청동 투구와 갑옷으로 무장한 후, 공상(- 하남성 개봉현 진류진 남쪽)의 십이왕(十二王)을 정벌했다.

치우가 제위(帝位)에 올랐다는 말을 듣고 헌원이 시기하여 치우에게 도전을 해 왔다. 십 년 동안 무려 칠십여 차례에 걸쳐 헌원과 싸웠다.

불의 신 축융과 대군(大軍)을 거느린 폭군 헌원은 늘 거대한 쥐를 타고

황충(- 메뚜기과) 떼를 몰고 나타나거나 쥐 떼 수백 만(萬)을 거느리고 몰려왔다. 쥐의 발톱은 모두 쇠 발톱이었고, 언월도 같은 두 개의 송곳니와 수염은 보는 사람의 두려움을 일으켰으나, 치우는 연인 유묘(有苗)가 데려온 묘족의 고양이 부대를 이용해 쥐 떼를 섬멸했다.

하늘과 땅도 놀랄 치우의 지략과 병법에, 사람들은 그를 군신(軍神)으로 받들었다.

치우천황은 천하의 패권을 잡은 후, 자부선사를 국사로 임명하여 선교(- 神敎)의 도(道)로 백성을 다스렸다. 치우천황 시대는 배달국의 전성기였다.

「사마천의 사기(史記) 오제본기 편」 일고(一顧)

사기(史記)에 치우를 사로잡았다고 기술하였는데, 이는 치우천황이 황제에게 잡힌 게 아니라, 천황의 부장「치우비」가 황제와 싸우던 중 공을 세우고자 서두르다 전사한 것을「춘추필법 삼회(三晦)」에 준해 거짓 서술한 것이다.

치우천황의 묘가 산동(- 동이 지역)에 버젓이 남아있는 데 반해, 황제의 묘는 깊은 산속에 있다는 것만으로도, 황제가 어느 한 곳에 오래 머무르지 못하고 천황에게 이리저리 쫓겨 다녔을 것으로 쉽게 짐작할 수 있다. 사기(史記)의 오제본기와 표(表)를 보면

「소호 금천씨 현효」는 동이족인데 황제의 큰 아들이라 했고,「전욱 고양」은 묘족(苗族)인데 황제의 손자로 둔갑시켰으며 성군(聖君) 요, 순, 우, 탕과 은(殷: 동이족의 나라)의 제왕들마저 황제의 직계 후손으로 날조하여 화하족의 계보를 세웠다. 참으로, 믿을 수 없는 것이 중국(中國)의 상고사일 것이다.

여흥과 두약, 넉쇠, 옥랑은 술을 들며 가면극에 빠져들었고, 취기가 오른 두약이 머리를 식히기 위해, 여러 탁자를 지나 밖으로 나왔을 때

"언니!"

소리에 돌아보니 어린 소녀가 자기를 부르고 있었다. 소녀가 난처한 표정으로 말했다.

"언니, 초면에 정말 죄송해요. 저는 앵앵이라 합니다. 제 동생이 말썽을 부려 혼냈더니, 이 창고 안으로 도망쳐서 나오려 하질 않아요. 부탁드리오니, 언니가 좀 살살 달래서 나오라고 해주시면 안 될까요?"

두약이 보니, 과연 옆에는 작은 창고가 있었는데, 문이 조금 열려 있었다. 객잔에서 사용하는 잡화나 청소 도구를 넣어두는 창고 같았다.

"왜 혼냈지?"

"가게에서 물건을 몰래 집어왔어요."

하고 소녀가 팔찌를 내밀었다. 옥팔찌였다. 두약은 골치 아픈 아이라고 생각했다.

"아인 몇 살이고, 이름이?"

"취취예요, 열 살이고요.."

"알았어. 그 팔찌 나한테 줘볼래?"

두약은 팔찌를 들고 창고 앞으로 다가가 문틈으로 안을 들여다보았다.

창고 안은 캄캄하여 잘 보이지 않았다.

"취취야, 어디 있니?"

그러나 안에서는 아무 대답이 없었다.

"취취야, 취취. 이 언니가 도와줄게."
그때, 토라진 소녀 목소리가 들렸다.
"흥, 난 절대로 나가지 않을 거예요."
두약이
"팔찌는 언니가 네게 주기로 했다. 팔찌가 여기 있는데 정말 예쁘다."
고 하자, 모기 같은 소리가 들려왔다.
"앵앵 언니는요?"
두약이 돌아보자 앵앵이 손을 저었다.
"앵앵이는 공연을 보러 간 것 같은데?"
"그럼, 나갈게요."
이어 자박자박 소리에 두약이 문을 여는 순간, 취취가 웃으며 뭔가를 훽 뿌렸고, 두약이 깜짝 놀라는 순간 앵앵이 두약을 안으로 밀었다.
두약은 불의의 암습에 엎어지며 의식을 잃었다. 여홍은 시간이 흘러도 두약이 돌아오지 않자 자꾸 뒤를 돌아보았으나, 두약은 그림자도 보이지 않았다.
"제가 가 볼게요."
옥랑이 밖으로 나가 두약을 찾아보았으나 해우소나 객실(客室) 어디에도 보이지 않았다. 불안해진 그녀가 즉시 여홍과 넉쇠를 불러냈다.
"언니가 어디에도 안보여요."
여홍과 넉쇠가 흩어져 찾아보았으나, 두약이 어디로 사라졌는지 알 수 없었다.
불안해진 여홍이 이각객잔(耳覺客棧)의 주인에게, 요 며칠 수상한 자들을 본 적이 없나 물었다.

"선협님, 갑자기 일이 생겨 밖으로 나가시지 않았을까요? 좀 더 기다려보시죠."

두약은 발해어부의 손녀 아닌가. 누구에게 쉽게 당하진 않을 것이라 믿고 기다렸으나, 두약은 한 시진이 지나도 나타나지 않았다. 두약의 신변에 일이 생긴 것이 틀림없었다. 놀란 여홍이 넉쇠, 옥랑과 밤새도록 일대를 수색했으나 두약은 죽었는지 살았는지 종적이 묘연했다.

여홍이 천하무적이라 하나, 보이지 않는 적을 어찌해 볼 도리는 없었다.

넉쇠가 말했다.

"뇌바우가, 단오제 때 왕검성주 강운 부부를 도와준 적이 있다면서, 혹, 뭔 일이 생기면 자기 이야길 하고 도움을 청하라 한 적이 있습니다."

여홍이

"아, 나도 들었네."

하고 관저로 달려가, 뇌바우의 형들인데 욕살을 뵙고자 한다 청하니 시종이 바로 나와 욕살의 집무실로 안내했다. 세 사람은 뇌바우의 이름이 대단함을 느꼈다. 욕살 강운이 일을 미루고 반가이 맞이했다.

"하하.. 어서 오시오, 선협님들. 뇌소협의 형제시라고요."

이어, 강운이 방문객이 모두 범상치 않음을 느낄 때, 여홍이 포권의 예(禮)를 취했다.

"전, 동예의 여홍이라 하며 여기는 넉쇠와 옥랑입니다."

만면에 미소를 짓던 강운이「동예의 여홍」이라는 말에 깜짝 놀라며 두 눈을 화등잔 만하게 떴다.
"앗! 파곡산과 황사산을 평지로 만든, 신협(神俠) 창해신검 아니십니까?"
"네, 강호 영웅들이 그리 불러주고 있으나, 여러모로 과분한 호칭입니다."
"부족하다니요, 대협이 선협들을 이끌고 철연방(幇)을 궤멸시킨 이야기로 온 나라가 기뻐하고 있습니다. 언제 꼭 한 번 뵙고 싶었는데, 하하하하하, 정말 영광(榮光)입니다. 자, 얼른 자리에 앉으십시오."
모두 자리에 앉자 시녀가 다과를 내왔다. 욕살이 차를 권하며 물었다.
"뇌소협은 잘 계십니까?"
여홍이 대답했다.
"네, 수유후 기비님을 돕고 있습니다."
"기비님을요? 그것 잘 되었습니다. 번조선의 희망은 기비님 밖에 없습니다. 조정은 지금, 도바바를 따르는 똥만 찬 무리들로 넘칩니다."
여홍은 두약을 찾는 것이 급해, 다른 이야기가 귀에 들어오지 않았다.
"욕살님, 죄송합니다만, 제가 이리 찾아온 것은 급한 일이 있어서입니다."
강운은 다급한 표정을 보며 천하의 창해신검이 부탁할 일이 무얼까 궁금했다.
"말씀하십시오. 대협(大俠)의 일이라면 어떤 일이든 최선을 다해 돕겠습니다."

여홍이 어제 밤, 이각객잔에서 두약이 사라진 걸 이야기하고 도움을 청했다.

욕살이 말했다.

"이각객잔은 유명한 곳이라 강호인 뿐만 아니라 다양한 사람들이 찾는 곳입니다. 제가 사람을 풀어 성 안을 조용히 수소문 해보겠습니다."

"감사합니다."

"대협의 일이라면 당연히 도와야죠. 그리고 객잔보다 관저에 머무시는 건 어떻겠습니까?"

"대단히 감사합니다만, 저희도 사매를 찾아보려면 객잔에 머무는 것이 더 자유롭고. 그래야 사매가 혹 돌아오면 만날 수 있지 않겠습니까?

강운이 고개를 끄덕였다.

"잘 알았습니다. 내 연락드릴 일이 있으면 객잔으로 연락드리겠습니다."

세 사람은 관저에서 나와, 종일 돌아다녔으나 어떤 기미도 찾지 못하고 유시(酉時: 오후 5시 반)에 객잔으로 돌아왔다. 그때, 종업원이 둘둘 뭉쳐진 천 조각을 내밀었다.

"미시(未時: 오후 1시 반)에 한 사내가 이것을 전해드리라고 했습니다."

여홍이 그의 손에서 천을 빼앗듯 펼쳐보니, 백옥결(白玉玦: 백옥으로 만든 허리에 차는 고리) 한 개와 함께 휘갈겨 쓴 난폭한 글이 적혀 있었다.

창해신검 보아라.

두약을 살리고 싶거든, 내일 저녁 북문 밖 사두산(蛇頭山) 박쥐계곡으로 와라. 반드시 혼자 와야 할 것이다. 이를 어길 시엔 두약의 발목을 자를 것이니라.

- 하고마녀 -

여홍과 넉쇠, 옥랑은 경악했다.
"하고마녀?"
여홍은 처음 들어보는 이름이었다. 반지만한 옥결을 들고 살펴보았다.
"이것은 바이칼산 백옥결(白玉玦)로 내가 아바간성에서 사매에게 선물한 것이네. 하고마녀가 누군지 모르나 사매를 데리고 있는 건 분명하군."
여홍이 객잔 주인을 불러 사두산을 묻자, 객잔주인의 안색이 하얗게 변했다.
"선협님, 사두산은 악령들이 사는 곳입니다. 북문 밖 북북서로 백리를 가면 음침한 계곡들과 땅이 몇 십리나 아래로 꺼진 협곡들이 있는 곳인데, 상고시대 가달마황의 수하 사두마왕의 근거지였다고 합니다.
고대의 사대신장이 마왕의 졸개들- 마귀, 요괴, 잡귀- 을 박쥐계곡에 가두고 전멸시켰다고 합니다. 박쥐계곡이 어딘지는 모르나 박쥐들이 서식하는 음침한 동굴이 많이 있는 곳이 아닐까 생각됩니다.

옛 부터, 악령이 떠도는 사두산은 대선사들이 친 결계(結戒)로 아무도 들어가지 않던 곳이었으나 이십여 년 전, 지진으로 땅이 무너지고 새로운 협곡들이 생기며 결계가 깨졌다고 합니다. 그 후부터 사두산에 야수들이 들락거리고 기이한 약초와 독초들이 많이 난다고 합니다. 사냥꾼이나 약초꾼 가운데 간이 부은 사람들이 종종 큰 소리 치고 들어간 적은 있으나, 되돌아 나온 자는 아무도 없다고 합니다."
여홍이 문득, 개마국의 흡혈박쥐를 떠올리며 비수 같은 안광을 줄기줄기 폭사했다. 옥랑이 여홍의 분노를 느끼며 놀랄 때 넉쇠가 말했다.
"대형, 제가 함께 가겠습니다."
"우리는 하고마녀를 모르는데, 그 자는 나를 잘 알고 있네. 일단 그들이 시키는 대로 해야지. 자칫하면, 사매가 해(害)를 입을 것 아닌가?"
"그들이 누군지는 모르니, 대형을 함정에 빠뜨리려 한다는 건 압니다."
"방법이 없는데, 사매를 구하려면 부딪쳐봐야 할 것 아닌가. 사매가 해를 당한다면 내 어찌 살아갈 것이며, 사부님을 뵐 수 있겠는가?"
"대형."
넉쇠는 여홍의 절박한 마음을 이해하면서도 달리 별 수가 생각나지 않았다.
"내일까진 시간이 있습니다. 저녁이라도 먹으면서 방법을 생각하시죠."
세 사람은 1층으로 내려갔다. 오늘은 공연이 없는 날이라 손님이 그리 많지 않았다. 여홍과 넉쇠, 옥랑은 조용한 좌석을 골라 저녁을 들었다. 식사 내내 여홍은 음식을 먹는 둥 마는 둥 생각에 빠져 있었다.
넉쇠는, 어떤 난관에도 두려움이 없었던 대형의 초조한 모습에 애가 탔다. 사매에 대한 걱정으로, 감정을 다스리지 못하면 실수가 따르는데..'
옥랑도 마음이 아팠고. 넉쇠는 지난날 옥이를 찾으러 지주산을 찾아가던 일이 생각났다.
'사랑은 사내를 단숨에 무너뜨리고 이성을 마비시켜 바보로 만들지.'
식사를 끝내고 차를 마시던 여홍이 갑자기 일어서며 넉쇠에게 말했다.
"지금, 사두산으로 가야겠네. 자네는 여기에서 기다리게."
넉쇠가 놀라 말했다.
"이 밤중에 어딜 가신다는 말씀입니까. 내일 동이 트면 함께 가시..."
그러나 여홍은 이미 사라졌다. 넉쇠가 벌떡 일어나자, 옥랑이 넉쇠를 막아섰다.
"아, 죽으려고 작정한 사람이라면 모를까, 대협을 누가 당해내겠어요?"
"답답한 소리 마오. 호랑이도 함정에 빠지면 강아지에게 조롱을 당하고,
용(龍)도 땅에 떨어지면 지렁이가 희롱하는 법이오. 대형이 물불 안 가리고 서두는 게 보이지 않소? 실수 하면 안 되오. 내가 도와야 하오."
옥랑이 넉쇠의 소매를 잡아당겼다.

"혼자 가신다고 했잖아요. 우리가 따라가면, 도리어 방해가 될 수도 있어요."
넉쇠가 너무 답답하다는 듯
"싫으면 여기서 기다리시오. 다녀오리다."
하자, 옥랑이 눈을 반짝이며 중얼거렸다.
"그것보다.."
넉쇠가 다그쳤다.
"어서 말해보오?"
"욕살님께 설명하고 도움을 청해보는 건 어떨까요? 우리는 이곳의 사정에 어둡잖아요? 그 사두산에 대해서도 더 자세하게 알아보고요."
순간, 넉쇠가 환하게 웃으며
"아, 옥이는 정말 지혜롭소."
라고 감탄하자, 옥랑이 살짝 얼굴을 붉혔다.
"아이, 넉쇠님도?"
소리가 끝나기도 전에, 넉쇠가 달려 나갔다.
"앗! 같이 가요!"
두 사람은 즉시 욕살 관저로 갔다. 강운은 마침 잠자리에 들지 않고 부인과 차를 마시고 있다가 황급히 맞이했다.
"늦은 시간에 결례를 무릅쓰고 찾아 왔습니다."
"무슨 말씀을. 신협(神俠)의 일인 듯한데, 밤낮이 어디 따로 있겠습니까?"
넉쇠가 하고마녀의 서찰을 이야기하자, 강운이 즉시 위병을 불렀다.
"몽각과 불곰을 불러라!"
"네!"

이어, 강운이 넉쇠와 옥랑에게 말해 주었다.
"사두산은 고대(古代) 정마전쟁 당시 사두마왕과 그 졸개들을 묻은 곳으로, 귀기가 극에 달해 사대신장 우사(雨師)께서 결계를 쳐 봉인하였으나, 수천 년 간 아무 일이 없어 선계에서도 방치하게 된 곳이오.
그런데 이십여 년 전 발생한 지진으로, 사두산의 지각이 솟구치고 봉우리가 꺼지며 새로운 산과 깊이를 알 수 없는 미로(迷路) 같은 협곡이 생겼고,
그곳에 들어간 사람들이 영영 돌아오지 않아, 군사 작전하듯 조사한 적이 있었소."
넉쇠가 물었다.
"그래서 뭘 좀 알아내셨습니까?"
"알아낸 건, 그 계곡에서 상고시대에나 있을 요괴를 봤다는 사실이오."
"요괴!"
"양의 몸에 사람 얼굴을 한「포효」를 봤다 합니다."
"포효?"
"매의 손톱을 하고 어린아이 목소리를 내는 요괴(妖怪)인데, 성질이 사나워 사람도 잡아먹고 만족하지 못하면 제 몸을 물어뜯는다 하오."
옥랑이 두려운 빛을 띠며 물었다.
"요괴(妖怪)가 어디서 왔을까요?"
"알 수 없소. 그러나 그 무서운 산으로 들어가는 사람들이 있었다고 하오."
"그자들은 또 누굽니까?"

넉쇠가 묻자,

"흑룡방이오"

"흑룡방(幫)?"

"그렇소. 번조선 강호의 부랑아와 사막의 도적 그리고 중원 각지에서 온 범죄자들을 모아 만든 살수 같은 집단이라고 하는데, 실제로는 용가 사오의 지시를 받고 악행을 저지르는 강호 조직이라 합니다.

흑룡방은 그동안 철연방과 내통하며 조직을 키워왔는데, 여대협과 선협들의 공격으로 철연방(幫)이 붕괴되자 위협을 느끼고, 이번 음모를 꾸민 것 같소이다."

"혹시 천에 적힌 하고마녀란 자를 아십니까?"

"나도 처음 듣는 이름인데, 흑룡방(黑龍幫)의 고수가 아닐까 생각하오."

그때, 부름을 받은 읍차 몽각과 수문장(守門將) 불곰이 들어왔다.

"부르셨습니까?"

"일이 있어서 불렀네."

욕살은 먼저 넉쇠와 옥랑을 소개한 후, 일의 자초지종과 창해신검이 사매를 구하기 위해 홀로 사두산 박쥐계곡으로 간 것을 이야기해주었다.

몽각은 일토산 소도 출신 선장(仙將)이고, 불곰은 사냥꾼이었으나 힘이 좋고 무술(武術)에 조예가 깊어 강운이 데려와 수문장을 시켰다.

몽각은, 창해신검과 사부 산현선사가 무려선문의 도인들과 협력하여 철연방(幫)을 궤멸시켰다는 사실을 잘 알고 있었다. 몽각이 강운에게 말했다.

"흑룡방이 여대협을 노리는 겁니다. 용가에서 창해신검 때문에 머리 아파한다는 소문을 들은 바 있습니다. 전에, 전소채가 해모수를 제거하기 직전 「은랑창(槍) 쌍영자」를 벤 목련검(劍)과 창해신검으로 인해 일을 그르치고, 전갈기(騎) 수백을 잃어 문책 당했다고 들었습니다.

그 후 포열의 건의로 사오가 흑갈방을 모방해 흑룡방을 만들었고, 전소채가 흑묘단을 이끌며 열국 조정을 간섭하거나 충신들을 암살하고 있습니다.

사오의 입장에서, 창해신검 여대협은 반드시 제거해야 할 숙적입니다.

북해삼협(北海三俠)조차 하고마녀에게 당했다는 소문(所聞)이 있는데, 창해신검의 수급(首級)에 삼십만 냥을 걸었다는 말이 돌고 있습니다."

넉쇠가 신음을 토했다.

"하고마녀가 흑룡방이 데려온 고수란 말입니까? 천하의 북해삼협도 이미 마녀에게 해를 당했고, 우리 형님에게 걸린 현상금이 삼십만 냥?"

"선협, 염려하지 마시오."

이어, 강운이 지시했다.

"몽각은 5백 기(騎)를 끌고 잠복해 사두산(山) 계곡의 동정을 주시하라."

"예."

불곰에게 명했다.

"너는 오늘 밤부터 성문 경계를 강화하고 유사시, 몽각을 지원할 준비를 하라."

금이루(金夷樓)

여홍이 이각객잔을 나와 북동쪽으로 박차를 가할 때, 한 소녀가 튀어 나왔다.
"잠깐만요!"
여홍이 고삐를 당겨 말을 세웠다.
"애야, 말 앞으로 갑자기 튀어나오먼 어떡해?"
소녀가 생긋 웃었다.
"설마 창해신검님이 아이를 다치게 하겠어요?"
맹랑한 말에 여홍의 검미(劍眉)가 꿈틀거렸다.
"넌 누군데 나를 아느냐?"
"전, 미란(美蘭)이라 하오며 가까운 금이루(金夷樓)에 있어요. 저희 아씨께서 대협을 빨리 모셔오라고 하셨어요."
"금이루(樓)는 뭣 하는 곳이냐?"
미란이 호호호호 웃으며 말했다.
"기루예요."
"음, 기루?"
"네, 대협(大俠)"

미란이 여홍을 올려다보고 웃었다. 매우 귀엽게 생긴 계집아이였다.
"아씨가 누군데?"
"오시면 자연 알게 되실 거라 했어요."
'내가 지나갈 것을 이미 알고 있었다?'
"나는 급한 일이 있어 어딜 가는 중이니, 술은 다음에 팔아준다 전해라!"
며, 말을 달리려하자
"혹시, 사두산인가요?"
여홍이 눈을 번득였다.
"네가 어찌?"
"그러니까 저희 아씨를 만나보고 가시라니까요"
여홍은 마음을 가라앉히며, 미란을 따라 금이루로 갔다. 금이루(樓)는 연(燕), 조, 위, 제나라의 중원 유민들이 사는 중원로(路)에 있었다.
그들은, 각기 주색(酒色)으로 타락한 향락 문화를 가져와 선보이고 있었다. 맑고 깨끗했던 신국(神國)의 밤은 이렇게 병들어가고 있었다.
밤이 되면 거리로 기어 나오는 인간들의 눈이 박쥐나 올빼미 눈처럼 빛났다.
금이루는 2층 누각이었고 뒤쪽을 보니 거기에도 네 개의 건물이 보였다.
과연 왕검성에 있는 기루다웠다. 객실마다 손님들이 가득 차 있었다.
등불이 덜 비치는 곳마다 거나하게 취한 사내들을 안고 몸을 비비며,

허리를 비틀고 코맹맹이 소리와 함께 두 팔로 목을 감고 취객을 홀리는 계집들이 보였다. 기루를 처음 들어와 본 여홍이 눈썹을 찡그리자, 미란이 어린 아이 답지 않게 허리를 꼬며 깔깔 거리며 웃었다.
"대협은 이런 곳이 처음이셔요?"
"조그만 녀석이? 닥치고 네 아씨에게나 안내해라."
여홍의 얼음보다 차가운 눈빛에 미란이 토라진 듯 안색을 싹 바꾸었다.
"흥, 따라 오셔요."
어린 미란이, 기녀들이 걷듯 작은 엉덩이를 좌우로 실룩거리며 걸어가자, 여홍은 탄식했다.
'저 아이도 아기 땐 더 없이 천진하고 맑았을 터, 그동안 기루에서 보고 배운 언행(言行)이 저렇구나. 도인이나 신녀들 밑에서 자랐다면..'
미란이 방으로 여홍을 안내했다. 아랫목에 펼쳐진 12폭 화조도(花鳥圖) 병풍과 공후(箜篌: 하프 비슷한 악기) 그리고 창밖으로 보이는 둥근 달이 조화를 이루는 가운데, 주안상이 다리가 휘어질 듯 차려져 있었다.
"대협, 매소저가 곧 나오실 거예요."
'매소저?'
여홍이 병풍 뒤를 보자, 놀랍게도 화려한 원앙금침이 잘 개어져 있었다.
그때, 가만히 문을 열고 들어서는 한 여인이 있었고 사르르 바닥을 스치는 옷자락 소리가 들려왔다. 너무도 아름답고 농염한 여인이었다.

여홍은, 어디서 본 듯한 얼굴이나 기억이 나질 않아 일시 멍해졌다.
'누굴까?'
"저.. 매영이예요. 모르시겠어요?"
여인의 눈은 촉촉했고 목소리는 은쟁반에 옥구슬이 구르는 듯 했다. 진정, 아리따운 여자였다. 여홍은 말없이 마주보며 기억을 되살리고 있었다.
'매영? 귀에 익은 이름, 어디서?'
매영이 앉으며 미소를 짓자, 홍조 띤 뺨을 더욱 매혹적으로 바뀌었다.
"정말, 기억 안 나세요? 매가홀도?"
"매가..성? 아...! 성주님의 따님?"
매영이 요염하게 웃었다.
"호호호.. 아직 기억하시는군요. 혹, 대협의 기억에서 지워졌을까 걱정했었어요."
매영은 매가성 최고의 미인이었다. 여홍은 어릴 적에 시장에서 그녀의 콧대를 꺾어 주었던 일과 매영의 매력적인 자태를 자주 떠올렸던 게 생각났다. 여홍은 느닷없는 매영의 등장에 잠시 혼란스러웠다.
'까맣게 잊고 있었던 매영이 왜...?'
여홍이 반갑게 인사를 했다.
"소저, 그간 별래무양 하십니까?"
"대협도 잘 지냈나요? 나뭇꾼이었던 소협이 신검진천하(神劍震天下)의 절세 신협(神俠)이 되셨더군요."
여홍이
"그런데, 어떻게 절 알아보셨나요?"

하고 묻자,

"왕검성은 조선의 고도(古都)이며, 해상 무역로와 연결된 길고긴 비단길의 거점으로 수많은 무역상이 드나듭니다.

금이루는 구이원 제일의 기루이며, 별의별 사내들이 놀다가는 곳이기에, 천하의 비밀이 바람처럼 흘러들고 또 만들어져 나가는 곳입니다.

창해신검이 흑림(黑林)의 황사산과 파곡산을 평지로 만들었다는 소문이 구이원을 휩쓸 때, 불세출의 영웅을 동경했던 수많은 여인들처럼

저 또한 흠모하는 마음이 생겼으며 최근, 그가 철연방(幇)을 쓸어버린 일에, 동이(東夷)의 여인으로서 또 한 번 크게 놀라고 말았답니다.

이 금이루에는 창해신검을 경외하는 사나이들이 무수히 드나들고 있어,

기루에 몸을 담고는 있으나 서 노한 손경하는 마음에, 천하제일검(劍)의 존안을 먼발치에서나마 뵙고 싶었는데, 우연히 그가 누구인지 알고 더 없이 놀랐으며, 제가 그토록 찾았던 여홍 소협이 바로 창해신검이라는 사실에, 잠 못 이루는 밤을 얼마나 보냈는지 모릅니다."

고 대답했다.

"저를 왜..?"

"그냥, 이 손 때문인지도 몰라요."

하며 매영이 손을 내밀자, 손목의 작은 흉터가 보였는데, 구절초 꽃잎 같았다.

여홍은 도무지 이해할 수 없었다.

"그 흉터가 왜..?"
"대협이, 소년 때 매가성 시장에서 나무를 지게에 높이지고 길을 가다,
말을 타고 달리던 소녀와 부딪혀 다투었을 때, 소협이 작대기로 내 손목을 쳐 검(劍)을 떨어뜨렸는데, 그때 한 달 동안이나 아팠고 흉터가 남았답니다. 흉터를 볼 때마다, 소년 여홍이 떠올랐으며 달리 보면 팔황(八荒)이 추앙하는 천하제일검(劍)과 제일 먼저 겨루어 본 사람이 소녀 매영이 아닐까 하는 생각에, 영광의 상처로도 여긴답니다."
매영은 옛 추억을 되살리고 있었다. 호칭이 소협과 여홍, 대협을 오고 갔으나, 사매의 일로 걱정이 가득한 여홍은 마음이 급하기만 했다.
'당시, 나는 수백 년 주목을 잘라 작대기로 썼는데 쇠처럼 단단했고, 무예 초보라 공력 조절이 자유롭지 않았으니 많이 다쳤던 모양이군.'
여홍은 매영의 말에 빨려 들어갈 듯 기분이 묘했으나, 달리 할 말이 없었다.
'안되겠다, 내가 여기 온 건..'
여홍이 소리를 높여 말했다.
"미안하오만, 나는 사두산에 관해 들으려 왔소. 그 이야기를 해주시오."
순간, 매영은 실망한 듯 아미를 찌푸리며, 봉황 모양의 술병을 들었다.
"대협, 오랜 만에 만났는데 좀 서운하군요. 우선 제 술 한 잔 받으셔요."

여홍이 잔을 받을 생각을 않자
"술에 독이 들었을까 그러나요?"
하며,
매영이 은빛 잔에 술을 따라 단숨에 들이켰다. 향긋한 술을 넘기는 길고 히얀 목이 무척이나 아름다웠다. 매영의 교태(嬌態) 섞인 목소리가 이어졌다.
"대협(大俠), 한 잔 쭉 드셔요"
여홍도 억지로 보챌 수만은 없어, 술을 받아 단숨에 벌컥 들이켰다. 매영은 잔이 비자마자 자기 잔과 여홍의 잔에 술을 가득 따르며 말했다
"석 잔은 마셔야 하지 않겠어요?"
여홍이 두 잔을 더 마시자, 매영이 이윽고 입을 열었다.
"대협. 사두산에는 천라지망(天羅地網. 라羅- 새잡는 그물)이 펼쳐져 있어요. 대협을 잡기 위해 흑림과 흑룡방의 고수들이 모여 있답니다.
용가는 현상금 삼십만 냥을 대협의 목에 걸었고 각지에서 고수들을 불렀다고 해요. 아무리 천하 영웅이라 해도 살아나오기 힘들 것이에요"
"흑룡방?"
여홍의 두 눈이 비수(匕首)처럼 번득였다. 처음 듣는 방파였다. 여홍이 매영을 응시하자, 매영이 그윽한 눈으로 바라보며 설명을 이어갔다.
"네, 흑룡방! 용가의 포열이 진나라 흑갈방을 모방해, 사오를 음지에서 돕기 위한 방파로 사두산에 조선 서부지부 흑룡방를 세운 겁니다."

"소저, 흑룡방 방주는 누구요?"
"그건, 나도 몰라요. 대협도 우리 동예가 용가의 지배를 받는 건 잘 알잖아요.
이 금이루(樓)도 용가를 위해 일하고 있어요. 대협을 노리는 자들은 하나같이 흉악한 자(者)들로 인간이 호랑이와 곰, 사자, 코끼리 등을 함정에 빠트리듯, 그 술책들이 상상을 초월할 정도로 뛰어나답니다."
맞는 말일지도 모른다.
'나는 적을 모르고 저들은 나를 알고 있다. 매영과 미란조차 나를 알고 있으니..'
여홍이 생각에 잠길 때, 매영이 조용히 공후인을 안고 연주를 시작했다.
왕검성(城)에 유행하는 조나라의 노래였다. 고향을 떠나 조선에 흘러든 중원 유민의 노래는 대부분 남녀상열지사(男女相悅之詞)의 퇴폐적이고 염세적인 노래들이었다. 매영의 감미로운 옥음(玉音)과 함께,
봉긋한 가슴과 한줌이나 될 허리 아래로 이어진 골반의 곡선을 타고 달빛이 황홀하게 부서졌다. 여홍을 애모하는 그윽한 눈과 붉은 입술이
촛불과 어울리며 철담(鐵膽)이라도 녹여버릴 관능(官能)을 불태웠다.

　한 소녀가 시장에서 마주친
　소년에게 사랑의 눈을 떴고

소년이 문득, 멀리 타향
으로 떠나자
사랑은 소녀가슴에 바람
이 되어 한도 끝도 없이
맴 돌았네

빛나는 눈과
늠름한 걸음을 연모하다
깊이깊이 새겨진 영준한
음영(陰影)

잊고 또 잊으려 했지만
흉터는
언제나
소녀의 추억 불러내더라

깨끗한 몸으로
영원한 사랑을 다짐하던
소녀는
누구를 그리도 기다렸나
흑흑흑흑
....
....

노래를 부르던 매영이 갑자기 공후(箜篌)를 끌어안고 흐느끼기 시작했다.

매영이 열넷이 되자, 성주 매루는 매궁과 함께 용가의 용간성으로 유학을 보냈다. 매루는 장차 단제의 조정에 입조(入朝)할 야심을 품고 있었다.
따라서 자식들의 배필을 막강한 힘을 가진 용가 귀족 가문에서 찾고 싶었다.
용가는 오래 전부터, 여러 소국과 유목 부족의 자제들을 유학이라는 명목 하에 데려와, 감히 다른 마음을 먹지 못하도록 인질로 삼고 있었다.
매궁은 뛰어난 무공으로, 원수(元帥) 전채의 눈에 띄어 위관이 되었고, 미모에 무예를 갖춘 매영은 흑룡궁(宮) 왕비전(殿)의 호위를 맡았다.
매영이 어느 날 활쏘기 연습을 하고 있을 때, 한 소년 장수가 매영을 눈여겨보자, 뒤에 있던 부하가 매영에게
"원수님의 아들, 전소채 병마도위이십니다."
라 알렸고, 매영이 보니 자기보다 두어 살 위의 소년 장수는 미남은 아니었으나 남자답게 보였다. 가까이 와서 활 쏘는 걸 지켜보던 그가
"넌 누구냐?"
고 물었다.
"왕비전 호위장(將) 매영이라 합니다."
"발군(拔群)의 활솜씨야. 사법(射法)을 제대로 배웠어. 나는 전소채라 한다. 내일 나의 집무실로 와라. 마침, 오월(吳越)에서 좋은 차가 들어왔다."
는 말을 던지고 사라졌다. 매영도 전소채 도위의 영명함을 잘 알고 있었다.

오늘 보니 소년 영웅의 풍모가 엿보였다. 다물의 난을 평정한 그의 부친 전채는 누구나 「신장(神將)」으로 받드는 범 같은 장수였으니, 과연 그 아버지에 그 아들이었다. 매영은 다음날 전소채의 집무실을 찾았다.

집무실 옆에 방이 하나 있었고 화려하게 꾸며져 있었다. 각지의 옥과 호피(虎皮), 물소 뿔, 멧돼지 어금니 등 희귀한 물건들이 진열되어 있었다.

"매영, 이리 와서 앉아라."

매영이 자리에 앉자 시종이 차를 내왔다. 전도위가 차를 들며 권했다.

"오월(吳越)의 차다"

마셔보니 과연 명품이었다. 혀끝을 따라 도는 맛이 동예의 차와는 또 달랐다.

"오, 좋은 차입니다."

전소채가 만색하며 더 따라 주있다.

"음, 한 잔 더 해라."

"예"

차(茶)를 들고나자 전소채가 말했다.

"매영, 나는 병마도위이나 흑묘단(黑猫團)이라는 비밀 조직을 관리하며 음지에서 가한의 대업을 돕고 있다. 흑묘단은 구이원 열국만이 아니라 중원에 대한 첩보, 강호의 움직임 등을 수집해 상부에 보고한다.

그 조직원을 흑묘라 부르는데 너를 흑묘로 차출하기로 했다. 앞으로 너는 흑묘(黑猫)이니 그리 알라. 왕비전엔 다른 사람을 보낼 것이다."

"네, 도워님"

전소채는 일방적으로 지시하고 사라졌다. 그리고 한동안 자기 곁에서 일을 돕게 하더니, 어느 날 저녁 술상을 차려놓고 매영을 불렀다.

"그동안 수고 했다. 너를 위하여 특별히 준비한 술이니 한 잔 들어라."

하며 매영에게 술을 권했다. 매영은 술이 내키지 않았으나, 상사의 명이라 술을 마셨다. 독한 술이었다. 술이 지나간 목이 몹시 뜨거웠다. 세 잔을 마시자, 매영은 취기를 느끼며 전신의 힘이 모조리 빠졌다.

"죄송해요. 제가 술이 약해서 그만 하겠습니다."

하고 일어서려다, 비틀거리며 주저앉고 말았다.

전소채가 말했다.

"흐흐흐흐, 그 정도면 센 것이다. 이 술은 멧돼지도 자빠지는 술이다."

전소채의 말에, 매영이 다시 일어나려 했으나, 몸을 가눌 수 없었다. 과연 그 애비에 그 아들이었다. 전소채는 매영의 옷을 홀딱 벗긴 후

"흑묘는 수청(守廳)을 들게 되어있다. 내게 선택받은 걸 광영으로 알라."

하고 관음(觀淫)을 즐기며, 물고 업고 안고 구르고 뜯고 할퀴다 붉은 채찍으로 인정사정없이 때렸고, 혼(魂)이 반쯤 나간 매영이 눈물을 흘리며 절망할 때 전갈이 덮치듯 비궁(悲宮)을 난폭하게 유린했다.

매영은 기절할 것만 같은 충격 속에, 그 후로도 맥없이 질질 끌려

다녔고, 몇 날 며칠 입을 가리고 통곡하며 지내다 이곳 금이루(樓)로 보내졌다.

흑묘단은 9할이 여(女) 살수들이었고 각 나라의 기루에 파견되었다. 그들은 오가 뿐 아니라 제후들과 강호의 동정도 감시하는 임무를 수행했다.
금이루의 명목상 주인은 오, 월, 제 등지에서 사업을 하다가 거지가 된 소사명이었으나, 실제 책임자는 매영이었다.
여홍 또한 자기의 미모와 노래에 뭇 사내들과 다를 바 없으리라 생각하며, 서러운 눈물을 흘렸으나, 매영의 귀에 담담한 목소리가 들려왔다.
"매소저, 잘 들었소. 들려 줄 말이 끝났으면 나는 이만 가보아야겠소."
매영이 공후를 내려놓으며 서운해 했다.
"사매를 위해 목숨을 거는 사형이 있으니 목련검은 진정 행복한 여자네요."
"충고, 고마웠소."
여홍이 일어나자 매영이 낮게 속삭였다.
"대협을 치기 위해, 흑룡방의 고수들 외에 특별히 전대(前代) 여마 두 하고마녀를 데려왔다 들었어요. 여마(女魔)는 독을 교묘하게 쓰니 조심하셔요."
여홍이 물었다.
"마녀를 아오?"
"본 적은 없고, 여기에서 들은 정보에요. 북해삼협도 여마에게 당했다고 들었어요."
북해삼협은, 북해의 바이칼선문 출신으로 호기(豪氣)가 하늘을 찌르는, 구이원 북부의 용호(龍虎) 같은 선협(仙俠)들이었다. 백성들이 공경하는 영웅들로, 여홍도 그들의 인품과 의협행을 익히 잘 알고 있었다.
하고마녀는, 자기가 상대했던 흑선들을 압도하는 여마(女魔)일 것이다.
"음.."
이제 보니 용가가 가달성과 손을 잡았다는 것 아닌가. 불길한 소식이었다.
사오는 막강한 군사력을 보유하고 있었으나, 넘지 말아야 할 선을 넘어, 흑림(黑林)의 세력까지 조선 땅으로 불러들인 것이다. 하고마녀는 틀림없이 가달성(城)의 각팔마룡과 관련 있을 것으로 생각되었다.
'흑림의 악마들이 마침내 신국(神國)의 땅에 부활했다. 매가성주는 용가 사오의 심복인데, 그 딸이 내게 하는 말을 어디까지 믿어야 할까?'
여홍이 매영의 의중이 궁금해
"소저, 대단히 고맙소만 이런 정보를 왜 알려주는 것이오?"
하고 물었다.
"제게 청이 하나 있어요."
"무엇이오?"
"호호호, 별것 아니에요. 제가 여대협을 오라버니로 부르고 싶어요."
느닷없는 말을 하며 웃는 매영의 얼굴은 너무도 요염했다. 여홍은 매영의 눈을 감히 마주 보지 못하고 민망한 듯 고개를 돌리며 일어났다.
"소저, 이만 가보아야겠소"
매영은 또 만나게 될 사람처럼, 아무렇지도 않은 어조(語調)로 말했다.
"아하하하하. 거절의 말씀이 없으셨으니, 허락하신 걸로 알겠어요!"
'알 수 없는 게 여자 마음이라더니, 노래하며 울다가 난데없이 오라버니는 뭔 말이며, 단 둘이 어색하기도 하고 사매의 일이 급해 일어섰는데, 아무 말 없었으니 허락(許諾)한 걸로 생각하겠다니, 북 치고 장구 치며 자기 마음대로 생각하는 건, 예나 지금이나 변한 게 없군."
여홍은 금이루(樓)를 나와 북동문 밖으로 말을 달렸다. 얼마 후 사두산에 도착한 여홍은 일단, 사두산 일대를 살펴볼 수 있는 장소를 찾았다.

소마 세 자매

넉쇠와 옥랑은 욕살 관저에서 밤늦게 객잔으로 돌아왔다. 여홍은 밤새도록 돌아오지 않았고 두 사람은 다음날 아침 일찍 사두산으로 향했다.

오시(午時: 오전 11시 반)가 넘어 사두산에 도착했으나, 봉우리가 수십 개나 보여 흑룡방이 어느 곳에 있을지 도무지 짐작할 수 없었고, 아래를 내려다보니 땅으로 꺼진 수백 길 협곡(峽谷)이 곳곳에 미로처럼 얽혀 있어 한 번 잘못 들어서면 길을 잃고 돌아 나오기 힘들어보였다.

"대형은 어디 계실까?"

답답해하는 넉쇠를 보고 옥랑이 말했다.

"모래밭에서 바늘 찾기예요. 우리 식사부터 한 후 샅샅이 돌아보아요."

"그럽시다."

두 사람이 그늘진 숲속으로 들어가, 건량으로 식사를 하고 있을 때였다.

절박한 소리가, 느닷없이 날아든 돌멩이처럼 두 사람의 귀를 때렸다.
"사람 살려!"
"사람 살려!"
아이들의 비명이 들리자 넉쇠와 옥랑이 비호(飛虎)처럼 몸을 날렸고, 계곡 아래 물웅덩이에 계집아이 둘이 허우적거리는 걸 발견했다.
웅덩이는 깊어보였다. 빨리 구하지 않으면 곧 익사할 것 같았다. 넉쇠와 옥랑은 동옥저에서 자라 수영에 능숙했기에 웅덩이로 뛰어들었다. 물이 차고 와류가 있었으나, 소녀 한 명씩 끌고 나와 눕혔고, 의식을 잃어가는 소녀들의 배를 눌러 물을 빼고 입으로 숨을 불어 넣었다.
그런데 아이들 입에서 나는 냄새에 두 사람은 얼핏 어지러움을 느꼈으나, 아이들이 의식을 차리자 안도하며 그다지 대수롭지 않게 생각했다.
언니로 보이는 소녀가 일어나 인사를 했다.
"감사합니다. 저는 링링, 얘는 취취에요. 엄마 따라 약초 캐러 왔는데, 엄마와 떨어져 놀다 여기까지 왔어요. 물에서 놀겠다는 취취를 말렸지만 내 말을 안 듣고 들어갔다가, 그만 물에 빠져 죽을 뻔 한 거예요.
선협님, 저 산 모퉁이를 돌아가면 우리 엄마가 계셔요. 한 번 뵙고 가셔요."
넉쇠와 옥랑은 길을 몰라 헤매고 있었는데, 약초꾼 엄미리니 잘 되었다 싶어 따라나섰다. 그런데, 아이들을 따라 막상 산모퉁이를 도니,

생각과 달리 황량한 계곡이 펼쳐졌다. 그때, 링링과 취취가 외쳤다.
"엄마!"
"엄마!"
지켜보는 수밖에 없었던 넉쇠와 옥랑은 주위의 경관을 살피며 걸었다. 잠시 후, 무료해진 둘이 문득 돌아보았으나 아무도 보이지 않았다.
"링링!"
"취취!"
넉쇠와 옥랑이 아이들을 찾았으나, 두 아이는 어디에도 보이지 않았다.
"어디로 갔을까요?"
그때,
"호호호호호, 애들은 아무 일 없으니 두 사람은 너무 걱정하지 마라."
소리에 흠칫 돌아서니, 한 여자가 소녀 셋을 앞세우고 바위 뒤에서 나타났다. 풍만한 가슴에 부러질 듯 가는 허리가 육감적(肉感的)이었다.
소녀 가운데 둘은 링링과 취취였는데, 여인의 뒤로 열 명의 여무사가 따르고 있었다. 중년 여인이 두 사람 앞으로 다가서며 음산하게 말했다.
"나는 「하고」라는 사람이다. 너희들은 나의 오음절독에 중독되었느니라."
소리에 넉쇠와 옥랑이 한 걸음 크게 물러섰다.
"하고마녀?"
순간, 하고마녀의 눈에 푸르스름한 살기(殺氣)가 스치며 땅을 파헤

치는 음산한 괴소가 낮고 길게 터져 나왔다. 평생, 목숨을 빼앗은 시체가 산을 이룰 정도이나, 자기를 마녀라고 부른 것들은 단 한 명도 살려준 적이 없었다.
"후후후후후후후, 날 알고 있군."
그 사이 운기를 해 본 넉쇠와 옥랑은 기의 운행이 순조롭지 않음을 느꼈다.
언제 중독되었을까 생각해 보았으나 알 수 없었다. 상대는 독을 쓰는 희대의 마녀, 넉쇠는 방심이 불러온 절체절명의 위기에 몸이 떨려왔다.
경험이 7할이고 무예는 그 다음이라며 재삼 당부하시던 사부님의 노안이 떠올랐다.
시간이 없었다. 독이 퍼지기 전에 여마를 제압하는 것만이 살길이었다.
그때, 취취가 말했다.
"사부님, 넉쇠라는 사(者)의 내공이 깊어 보여서, 어금니에 물고 있던 오음절독을 평소보다 훨씬 많이 불어 넣었어요. 저, 무지 잘한 거죠?"
"호호호호.. 진정, 너희들은 눈에 넣어도 아프지 않을 제자다. 북해삼협에 이어, 쇠도리깨로 붉은거미방(幇)을 절단 낸 넉쇠도 너희에게 걸려들다니."
링링과 취취에게 중독되었음을 안 옥랑이 검을 뽑으며 날카롭게 외쳤다.
"어린 것들이 이토록 사악하다니!"
이어, 넉쇠가 무표정한 얼굴로 쇠도리깨를 손에 쥐고 서자, 하고마녀의 손짓에 열 명의 여인들이 칼을 뽑아들고 두 사람을 공격하기 시작했다. 이들은 마녀가 심혈을 기울여 키운 제자들로 무예가 실로 대단했다.

굳게 다문 입술은 죽기를 각오한 듯 했고, 보법마다 냉막한 살기를 뿜어냈다.

열 개의 나무가 엎어지듯 칼을 휘두르며 고양이처럼 날뛰고 광분하자, 넉쇠와 옥랑을 삽시간에 도륜(刀輪: 칼날의 수레바퀴) 속에 몰아 넣었다.

넉쇠를 축으로 삼칠(三七), 오오(五五), 칠삼의 원이 일으키는 풍차 같은 살기가, 담대하기 이를 데 없는 넉쇠 조차 아연 긴장하게 만들었다.

넉쇠는 여인들의 끝없는 잔혹한 공격에 울화가 치밀었다. 남녀가 본 디 다를 게 없다하나, 이토록 온기 한 점 느껴지지 않는 것들은 단번에 없애버려야 한다는 생각으로 쇠도리깨를 휘두르며 힘을 모았고

옥랑 역시 불길한 국면에 마한검을 극한으로 펼치며 기회를 엿보았으나, 마녀의 제자들은 일격필살의 격돌을 피하고 독이 퍼지길 기다렸다.

상대는 수십 년 전, 강호를 흔든 마녀의 제자들이었다. 요괴진의 변화와 차륜 공격을, 독(毒)에 당한 넉쇠와 옥랑이 물리치기는 쉽지 않았다.

정면을 치면 뒤를 공격당하고 왼쪽을 때리면 오른쪽의 칼이 베어왔다.

삼오칠(三五七)로 변화하며 달려들고 열 개 방향으로 산개하는 요괴진에,

넉쇠는 진기의 유통이 자연스럽지 못함을 느끼며 초조해지고 있었

다.
그들을 가둔 요괴진이 가달마황의 진법임을 두 사람은 모르고 있었
다.
십 인의 여무사는 마음계(魔音階)의 운률에 따라 보법을 펼치고 있었기에, 한 사람이 움직이듯 일사불란한 진형(陣形)을 유지할 수 있었다.

　　대악(大惡)은 악의 꽃,
　　선(善)이 전부가 아님
　　을 알라

　　적자생존의 궤도에서
　　등장한
　　악(惡)이야말로
　　세상의
　　균형을 잡아주는 추
　　이니라

　　선은 하늘에서
　　악은 지옥에서
　　왔나니
　　선과 악은 본래 형체
　　가 없다

　　악이 생긴 후에 선이
　　나타나고

그 선이
돌고 돌며 또 돌다가
자기의 자리를 찾으니
바로,
악(惡)의 그 자리더라.

귀신이 중얼거리는 소리에 넉쇠와 옥랑은 공력이 떨어지는 걸 느꼈다.
링링이 비웃었다.
"저것들이 오래 버티네요."
"음, 곧 넘어질 것이니라."
"사부님."
"........?"
"넉쇠가 쓰러지면 저에게 주실 수 없나요? 노예로 부려먹고 싶어요."
"호호호호호, 그건 안 돼."
"왜요?"
"여물지 않은 너희에게 사내를 맡길 순 없다. 언니들에게 줄 것이니라."
옥랑은 대노했다. 가뜩이나, 넉쇠에게 다리를 벌리고 둔부를 흔들거나 가슴을 내밀며 공격하는 모습에 화가 끓고 있었는데, 이것들이 한 술 더 떠 낭군을 다 잡은 강아지처럼 취급하자, 옥랑이 공력을 끌어올렸다. 검이 웅- 하고 하얀 검기를 뿌렸으나, 절독이 꿈틀거렸다.
"아-"

하고 옥랑(玉郞)이 신음을 토하며 비틀거리자, 다급해진 넉쇠가 부축하려 했으나, 온 몸의 힘이 빠져나가는 걸 느끼며 꽈당 쓰러졌다.
"저들을 묶어 흑무 아귀사자에게 데려가라. 가달성주님의 영(令)에 따라 마제의 제물로 바쳐, 마황님과 이 산에서 돌아가신 혼령들을 위로하는 동시에 구이원에 가달마교가 중흥하였음을 선포할 것이니라."
"예!"
이어, 무사들이 두 사람의 손발을 묶고 긴 봉(棒)에 돼지 끼우듯 들고 사라졌다.

여홍은 경신술을 극한으로 발휘해 수십 개 봉우리를 샅샅이 살펴보았으나, 불빛은커녕 인기척 하나 느끼지 못했다. 온 밤을 새우고 사시(巳時: 오전 9시 반)가 지나도록 박쥐계곡 비슷한 곳도 찾을 수 없사,
여홍은 자기의 눈과 귀를 벗어날 산채(山寨)가 있을까 생각하며 사두산에 관해 들었던 이야기들이 맞는지 의문이 일었다. 이어, 6장 높이에
팔을 이십 명은 벌려야 감을만한, 벼락 맞은 나무를 발견하고, 그 밑둥에 난 큰 구멍 옆에 앉아 건량(乾糧)을 꺼낼 때, 문득 개미 소리만한 육성(肉聲)이 아스라이 들려왔다. 여홍이 주위를 돌아보며 공력(功力)을 끌어올렸으나 그 어떤 것도 보이거나 들리지 않았다. 꿈을 꾼 듯 사라진 소리에 갸우뚱하는 순간 또 미세한 소리가 들리자,
여홍이 연기처럼 뒤집히며 옆의 캄캄한 구멍을 비스듬히 투시했다.

여홍이 암흑을 뚫고 야수(野獸) 같은 두 개의 안광(眼光)을 번득였다.
'흙이 있어야 할 곳에 거대한 구덩이가 있고 바닥과 벽(壁)이 없는 것으로 보아, 흙의 유실 공간이 얼마나 클지는 들어가 보아야만 안다.
귀신이 아니고야, 반박귀진(返朴歸眞)에 이른 나의 이통극의(耳通極意: 귀가 만물의 움직임을 포착함)를 벗어날 수 없다. 소리는 두 사람의 대화였고, 분명 깊이를 알 수 없는 저 바닥 어딘가에서 들려왔다.'
생각을 마친 여홍이 내려가 보니, 짐작대로 급경사의 길이 이어졌고 한참 더 가자, 이대로 쭉 가면 지하 협곡(峽谷)으로 연결될 것 같은 좁은 길이 나왔다. 구불구불 이어지던 길이 점차 넓어지기 시작할 때 협곡이 보였고, 지상에서 들었던 말소리가 뒤늦게 메아리처럼 잡혔다.
여홍이 몸을 숨기자, 허리에 칼을 찬 무사 둘이 속삭이며 걸어오고 있었다.
'지하 협곡에 숨어 있었으니 찾을 수 없었던 거야!'
한 녀석은 살쾡이 같이 생겼고 다른 하나는 염소 얼굴을 하고 있었다.
'조금의 실수도 있어서는 안 된다.'
그들이 앞을 지날 때, 여홍이 둘을 타격하고 몸을 감췄던 자리로 끌고 왔다.
"큭-헉!"
"사실대로 답해야 살 수 있을 것이다."
여홍의 금비수(金匕首)가 번득이자, 두 놈이 눈을 마구 깜빡이며 복종을 표시했다.

"창해신검이다. 네놈들은 누구며, 나의 사매는 어디에 갇혀있나? 빨리 대답하라."

창해신검이라는 말에 기가 꺾였는지, 삵쾡이 무사가 부르르 떨며 말했다.

"흑룡방 쌍귀요. 대협의 사매는 윗분이 직접 관리하오. 아직은 살아있을 거요."

여홍은 마음이 놓였다.

"박쥐계곡이 어디냐?"

염소 무사가 삵쾡이를 보며 가로채듯 대답했다.

"박쥐계곡은 협곡의 중간에 있는데, 이름 그대로「유령박쥐」가 사는 곳이…"

"컥, 큭!"

말을 끝내기도 전에 염소와 삵쾡이의 목이 우드득 꺾이며 주저앉았나.

염소와 삵쾡이를 싸우다 죽은 모양으로 만든 여홍이 계곡 아래로 달렸다.

길은 절벽 옆으로 난 좁고 긴 잔도(棧道)였다. 한참 후에야 계곡 아래에 도착했다. 위를 올려다보니 가물가물했다. 여홍은 계속 앞으로 달렸다.

계곡은 귀기(鬼氣) 서린 바람이 휭휭 불었으며 당장이라도 시체가 튀어나올 것 같은 분위기였다. 계곡은 어느 굴로 연결되어있었고, 아주 캄캄하지는 않았다. 이윽고 양 갈래 길이 나왔는데, 모두 지하로 깊숙이 내려가는 지형(地形)이었다.
'박쥐계곡으로 가려면?'
하고 고민할 때, 날개 짓 소리가 오른쪽 길로 아스라이 귀에 잡혔다.
개마국에서 흡혈박쥐들을 경험한 여홍이 그 소리를 놓칠 리 없었다. 여홍이 몸을 날리자, 얼마 안가 다시 어두운 계곡이 나타났고 계곡은 점점 넓어졌다. 여홍은, 응달이 진 쪽으로 보이는 수십 개의 굴이 박쥐굴이라는 걸 바로 알았다. 여홍이 으슥한 곳으로 몸을 숨기고
'사매는 어디에 있을까?'
하고 살펴보고 있을 때
어디서 나타났는지 모를 세 명의 계집아이가 후다닥 어디론가 달려갔다.
'웬 아이들?'
하고 아이들이 사라진 곳으로 몸을 날리니, 기둥처럼 돌출된 암벽들을 구불구불 돌아 또 다른 길이 나왔고 수십여 장을 나아가니, 뜻밖에도 탁 트인 개천이 있었다. 협곡 안에 또 다른 별천지가 있었다.
어디로 흐르는 물인지는 모르나, 철연방 내의 무계동 지하수를 떠올리며 두리번거리다, 조금 떨어진 곳에서 여아들을 발견했다. 여아들 중(中) 제일 어린 아이가 물에 뛰어들어 개천의 중심으로 헤엄쳐가고 있었다.
아이들은 북해삼협, 넉쇠, 옥랑을 제압한, 하고마녀의 소마(小魔) 세 자매였다.
여홍이 물을 응시하며, 지진으로 형성된 지형의 수심(水深)과 암류

(暗流)를 헤아릴 때, 아이가 갑자기 어푸어푸 하며 허우적대기 시작했다.
"엄마야!"
"취취야!"
"으아악!"
물가에 있던 언니가 뛰어들었으나, 그 아이마저 곧 물살에 허우적거렸다.
순간
"허.."
하고 도약한 여홍이 허공을 걷듯 전진하다, 앞서 빠진 아이 가까이 입수(入水) 하였으나, 물방울 하나 튀지 않았다. 놀라운 분수공(分水功)이었다.
'요놈들이 겁도 없이?'
하며 정신을 잃은 아이와 언니를 끌고 나온 여홍이 작은 아이의 배를 누르고 입을 벌리며, 기늘고도 면면부절 이이지는 숨을 불어 넣었다.
이어, 아이의 어금니에서 야릇한 기운이 흘러 나왔으나, 탁기를 포착한 여홍이 단 한 번의 길고 긴 날숨에 섞어 아이의 입으로 불어 넣었다.
과거, 움직이지만 않으면 귀식대법으로 물속에서 하루를 버티던 여홍이었다. 아이의 의식이 돌아오자, 언니가 여홍에게 감사의 마음을 표했다.
"선협님.. 감사합니다."
"어른은 어디 계시냐?"
"약초(藥草) 캐러 온 엄마를 따라 왔어요. 엄마는 저쪽 숲에 계셔요."
하며, 동생들을 데리고 개천가의 사람보다 높이 자란 수풀 너머로 뛰어갔고, 잠시 후, 한 중년 여인이 방금 들어간 아이들을 앞세우고 십인(十人)의 여(女)무사와 함께 나왔다. 관능적인 미인이었으며 수행하는 무사들은 하나같이 입가에 색정(色情)어린 미소를 흘리고 있었다.

'음?'
중년 여인이 웃으며 말했다.
"창해신검.. 명불허전이로군. 지하에 숨은 박쥐계곡을 찾아내다니!"
"부인은 누구요?"
"호호.. 남들이 날「하고」라고 부르더군."
여홍이 노했으나, 감정을 애써 감추었다.
"부인! 나의 사매를 내놓으면 당신의 목숨만은 살려주겠소."
"오호호호, 무릎 꿇고 사정해도 될까 말까한 부탁을 그리 무례한 말로?"
하고 마녀가 허리를 비비꼬며 웃자
'삼십 대 후반으로 보이는데, 삼십 년 전 여마? 백발마군과 엇비슷한 내공을 지닌 것으로 보아, 특이한 주안술(朱顔術)을 익혔을 것이다.'
생각하며 응대했다.
"사매는 어디 있소?"
"목련검 두약은 잘 있으나, 신협(神俠)이 내게 항복하면 살려줄 것이고 그렇지 않으면 호호호호호호.. 말 안 해도 짐작하고 있을 텐데."
마녀의 요망한 말에 눈빛이 바뀐 여홍이 풍백검(劍)을 뽑아들었다.

순간, 칠규(七竅: 눈, 코, 귀, 입)가 얼어붙을 검기가 보이지 않던 먼지들을 해안의 포말처럼 부수어가며 삽시간에 허공을 하얗게 덮어갔다.

하고마녀는 여홍의 측량할 수 없는 내공과 발검(拔劍)에 압도당하며 가슴이 떨렸으나 믿는 구석이 있어 소리치며 여홍을 빠르게 포위했다.

"요괴진!"

마녀가 소리쳤다.

"너를 잡아 가달마전에 올리고, 그동안 네가 지은 죄를 물을 것이니라."

순간, 무사들이 회색 가루를 핵 뿌리며 공격했다. 독가루로 보였으나 냄새는 향긋했다. 그러나 하고마녀는 여홍이 과거, 7백 년 묵은 육봉산 청사(靑蛇)의 피를 마셨기에 만독불침이라는 사실을 알지 못했다.

그때, 여홍의 표성이 바뀌며 5할을 밑도는 내공만으로 무사들의 공격을 막아냈다. 하고마녀는 직전의 발검(拔劍)에 비해 줄어든 여홍의 공력을 느끼며 자기도 모르게 득의의 미소를 흘렸고, 무사들은 이심전심, 여홍을 갉아먹는 독이 더 빨리 퍼지도록 압박의 수위를 높였다.

"창창창창창창!"

소리를 뚫고 취취의 신이 난 목소리가 들려왔다.

"사부님, 넉쇠를 잡은 오음절독의 세 배를 물고 있다가, 죽어라 불었어요."

"오구, 내 새끼. 잘했다. 거기에 지독한 독분(毒粉)까지 뿌렸으니, 흐흐흐"

적(敵)의 사기를 떨어뜨리기 위해 그들이 주고받는 상투적인 대화였다.
여홍은
'오음절독! 넉쇠와 옥랑까지! 하고마녀를 잡아 아우와 교환해야 한다!'
마녀가
"북해삼협, 목련검, 넉쇠, 옥랑 모두 잡혔다. 싸움은 힘으로만 하는 게 아니다. 너도 중독되었으니 항복해라, 독이 퍼지면 죽게 될 것이다"
말할 때, 여홍이 앞뒤 네 개의 칼을 비껴 친 반동으로 좌우의 무사들을 두 쪽으로 나누었다. 마녀가 보기에, 여홍은 줄어든 공력마저 그 운용이 자유롭지 않은 듯 소문처럼 변화무쌍하지 않았으나, 접전 경험과 임기응변의 검술(劍術)로 절체절명의 위기를 돌파하고 있었다.
독에 당하고도, 여홍이 위력적인 검술을 펼치자 마녀는 화가 치밀었다.
가급적 전면에 나서지 않고 진을 지휘하며 독에 지쳐 쓰러지길 기다렸으나, 여홍은 북해삼협이나 넉쇠 등과는 그 결이 사뭇 달랐다. 넉쇠를 잡은 독 세 배의 양과 독 가루를 뒤집어쓰고도 저리 버티며 사십 년 남짓의 공력만으로 요괴진 속에서 제자 둘을 쓰러뜨린 것이다.
물론, 시간이 가고 싸움이 격렬해질수록 힘이 줄어들 것으로 보나, 지금 창해신검은 일반의 상식을 벗어난 결과(結果)를 도출하고 있다.
하고마녀는, 한 구석으로 독을 몰아넣을 수는 있어도, 다량의 두 가지 독에 당하고도 요괴진 속에서 저렇게 오래 싸울 수 있는 고수를, 흑림(黑林)의 영원한 지배자 가달성주를 제외하고는 아직 보지 못했다.

하고마녀는 두 명이 죽어 요괴진의 위력이 급감(急減)하자, 혹시 모를 변수(變數)를 대비해, 자기가 직접 여홍의 숨통을 끊기로 마음먹었다. 이어, 쌍장(雙掌)을 벼락같이 펴자 악취를 동반한 강한 바람이 밀려들었고, 풍백검이 주춤하며 예리했던 검광이 빗방울처럼 흩어졌다.
흠칫 물러선 여홍이 파팍- 검을 뒤집으며 반격 태세를 취했으나, 오독장(五毒掌)에 밀린 검을 보고 허장성세임을 간파한 마녀가 좌수도(左手刀)로 베어가는 동시에 10성 공력을 실은 우장(右掌)을 내질렀다.
수도(手刀)의 칼날 같은 내경(內勁)과 바위라도 굴릴 비람이 밀려들자 짐작대로, 여홍은 현란한 보법(步法)을 밟으며 격돌을 회피했다. 하고마녀는, 체내의 독(毒) 때문에 자기의 오십 년(年) 공력을 정면으로 받아내지 못하는 처지를 이해한다는 듯 더욱 과감하게 공격했다.
경신술로 독(毒)의 준동을 억제하는 것도 한계가 있는 법. 제 아무리 창해신검이라 하나, 시간만 지연될 뿐 결국 자기의 독에 악을 쓰며 버티다 저승으로 날아간 가련한 영혼들의 전철을 밟게 될 것이다.
"훅- 휙- 파팍- 칙- 훅훅훅.. 훅훅훅- 훅..."
이어, 마녀의 오독장(掌)이 삭풍처럼 몰아치고 권각(拳脚)이 날자,

중독이 된 상태라 불편한 듯 여홍이 검(劍)을 접고 움직이기 시작했
다.
오독장에 밀려 빈틈을 보이느니, 검을 버리고 가벼운 걸음으로 반격
을 노리는 변화였으나, 마녀는 내색하지 않는 가운데 쾌재(快哉)를
불렀다.
여홍의 검이 자기의 장력에 밀린다 하나, 풍백검이 너무 예리하여
자칫 손가락이 잘릴까 은근 염려가 되고 있었는데, 자진해서 치워주
니 깔깔 거리며 웃을 일이었고 이어진 잠깐의 격돌에서 우세를 점
하자, 무림을 종횡하며 천하를 오시(傲視)했던 과거의 자신감이 솟
구쳤다.
황와(黃蛙)와 북연귀 전삭을 굴복하게 만든 신협(神俠)이 곧 쓰러질
것이라는 사실에, 하고마녀는 이팔청춘의 소녀처럼 가슴이 설레었
다.
분명 큰 포상과 각팔마룡의 비전(祕傳) 마공을 전수받게 될 것이다.
특히, 닭 잡는 데 소 잡는 칼을 쓰냐며 창해신검과의 승부를 차일피
일(此日彼日) 피해온 귀면나찰의 콧대를 눌러주게 된 게 너무도 기
뻤다.
「야차(夜叉)를 만날지언정 창해신검은 만나지 말라」는 강호의 소문
을 듣고도 나서지 않는 귀면나찰을, 모두 겁쟁이라고 떠들고 있었
다.
이제 보니, 총관 사달도 장담할 수 없는 창해신검을 과연 소, 닭 운
운할 자격이 있을지 궁금했으나, 이젠 다 관심 없고 가달마공을 배
워 귀면나찰을 압도하고 싶어진 하고마녀의 발이 빨라지기 시작했
다.
설명은 길었으나 주마등처럼 스치는 생각 사이사이, 오독장과 권각

을 번개 같이 전개하며, 오소리가 닭장에 뛰어들듯 여홍을 몰아쳤다.
"훅훅 탁탁-뻑 후훅 획획..획-탁..!"
파공음과 격돌 음이 섞이며 두 사람의 그림자가 희미해지기 시작했다.
그러나 하고마녀는 십 초(招)가 지나도록 간헐적인 격돌을 제외하곤, 잡힐 듯 말 듯 아슬아슬하게 피해가는 여홍의 신형(身形)을 자기의 권각(拳脚) 속에 가두어 둘 수 없었다. 이를 본 앵앵이 말했다.
"취취, 일을 제대로 한 거니? 어째 여홍이 중독된 것 같지 않은데.."
"한두 번 해? 신협(神俠)이라 젖 먹던 힘까지 썼어. 저자는 피하기만 하는데 뭐. 걱정 마."
"음.. 워낙에 강한 자라, 독을 제어하는 수법이 특별할 수도 있겠지."
제자들의 대화에 마녀 역시 의심스러웠으나, 한편으로는 「자기들이 애써 중독(中毒) 시킨 창해신검을 사부님이 빨리 해치우지 못하고 있다」는 소리로도 들려, 12성 공력으로 「오독장 아래 모든 생명이 없어진다」는 오독절멸(五毒絶滅)을 펼치며 질풍처럼 육박해 들어갔다.
손 그림자가 숲을 덮으며 독 바람이 폭풍처럼 몰아치자 말똥처럼 구른 여홍이 크게 당황했고, 이어질 오독장(掌)과 기이한 각도의 좌수(左手)가 웅크린 표범처럼 더 이상의 탈출을 좌시할 것 같지 않았다.
취취를 비롯한 삼자매(三姉妹)와 무사들은 회심(會心)의 미소를 지었다.
북해삼협을 시작으로 목련검 두약과 넉쇠를 잡았고, 이제 창해신검만 꺾으면 길고 길었던 과업을 마무리한 후, 성주님의 치하(致賀)의 말씀과 새로운 무술도 배우고 모처럼의 휴식도 한껏 즐기게 될 것이다.
제자들이 득의양양, 주먹을 흔들며 여홍의 마지막을 상상할 때, 하고마녀 또한
'절호의 기회가 왔다'
며, 열 발가락의 힘까지 끌어 모아 미련 없이 여홍에게 쏟아 부었다.
'후우욱!"
다섯 가지 독이 융합된 오독절멸의 독풍(毒風)이 억센 파공음을 일으킬 때
문득, 하나도 둘도 아닌 바람이 전 방위를 흔들며 깊은 바다의 암류와도 같이 호호탕탕 쇄도했다. 여홍이 9성의 힘으로 불연기연을 펼친 것이다. 일진광풍과도 같은 반격에 마녀가 아연실색하는 찰나, 산이라도 무너뜨릴 손바람이 「오독절멸」을 타격했다. 비록 9성이었으나,
근 70년의 내공이었기에 마녀는 답답하고 막막한 불가항력을 느꼈다.
"꽝!"
거목이 부러지는 소리가 들리며 허공을 덮었던 오독절멸의 기운이 사라지고, 시체처럼 널브러진 하고마녀가 검붉은 피를 울컥울컥 토했다.
오장육부가 뒤틀린 마녀는, 구겨진 천과 같이 폭삭 무너진 얼굴이

되어있었다. 마녀는, 여홍이 만독불침이라는 사실을 믿을 수 없었다.
하고마녀는 사부이면서도 소마들에겐 엄마와 같았다. 아이들이 꺼이꺼이 울자, 여홍이 하고마녀와 앵앵의 마혈을 찍은 후, 천진한 얼굴로 사람을 속이며 악행을 지질러온 취취, 링링의 사혈(死穴)을 찍었다.
성인이 된 후 악(惡)에 물든 자들과 달리, 젖을 먹을 때부터 하고마녀에게 길들여진 탓으로, 개전(改悛)의 가능성을 장담할 수 없었던 것이다.
"헉-아!"
마녀와 앵앵이 경악하자, 여홍이 잠시 생각하다 다시 오른 손을 들었다.
'사매의 소재 파악을 위해 앵앵만 남기고..'
순간,
"멈추어라! 목련검(木蓮劍)을 우리가 네리고 있나는 사실을 잊있는가!"
절벽 위에서 음산한 소리와 함께, 남녀의 얼굴을 가진 거대한 양들을 타고 이리저리 건너뛰며 아래로, 아래로 흑의인 두 명이 내려오고 있었다.

사람 얼굴의 양을 보며, 여홍이 마황의 부하들이 부리던 괴수의 후예로 짐작할 때, 흑의인이 도착했다.
"흑무 아귀사자다. 하고부인을 함부로 해하지 마라. 그리고 아이들을 죽이다니 그러고도 네가 도를 구하는 선협이라 할 수 있느냐?"

기가 막혔다. 사악한 놈이 도(道)를 운운하다니, 여홍이 차가운 표정으로

"저들은 아이 모습을 한 악(惡)의 종자일 뿐이니라. 앵앵과 하고마녀를 살리고 싶으면 먼저 목련검과 넉쇠, 옥랑을 풀어줘야 할 것이다."

아귀가 콧방귀를 뀌었다.

"네가 창해신검이라 하나, 오늘 박쥐 계곡을 벗어나진 못할 것이다."

여홍이 훈계했다.

"너는 흑림에 있어야 할 자(者), 어찌 군자(君子)의 나라에 잠입했는가?"

"푸하하하하, 여기는 원래 가달마황님의 땅이었느니라. 지하에 묻혀 있는 마황님을 따르던 마귀, 요귀, 귀신들의 시체가 그것을 증명한다.

너희들의 지배가 영원히 계속될 줄 알았느냐? 황천에 계신 마황님이 도사들의 하찮은 결계를 걷어주시어, 이제 다시 우리 땅이 되었느니라."

소리에

"선량한 사람들을 해치는 악의 무리!"

하며 여홍이 아귀에게 다가가자, 아귀가 괴수를 놓아주며 부하에게 명했다. 괴수는 왕검성주(王儉城主) 강운이 넉쇠에게 알려준 「포효」였다.

"근상! 너도 풀어줘라!"

"넵..! 저놈을 먹어랏!"

하며 근상이 포효를 풀어주자

"얏-!"

"야!"

하며 괴수들이 달려들었는데, 입에서 아이들 같은 목소리가 튀어나왔다.

보통 사람이라면 기절하고도 남았을 일이나, 여홍은 육봉산 청사(靑蛇)를 비롯해,

대천성 마호(魔虎)와 개마국 마조(魔鳥), 만독존자의 흑거미, 구도포자의 왕미꾸라지, 흑림의 사룡(蛇龍) 등을 상대한 경험이 있어 침착했다.

'도(道)가 기우니 마(魔)가 날뛰는군.'

여홍이 검을 뽑자 푸른 검운(劍雲)이 물결처럼 밀려갔고, 포효들이 물러서며 한 놈이 번개처럼 여홍의 측면으로 돌아섰다. 여홍이 신보(神步)를 밟으며 추혼십이검(劍)을 펼치자, 검광이 12각(角)을 번득이며 정면의 포효를 베어갔다. 속도와 파공음이 심상치 않음을 느꼈는지

"아야!"

하고 피한 포효가 절벽을 타고 오르자, 나머지 포효가 여홍을 덮쳤다.

마호에 버금가는 난폭한 것들이 사람 얼굴을 가진 탓인지, 지능(知能)까지 높아보였는데, 암수 두 마리가 여홍을 농락하듯 치고 빠졌다.

절벽을 오르는 재주만 없다면 어렵지 않게 끝낼 수 있을 것 같았으나,

공수(攻守)를 합작하면서 앞뒤와 좌우 사각(死角)으로 날고 기며 절벽을 척척 오르내리는 놈들의 그림자가 마차 바퀴처럼 돌아가는 사

이, 아귀가 앵앵의 혈도를 풀자 근상이 닭똥 같은 눈물을 흘리는 앵앵과 함께, 숨이 거의 넘어간 하고마녀를 부축하고 어디론가 내달렸다.
포효의 방해로 그들을 놓친 여홍이
"지각없는 짐승이라 하나 너희를 더 이상은 용서할 수 없다!"
고 외치는 순간, 여홍이 구름을 차고 달리는 천마(天馬)처럼 사라졌다.
분신술(分身術)을 펼친 듯, 여홍의 환영(幻影)이 나타났다 없어지고 다시 나타나며 포효들의 눈과 정신을 마구 흔들었다. 반박귀진의 경지에 진입한 여홍이 추(樞), 선(璇), 기(璣), 권(權), 옥형(玉衡), 개양(開陽: 무곡성), 요광(搖光)의 궤도를 전광석화와도 같이 돌고 있었다.
칠좌(七座: 일곱 개 별자리)를 딛고, 다시 칠좌를 찍는 속도가 한 걸음을 옮긴 듯 쾌속하여, 포효들로 하여금 「여홍이 홀연 일곱 명으로 늘어나, 자기들을 노리고 있는 것 같은 착시」를 불러일으키고 있었다.
여홍의 무서움을 들어본 적은 있으나 직접 목도(目睹)하지 못해, 포효의 승리를 의심치 않았던 아귀사자가 턱을 떨며 소스라치게 놀랐다.
평생의 경험으로, 귀검성의 귀면나찰은 물론 총관 사달조차 압도할 것으로 보이는 절세의 내공과 경신술(術)을 한 눈에 알아본 것이다. 그때, 반공(半空)을 끊는 섬광이 「암포효」의 목을 긋고 지나가자, 포효의 머리가 거짓말처럼 굴러 떨어지며 붉은 피가 하늘로 솟구쳤다.
이를 본 「숫포효」가 눈을 뒤집으며 달려들자, 피할 틈도 없이 굳어버린 여홍이 넋을 놓고 서 있다가 포효의 창날 같은 이빨이 목에 박히기 직전, 연기처럼 사라지며 숫포효의 등으로 빙그르르 올라탔다.
절정의 내공과 신법이 없으면 감히 시도할 수 없는 미증유의 포획술(術)이었다.
놀란 포효가 길길이 뛰며 여홍을 떨어뜨리려 할 때, 괴조공(怪鳥功)의 철지(鐵指: 쇠손가락)를 뒷목에 쑤셔 넣고 경추(頸椎)를 꺾으려 하자,
공포에 젖은 포효가 삽시간에 온순해지며 조용히 멈추어 섰다. 여홍이, 포효의 목을 누르며 절벽을 오른 아귀의 조종술을 놓치지 않은 것이다.
"아귀를 쫓아라!"
하고 포효의 옆구리를 차며, 어느새 저만치 도망치고 있는 아귀를 쫓았다.
"아아!"
하며 포효가 아귀를 따라붙자, 어부의 그물처럼 날아간 여홍이 아귀를 옆구리에 끼고 연기처럼 포효의 등으로 돌아왔다. 가슴이 부서지는 통증에 아귀가 까무러칠 때, 자리를 옮긴 여홍이 아귀의 기해, 영대, 대추혈을 매번 다른 힘으로 순서를 바꿔가며 여섯 차례 가격했다.
순간, 아귀는 온 몸의 힘이 빠지며 손끝 하나 움직일 수 없었는데, 여홍이 백회혈(百會穴)을 살짝 건드리자 거짓말처럼 힘이 되살아났다.
"이건 일종의 탈혼술(奪魂術: 혼을 빼앗는 술법)인데, 3일간은 아무 일도 일어나지 않으나, 방치하면 내공과 원기를 잃고 바보가 되느니

라.
내가 아니면 그 누구도 풀 수 없으며, 얼치기들이 잘못 건드리면 즉시 염라대왕을 만나게 될 것이다. 죽는 게 소원이라면 모를까, 머리 좋은 네가 미련한 짓은 하지 않으리라 믿는다. 자, 토납(吐納)을 해봐라.
지금은 세 개의 혈(穴)에 약간의 통증이 있을 뿐이나, 사흘 후부터는 참기 어려울 것이며 한 달이 지나면 내공을 전부 잃고 시름시름 앓다가, 천하에 다시 보기 어려운 바보, 멍청이가 되어 살아갈 것이다."
소리에, 토납을 시도해본 아귀는 기해, 영대, 대추에서 뻐근함이 느껴졌다.
순간, 아귀사자의 얼굴에 떠오른 공포를 지우며 여홍의 말이 이어졌다.
"네가 살 길은 단 하나, 내 말을 잘 들어라!"
하며 여홍이 전음술(傳音術)을 전개해 아귀가 해야 할 일을 지시했다.

여홍과 아귀를 태운 포효가 협곡을 치달렸다. 아귀가 어느 숲 속에 멈추자,
여홍이 포효의 엉덩이를 찬 후 아귀와 옷을 바꿔 입었고 잠시 후, 복면객 둘이 숲 밖으로 나왔다. 포효는 그 사이 멀리, 멀리 사라져갔다.
놈은 여홍이 두려워, 두 번 다시 박쥐계곡으로 돌아오지 않을 것이다.

동굴 앞에 붉은 눈에 염소 뿔이 솟은 요괴 넷이 창을 들고 서 있었다.
그들이 뿔을 과시하듯 머리를 건들거리며 좌우를 돌아볼 때, 그림자 하나가 다가섰고, 어? 하는 순간 무지막지한 주먹과 발길질에 기절했다.
이어, 복면객(客) 둘이 바람처럼 2층으로 올라, 회랑(回廊) 구석에 숨었다.
사방 벽에 걸린 괴수(怪獸) 모양의 등잔 수십 개와 단상(壇上) 위 해골 형태의 초대형 화로에서 영원히 꺼지지 않을 것 같은 악마(惡魔)의 불이 활활 타오르고 있었다. 여홍은 안개 같은 연기와 역겨운 냄새로 흑림에서 이미 경험한, 가달마교 특유의 마향(魔香)임을 알았다.
오늘, 2천 여(餘) 요괴들이 마왕전에 모여 가달마제를 지내고 있었던 것이다.
뭐가 그리 즐거운지 꽥꽥 질러대는 소리기 천정이 무너질 정도로 시끄러웠다. 제단 위의 의식을 행하는 마왕들은 목에 해골을 걸고 있었고, 잘 닦아서 광을 낸 듯 해골들이 불빛이 반사되어 번들거렸다.
마왕들은 모두 눈이 붉었으나 뿔의 색이 달랐다. 파란 뿔이 한 개인 단뿔, 두 개인 두뿔 각 두 마리와, 세 개가 난 세뿔마왕이 마제를 진행하고 있었는데, 지옥을 연상시키는 으스스한 분위기를 자아냈다.
단상의 상석 중앙에, 황금색(黃金色) 요대를 두른 흑선이 앉아 있었고 그 좌우의 뒤로 일반 흑선 여섯이 앉아 있었다. 하고마녀는 맨 뒤에 누워있었고 앵앵은 그 옆에 앉아 있었는데 상태가 좋지 않아

보였다.
광장의 요괴들은 하나같이 목에 뭔가 걸고 있었고, 살펴보니 인간의 손목이나 발목으로 보이는 뼈를 전리품인양 목걸이로 만든 것이었다.
그리고 동굴 뒤의 움푹 들어간 곳에서 웅성거리는 무리는, 곡괭이와 삽으로 벽에 구멍을 파는 요괴들이었고, 흙구덩이 속에서 수천 년 묻혀있던 요괴들이 거친 숨을 몰아쉬며 꿈틀꿈틀 기어 나오고 있었다.
마제(魔祭)는, 사두산의 결계가 깨진 후 부활한 요괴들의 환영식으로 보였다.
이윽고 한 흑선이 긴 막대의 끝에 달린 바가지로 항아리의 붉은 물을 퍼서,
기어 나오는 요괴들의 몸에 연신 뿌려주었는데, 그것은 다름 아닌 인간의 피였다.
'요괴들이 부활하고 있다. 저 2천여 요괴가 모두 지하에서 기어 나온 것들?'
마제는 절정에 이른 듯, 중앙의 흑무가 일어서자 요괴들이 숨을 죽였고,
"우우우워어-"
하고 단뿔마왕이 소리치자, 요괴들이 뒤에서 천으로 얼굴을 가린 사람들을 끌고 나왔다. 모두 열 명이었는데 두 손이 뒤로 묶여 있었다.
이어 두뿔마왕이
"못된 인간들의 심장을 제물(祭物)로, 우리의 마왕전(殿)을 가달마황 님께 바치자!"

며 외치자,
"끄아아악!"
"카악--칵!"
하는 요괴들의 광기(狂氣)가 귀신불을 타고 동굴을 휘감으며 번득였다.
단뿔마왕이 내려가 두건을 하나씩 벗기자 놀랍게도 열 명 가운데 두약, 넉쇠, 옥랑이 눈이 풀린 채 무기력(無氣力)하게 앉아 있었다. 그때
"내, 이것들의 목을!"
하며 흑의를 입은 복면객이 부르르 몸을 떨었으나, 곧 냉정하게 주시했다. 흑무라면 기뻐할 일에, 흑무 아귀로 보이는 자가 크게 분노했다.
그는 다름 아닌 아귀의 옷을 입은 여홍이었다. 여홍은 다시 한 번, 마녀와 소마 3자매의 사악함에 침음(沈吟)을 토하며 마음을 가라앉혔다.
단뿔마왕이 포로 하나를 잡아 위로 건네자, 요괴들이 옷을 벗긴 후 제단(祭壇)에 올리고 물러났고, 세뿔마왕이 두 팔을 번쩍 들며 외쳤다.
"우웡, 우워워웡!"
나무껍질을 뜯는 듯한 마왕의 선창(先唱)에, 1천 요괴가 머리를 바닥에 박으며 주문을 외우기 시작했다. 어둡고 차가운 지하에서 수천 년(年)을 죽지 못해 살아온 고통의 세월(歲月)을 저주하는 것 같았다.
"가달이야말로 「세상을 끌어가는 힘」이라고 가르쳐주신 마황님의 부활을 기원하며, 사두산에서 산화(散花)하신 용뿔마왕님을 애도합

니다.
위선에 찬 인간들의 살을 씹고 피를 들이켜 그 한을 풀어드리겠나이다."
여홍이 어떻게 할까 갈등하는 사이, 기도를 마친 세뿔마왕이 왼손으로 스윽 제물을 쓰다듬으며, 오른손 오지(五指)를 심장 부위에 찔러 넣었다.
그리고 피가 뚝뚝 떨어지는 심장을 요괴들에게 높이 들어 보이며 흔들자
"우우우우.. 우우우우우"
화답한 요괴들이 눈이 뒤집힌 채, 서로를 안고 머리를 비비며 열광했다. 이어, 세뿔마왕이 화로에 심장을 던지고 두뿔마왕이 흰 가루를 뿌리자
"팍팍팍팍"
소리에 파란 불길이 솟구치며, 동굴을 푸르스름하게 밝히다 사라졌다.
세뿔마왕이 시체를 요괴무리에게 던져주자, 요괴들이 앞을 다투어 뜯어먹다 이를 보고 숨이 넘어가는 두약과 옥랑의 얼굴에 항아리의 물을 촤악 뿌렸다.
여홍은 가슴이 아팠고, 금색 요대의 흑선과 일반 흑선들은 낄낄거리며 즐거워했다. 인신공희는 계속 되었고, 사람들은 차례로 죽어나갔다.

여섯 번째로, 넉쇠가 단(壇) 위로 힘없이 끌려가자, 옥랑이 실신했다. 세뿔마왕이 제물의 가슴에 손을 얹고 만족한 표정으로 클클클

웃었다.

축 늘어진 제물이 제단에 눕혀지자, 가달마경이 울려 퍼지는 가운데, 세뿔마왕이 넉쇠의 가슴 위로 오지(五指)를 독수리 발톱처럼 구부렸다.

2천 요괴가 숨을 멈추고 벅찬 감동의 눈물을 뚝뚝 흘릴 때, 훅훅훅훅 허공을 감으며 날아든 비수가 웃고 있는 세뿔마왕의 등에 박혔다.

"윽!"

어찌된 영문인지 모르는 마왕이 고개를 떨구며 죽자 단상(壇上), 단하의 요괴들은 느닷없는 사태에 비명을 지르며 납작 엎드렸다. 그러나 2층 회랑에서 또 다시 네 개의 비수가 훅훅 회전하며 앞에 선 단뿔, 두뿔 그리고 단상 위 금색 흑선과 일반 흑선을 향해 들이닥쳤다.

금색 흑선은 파공음에 몸을 굴렸으나 흑선과 두뿔, 단뿔은 화로(火爐)의 연기를 뚫고 나는 비수를 포착하지 못하고 그 자리에서 즉사했다.

그때,

요괴들이 비수가 날아온 쪽으로 몸을 날리자 금색 요대를 한 흑선이 흘흘흘흘 웃었다.

"드디어 걸려들었군. 나는 놈이 도망칠까 걱정했다. 아무리 창해신검이라 하나, 계곡의 6천 요괴를 이길 수는 없을 터. 여긴 요괴들에게 맡기고 너희들은 창해신검이 빠져나가지 못하게 박쥐계곡을 봉쇄하라."

명을 내린 후, 하고마녀를 돌아보며 물었다.

"하고 부인, 좀 어떠시오?"

하고 마녀가 찡그린 얼굴로 간신히 대답했다.

"놈은 귀면나찰님과 사달님이 협공을 하지 않으면, 가달성주 각팔마룡님만이 상대할 수 있을 것 같습니다. 창해의 장법은 실로 대단했고,

만독불침의 공력을 가진 줄은 상상도 못했습니다. 제가 경솔했습니다.

오장육부(五臟六腑)가 크게 뒤틀렸으나 흑무께서 주신 단약을 먹고 많이 회복되었습니다. 염려해주시는 온정(溫情)에 깊이 감사드립니다."

"어찌, 일평생을 승리만 하겠소이까? 부인의 원수는 내가 대신 갚아드릴 것이니, 넉쇠와 옥랑, 목련검을 끌고 단상 뒤 동굴로 가 쉬고 계시오. 창해신검을 잡기 전 까진 중요한 인질이니 잘 지켜야합니다."

자기를 배려하는 금색 흑선의 사내다움에, 마녀는 가슴이 두근거렸다.

금색 요대를 한 흑선은 흑선들의 우두머리로 가달성에서 파견 나온 가달호법이었다.

"호호호, 이것들은 오음절독에 혼미한 상태인데, 어찌 도망칠 수 있겠습니까. 염려마시고 오늘 꼭 우리 흑림의 우환덩어리를 없애주셔요."

"흘흘흘흘, 알았소. 애들아! 창해를 잡는 놈에게 삼십만 냥을 주겠다!"

마녀가 앵앵과 요괴들을 시켜 넉쇠, 두약, 옥랑을 단상 뒤로 끌고 사라졌다.

하고마녀와 앵앵이 넉쇠 등을 끌고 단상 뒤로 사라지자, 인신공희를 방해한 여홍이 아귀에게 전음(傳音)을 날리며 몸을 깊이 숨겼고, 아귀는 즉시 뭔가를 사납게 날리며 토끼가 내빼듯 동굴 밖으로 몸을 날렸다.

파파파파...팍 소리를 내며 날아간 돌 열 개가 요괴들의 이마를 부수며 이리저리 튀었다.

탈출의 성패에 목숨이 걸린 아귀가 그야말로 전력(全力)을 다한 것이다.

이에 광분한 2천 요괴들이 악을 쓰며 복면을 한 아귀를 쫓았고, 박쥐계곡 전역에서 먼저 몰려든 2천여 요괴들이 양 떼 몰듯 추격했다.

어차피 여홍의 편에 서기로 한, 아귀사자는 앞만 보고 정신없이 달렸다.

"박쥐계곡은 네가 잘 알 것이니, 요괴들의 가시거리에서 잡힐 듯 말 듯, 놈들의 이목을 늪굴에서 최내한 멀어지도록 자극하며 유인해라. 다시 말하지만, 탈혼술은 나만의 독문 수법이니 허투(虛套: 거짓)로 듣지 마라. 죽기 살기로 처절하게 탈출하는 것만이 네가 살 길이니라"

아귀는 숨이 막히던 창해신검의 신안(神眼)을 떠올리며 가슴을 쓸어내렸다.

가달성주 각팔마룡이 폭풍전야의 기도(氣度)를 가졌다면, 창해신검 여홍은 눈이 내리는 천 년 화산(火山)의 풍도(風度)를 지니고 있었다.

가달성의 독주(獨走)에 제동을 건, 만악(萬惡)을 두려워하지 않는다는 구이원의 수호신(守護神) 창해신검은 과연 명불허전(名不虛傳)이었다.

"그리만 하면. 살려준다는 약속을 믿어도..?"

"이놈이? 일구이언이 대장부가 할 짓이냐?"

평소, 식언(食言)을 일삼는 놈들만 봐왔기에 남을 믿어본 적이 없는 흑무 아귀가 조금 전의 대화를 떠올리며, 더욱 빨리 달리기 시작했다.

'조직을 배신한 나를 사달이 살려줄 리 없다. 창해를 돕고 탈혼술이 풀리면 멀리 남양 섬에 가서 살자!'

며 아귀가 쌍장(雙掌)을 휘두르자, 요괴들이 깨진 와륵처럼 뒹굴었다.

창해신검에게 당했을 뿐, 명색이 흑무였다. 주먹과 발이 날 때마다 서넛 씩 나가떨어졌고, 그들이 머뭇거리면 돌팔매로 해골을 쪼개며 몸을 날렸다.

차고, 깨고, 부수던 아귀가 「아! 동굴에서 멀어지라고 했지?」하며 다시 등을 돌리자, 요괴들이 삼면(三面)을 봉쇄하며 늑대처럼 쫓았다.

박쥐계곡은 개구멍까지 아는 아귀가, 뼈다귀를 본 개처럼 미로와 숲을 오가며 돌고 꺾고 구르며 달리자, 어느새 6천까지 불어난 요괴의 줄이 서너 개의 장사진(陣)을 친 것처럼 구불구불 길게 늘어졌다.

요괴들은 손만 뻗으면 잡을 것 같은 기회를 몇 번 놓치자 복장이 터지면서도, 여름철 모기처럼 어른거리는 삼십만 냥과 요리조리 치고 빠지며 내달리는 적에게 약이 바짝 올라 추격(追擊)을 멈출 수가 없었다.

동굴에 남은 요괴들은 몇 명 되지 않았다. 한동안 몸을 감추었던 여홍이 요괴들을 해치우고, 하고마녀와 앵앵이 사라진 단상 뒤로 잠입했다.

단상 뒤로 또 다른 굴이 이어졌는데, 한참을 들어가자 막힌 길의 끝에 석실이 하나 있었다. 돌문 틈으로 마녀와 앵앵의 목소리가 들려왔다.

여홍은

"내가 회복할 때까지 저것들이 정신 차리지 못하도록 통제해야 한다."

는 마녀의 지시에 앵앵이

"네"

라고 답할 때 뛰어들었고, 두 사람이 기겁 하는 순간 걷어차고 마혈을 짚었다.

이어 넉쇠, 두약, 옥랑의 혈도를 풀고, 선단을 한 알씩 입에 넣어주었다.

"대형, 대협!"

"사형"

그들의 의식은 돌아왔으나, 오음절독으로 무기력했다. 여홍이 하고마녀에게 다가갔다.

"해약을 내놓아라."

마녀가

"지금 내게 없다"

"음, 그래?"

여홍이 가타부타 하지 않고 앵앵의 턱을 차려 하자, 하고마녀가 다급하게 소리쳤다.

"잠깐!"
여홍이 멈추자, 마녀가 초췌한 얼굴로 말했다.
"해약을 주면 살려주겠나?"
"좋다. 허나 암수를 쓰면 둘 다 죽을 것이다."
삶의 희망이 보이자 마녀의 말투가 달라졌다.
"혈도를 풀어주시오."
여홍이 혈도를 풀어주자, 마녀가 한 상자에서 녹색 환약 세 알을 건넸다.
여홍이 하고마녀를 쓸어보다
"못 믿겠으면 나를 죽이시오"
라는 마녀의 말에 조용히 손을 내밀었다.
"하나 더.."
마녀(魔女)가 한 알 더 건네자, 여홍이 두 말 없이 입에 넣고 씹었다.
'만독불침?'
흠칫 마녀가 되뇌일 때, 여홍이 세 사람에게 해약을 먹인 후 명문에 장심(掌心)을 대고 반각이 지나자, 세 사람은 약간의 기운을 되찾았다.
마녀가
'저렇게 빨리?'
하고 놀랄 때
넉쇠가
"대형(大兄), 이런 꼴을 보여 죄송합니다. 그런데 여기가 어딥니까?"
묻자, 이야긴 나중에 하자며 여홍이 마녀와 앵앵의 혈도를 풀어주었다.
"자, 살려주마. 조선을 떠나라. 다시 내 눈에 띄면 그땐 용서하지 않겠다."
마녀는
"창해, 이 수치를 내 잊지 않겠다."
고「참새 짹- 소리」를 하며, 앵앵의 부축을 받은 채 비틀비틀 떠나갔다.
그때, 여홍이 넉쇠 등을 이끌고 석실을 나왔으나, 동굴 입구에서 요란한 발자국 소리가 들렸고, 곧이어 따닥따닥 화르륵 불붙는 소리가 났다.

창해신검을 쫓던 가달호법은, 꽁지가 빠지게 일직선으로 도망쳐야 할 판국에, 잡힐 듯 말 듯 왼쪽으로 오른쪽으로, 시야를 벗어나지 않는 아귀에게 문득, 이게 뭔 짓일까? 하고 의문을 가지며 멈추어 섰다.
잠깐, 생각하던 호법이
"아! 한 놈 더 있다!"
고 외치며, 요괴들의 반을 끌고 돌아와 동굴입구에 냅다 불을 지른 것이다.
여홍이 탄식했다.
'회복이 덜 된 이들을, 둘이면 모를까 셋을 들쳐 업고는.. 아, 큰일이다.'
"입구를 막고 불을 질렀군."
이에, 넉쇠가 탄식을 하며

"아, 우리 모두 여기에서 죽게 되었군요."
라고 말하자, 두약이 명랑하게 응대했다.
"사형과 함께 가는 길이니 난 괜찮아요."
여홍이
"우리는 죽지 않을 것이오."
라 하자
"어떻게요?"
두약이 정(情)이 담뿍 담긴 눈으로 여홍의 얼굴을 뚫어지게 바라봤다.
아까는 사형을 못보고 죽는 게 한(恨)이었으나, 이제는 여홍이 있으니 죽어도 좋다는 표정이었다. 두약의 마음을 읽었으나 여홍이 물었다.
"사매, 왜 그리 보오?"
두약이 처연히 말했다.
"이렇게 봐두어야 저승에 가서도 사형이 기억나지 않겠어요? 난, 영혼이 되어 망각주(忘却酒)를 마시더라도 사형을 꼭 기억할 거예요."
여홍은 가슴이 아렸으나, 동굴을 다시 살폈다. 3장 높이의 동굴 어디에도 틈은 보이지 않았고, 어느새 먹구름 같은 연기가 밀려들고 있었다.
"대형(大兄), 앉아서 당할 수는 없습니다."
하며, 넉쇠가 바닥에 떨어진 창을 들 때
"쿵쿵쿵쿵!"
소리가 몇 차례 들려 돌아보니, 갑자기 벽이 꽝- 하고 무너져 내렸고 여홍이 연기처럼 돌아서자, 벽(壁)이 허물어지며 두 마리의 백두더지가 나타났다.

이어 두더지 얼굴 투구와 두더지 갑옷을 입은 사나이 둘이 귀신처럼 나타났다. 두더지 인간들이 삽과 괭이를 들고 눈을 번득이며 두리번거릴 때,

여홍이 스르릉 검을 뽑자, 한 사람이 나동그라지듯 물러서며 모자를 벗었다.

"대협!, 접니다. 토왕귀입니다!"

소리에 다시 보니, 놀랍게도 얼마 전 수유성에서 헤어진 토왕귀였다.

여홍이 놀라며 물었다.

"토선협, 여길 어떻게.."

토왕귀가 옷의 흙을 털어내며 굴이 무너질 듯, 파안대소를 터뜨렸다.

"하하하하하. 대협, 우선 여기에서 나가십시다. 뇌소협도 와있습니다."

"뇌바우 동생이요?"

"뿐만 아니라 욕살님과 몽각, 불곰 읍차의 1천 기병(騎兵)이 협곡의 입구에서 공격명령이 떨어지기만을 숨을 몰아쉬며 기다리고 있습니다!"

소리에 모두 안도의 숨을 내쉬었다. 토왕귀가 두더지와 그 곁의 사나이를 소개했다.

"토가족 용사 두충(杜忠)입니다. 저를 돕기 위해 신수(神獸) 백두더지를 데리고 왔습니다."

모두 포권의 예(禮)를 취하며 토왕귀와 두충 그리고 두더지에게 감사를 표했고, 동굴에 연기가 차오르자, 토왕귀가 들어온 구멍으로

이동했다.

굴(窟)은 몹시도 구불구불 했는데, 바위나 장애물이 나타나면 위아래나 좌우로 교묘하게 길이 나있었고, 허물어지지 않도록 바위를 감으며 뚫려 있었다. 여홍과 넉쇠, 두약, 옥랑은 놀라움을 감출 수 없었다.

"오!"

토왕귀가 말했다.

"물에 사는 물고기처럼, 땅속을 자유롭게 다니는「천지(天地) 두더지」의 도움이 없었다면, 아까 계시던 동굴까지 갈 수 없었을 겁니다."

"천지 두더지!"

넉쇠가 놀라며

"천지두더지는 아사달산(山)에만 산다는 전설의 신수(神獸) 아닙니까?"

"그렇소, 백두더지는 환웅천황께서 신시(神市)를 건설하기 위해 천궁에서 데리고 온 신수(神獸)의 후손이오. 지금은 저 두 마리밖에 없소이다."

한참을 걸어 빠져나오니, 그곳은 사두산의 또 다른 협곡이었고, 뇌바우가 혼자 동굴을 지키며 기다리고 있었다.

"대형! 형님, 두 분 누님, 고생 많으셨습니다."

뇌바우가 일일이 예를 갖추며 크게 환영했다.

"고맙네, 아우"

그들이 회포(懷抱)를 푸는 동안, 두충과 토왕귀는 천지두더지들과 다시 돌아가, 요괴들이 추격하지 못하도록 동굴을 허물어뜨리고 합류했다.

퇴마전(退魔戰)

여홍은 토왕귀와 함께, 사두산(山) 아래 강운의 천막으로 갔다. 강운이 반갑게 맞이했다.
"고생 많으셨습니다."
넉쇠가 이를 갈았다.
"제가 하찮은 아이들에게 당했습니다. 저것들을 모두 도리깨로 부수어야 기슴이 뚫릴 것 같습니다. 욕살님, 쇠도리깨 하나만 구해주십시오."
강운이 고개를 저었다.
"선협의 절륜한 무예를 모르는 바 아니나, 분노를 가라앉히시오. 물에 빠진 아이들을 구하려 하신 건, 분명 선협(仙俠)의 잘못이 아닙니다. 누구라도 뛰어들었을 겁니다. 악마(惡魔)들이 정체를 감추고 천진난만한 얼굴로 위장하니, 귀신이라 할지라도 꼼짝없이 당했을 것입니다."
그때, 토왕귀가 벽에 걸린 사두산 작전지도(作戰地圖)를 가리키며 말했다.

"욕살님, 박쥐계곡을 어찌 공략하실 계획입니까? 깊고 험한 곳입니다"
강운이 천천히 일어나 지휘봉(指揮棒)으로 지도의 특정 위치를 짚어 가며
"박쥐계곡으로 통하는 길을 조사해보니 모두 세 곳이었소. 하나는 이 벼락 맞은 나무 속 두 번째는, 지하수로가 지표로 나오는 서남쪽, 마지막은 우리가 주둔한 곳이오. 여기는 경사면이 비교적 넓은 편이나, 요괴들이 많은 것 같다고 해서 궁수(弓手) 3백을 이끌고 왔는데.."
라고 한 후, 무거운 얼굴로 입을 다물자, 토왕귀가 눈을 빛내며 물었다.
"의외의 변수가 있습니까?"
강운이 부리부리한 눈으로
"나는, 넉쇠 선협이 돌아간 뒤 자리에 누워 뒤척이다, 소도에서 계불(禊祓: 계욕/ 제천행사 전의 목욕재계)에 대해 배울 때, 3백 년 전 항탁선사님이 사두산에서 천제를 올리고 봉인을 하셨다는 역사적 사실이 떠올랐소. 그래서 동이 트기 무섭게 태아궁 영보각으로 달려갔소.
영보각은 구이원을 통치하는 금척궁(宮) 다음으로, 배달제국의 천황들과 조선 역대 단제, 열국 가한들의 기록 그리고 개천(開天) 이래 수천 년 동안의 도경(道經), 선경(仙經), 악경(樂經)과 선인들의 행장이나 글, 그림, 보물들이 다수 보관되어 있는 왕실서고(王室書庫)인데, 나는 거기에서 2백여 년 전, 항탁선사의 기록들을 찾아보았소이다."
라 말한 후

뭔가 생각하는 듯 차 한 모금을 마시자, 뇌바우가 침을 꿀꺽 삼켰다.

"뭐가 나왔습니까?"

욕살이 끄덕이자, 모두 숨을 죽이고 욕살의 입만 바라보며 귀를 쫑긋 세웠다.

"당시, 환웅천황의 사두산 결계가 곧 풀릴 것으로 내다보신 항탁선사가 7대선문과 함께 천제를 올린 후, 청웅비(靑熊碑)로 재(再) 봉인하시며, 이 또한 2백 년이 지나 해체될 걸 지적하셨소. 더욱 무서운 건."

"네.."

일행 중 가장 어린 뇌바우는 처음 듣는 이야기라 매우 궁금했다. 강운이 말을 이었다.

"이 협곡을 박쥐계곡이라 부르지 않소? 문제는 박쥐인데, 여기 매장된 박쥐들은 모두 마황이 유명계에서 끌고나온 것들로, 붉은 눈에 쇠 이빨을 가졌고 「고양이가 쥐를 보듯」 인간을 대하는 식인 괴조요.

박쥐들은 마황이 죽은 후 선학(仙鶴)들의 공격을 받고 이 계곡 동굴로 숨었는데, 뇌공이 벼락으로 동굴을 무너뜨려 이곳에 가두었다 하니,

우리가 계곡에 내려가 요괴들과 싸울 때, 박쥐들이 유령처럼 되살아나 공격을 해오면 어느 누구도 살아나오지 못할 것이오. 이런 이유로,

놈들은 우리가 빨리 내려오길 기다릴지도 모르며, 또 하나 우려되는 건 흑룡방(幇) 소굴을 찾아보았으나 어디에도 보이지 않는다는 것이오."

여홍이 말했다.

"제가 지금까지 박쥐계곡에 있었으나 「유령박쥐」들은 보지 못했습니다. 쌍귀(雙鬼)와 하고마녀의 사악한 아이 둘을 없앤 후, 마녀와 앵앵을 붙잡고 있는 동안 흑룡방의 기척은 조금도 느낄 수 없었습니다."

강운이 놀라워했다.

"쌍귀는 왕검성 일대에서 악행을 저질러온 것들인데, 고민거리를 없애주셨군요. 그런데. 박쥐는 그럴 수밖에 없을 것이라는 생각도 듭니다."

"무슨 말씀이신지?"

"항탁선사의 계불기(記)에 이르기를, 박쥐들도 고대에는 낮에 놀고 밤에 잤는데, 가달마황이 유명계의 수백만 박쥐를 불러내 환웅천황을 공격했기에 당시 「유령박쥐」에 대한 인간의 공포는 대단했다 합니다.

그 후, 한울님이 가달마황을 따라다닌 죄를 물어, 박쥐들이 낮과 밤이 바뀐 생활을 하게 되었으며, 잠도 거꾸로 매달려 자게 되었다 합니다.

환웅천황이 사두산 지옥 굴(窟)에 유령박쥐들을 가두자, 뇌공이 벼락으로 산을 무너뜨려 뿔족요괴들과 함께 매장했다고 합니다. 말하자면 사두산은 요괴들과 유령박쥐들의 공동묘지인 셈이외다. 그런데..."

뇌바우가 다음 이야기를 기다리며 침을 또 꿀꺽 삼켰다.

"박쥐 처단 방법이 잘못된 것이라 하오. 마황의 세가 커 어쩔 수 없었다고는 하나,

유령박쥐들은 죽은 게 아니고 동굴에 묻힌 채 수천 년을 동면에 들

었다가, 언제고 동굴이 다시 열리면 부활할 것이라고 적혀 있더이다.
몇 십 년 전 지진으로, 박쥐의 부활 가능성이 커진 것 아니냐는 뜻이외다.”
“아, 음!”
“박쥐들이 고치 상태를 벗어났는지 알 수 없으나, 박쥐도 죽일 방법이 있다고 쓰여 있소이다. 박쥐들은 인간은 들을 수 없는 자기들만의 신호로 소통하는데, 그들을 지휘하는「흰 여왕박쥐」만 없애면 더 이상 힘을 쓸 수 없어 죽거나 유명계로 돌아갈 것이라고 기록되어 있소.”
“여왕박쥐!”
모두가 합창하듯 외칠 때, 뇌바우가 물었다.
“여왕은 얼마나 클까요?”
“수백만 박쥐를 거느리고 지옥에서 온 새이니 매우 클 것으로 짐작하오.”
토왕귀가 물었다.
“욕살님, 그렇다면 어떻게 흰 여왕박쥐를 죽일 수 있다는 말씀입니까?”
“계불기엔, 항탁선사께서 여왕박쥐가 묻힌 동굴에「푸른 곰이 포효하며 박쥐들을 제압하는 양각(陽刻)의 비석」을 박아, 고치들의 기운을 눌러 놓았다고 기록되어 있으나, 죽일 방법은 어디에도 보이지 않았소.
여왕박쥐가 고치 상태를 벗어나기 전 불로 태워야 하지 않을까 생각하오.”
여홍이

"흑무가 계곡에 마왕전을 지은 건, 유령박쥐들의 부활을 기다린 거 군요."
라고 하자, 토왕귀가 물었다.
"유령박쥐가 묻힌 동굴이 어디로 나옵니까?"
강운이
"유령박쥐가 묻힌 곳은 적혀있지 않으니, 청웅비(碑)를 찾아야만 하오."
라고 하자, 여홍이 말했다.
"내일 아침, 제가 찾아보겠습니다."
토왕귀도 따라 일어섰다.
"저도 두충과 함께 대협을 돕겠습니다. 협곡에서 지옥 굴을 찾으려면 땅속을 잘 아는 토가족(土加族) 두충과 제가 있으면 도움이 될 겁니다."
"그런데, 토선협님께선 저희들이 위기에 처해있는 걸 어찌 아셨습니까?"
여홍이 궁금한 얼굴로 묻자 넉쇠와 두약, 옥랑도 토왕귀를 바라보았다.
이에, 강운이 말했다.
"대협과 도리깨선협이 관저를 다녀간 후, 뇌소협과 토선협님이 홀연 찾아와 사두산 봉인이 풀린 것과 요괴들의 세(勢)가 엄청나니 지금 없애지 않으면, 왕검성만이 아니고 번조선까지 위험해진다고 말하였소.
사두산에 지진이 발생한 후, 근래 들어 밤이 되면 박쥐계곡에 귀신불이 대낮처럼 피어오르고 요괴 수천 마리가 출몰하는 걸 알아차린 수유후 기비님이 뇌바우 소협과 토선협님을 통해 내게 알려주러 왔기에, 목련검 두약님이 박쥐계곡으로 납치되어 여대협이 사매를 구하기 위해 계곡으로 떠났으며, 도리깨선협도 내일 사두산으로 갈 것 같아 읍차 몽각에게 5백 기병을 끌고 대협을 지원하라 했으니 걱정 말라 했소이다만.."

토왕귀가 말했다.

"사람들은, 제 이름이 귀가 토끼처럼 커서 토왕귀인줄 알고 있으나, 잘못알고 있는 겁니다. 사실 토가족(族)의 왕귀라 해서 토왕귀입니다.

우리 토가족도 환웅천황의 3천 단부를 구성한 81부족(部族) 가운데 하나입니다. 두더지처럼 땅굴을 잘 파는 우리 부족에게, 환웅천황님이 특별히 기특하게 여기시어 토가족이라는 이름을 하사해주셨습니다.

각설하고, 그동안 관찰한 바 사두산은 수십 개 봉우리에 지진으로 갈가리 찢어져 협곡이 많고 깊은데, 뿔족요괴들과 흑무, 흑선들이 뭔가 꾸미는 것 같고, 용가의 흑룡방까지 지원하고 있다기에 단순히 도적 패거리를 상대하는 것과는, 차원이 다른 이야기라 판단했소이다.

저는 사고를 대비해 욕살님께 병력 증원을 부탁드리고, 박쥐계곡은 접근로가 제한되어있고 요괴들은 굴속에서 사니, 아무래도 땅을 파고 들어가야 할 것 같아, 토가족의 두충과 천지두더지를 지원받았습니다.

그리고 다음날 박쥐계곡에 굴을 파고 감시하다가, 두소저가 마왕굴로 끌려가는 걸 발견했습니다. 그때부터 지형과 토질을 살피며 땅을 부지런히 파고 들어간 끝에 두소저가 있는 곳에 겨우 도착할 수 있었고, 뜻밖에도 대협을 비롯해 모두 함께 계셔서 도울 수 있었습니다."
여홍과 넉쇠, 두약, 옥랑은 놀란 가슴을 쓸어내리며 욕살 강운과 토왕귀, 두충, 천지두더지에게 다시 한 번 감사의 예(禮)를 깊이 표하였다.
그때
"내일, 나도 대형을 따라가겠습니다."
라고 넉쇠가 말하자, 여홍이
"아우는 욕살님을 도와드리게. 뿔요괴를 상대하는 건 쉬운 일이 아니네."
하며
"욕살님, 흰 여왕박쥐를 없애면 명적을 쏠 테니 그때, 공격해주십시오."
다음날 새벽, 안개가 극심했다. 여홍과 토왕귀, 두충이 두더지와 안개 속으로 사라지자,
강운은 넉쇠 등 용사(勇士)들을 군막으로 부른 후, 사두산의 세 곳을 가리키며 말했다.
"앞으로,
우리 군(軍) 주둔지를 제마강(制魔崗: 악마를 제압한 언덕), 개천은 익마천(溺魔川: 악마를 물에 처박은 강) 그리고 여긴 「벼락나무 입구」라 부르겠소. 뇌소협은 필백인장(百人將)이 이끄는 병사 오십 명과 함께 벼락나무 입구에 잠복한 후, 지상으로 올라오는 요괴들을 없애주시오."
뇌바우가
"예!"

하고 필백인장과 함께 출발했다.
"불곰"
"예"
"자넨, 오십 명을 이끌고 익마천(溺魔川)을 지키며 물길을 타고 탈출하는 요괴들을 모두 없애라. 한 놈도 사두산 밖으로 나와서는 안 된다. 그리고 모두 긴 창(槍)과 활을 구비하여 상황에 맞게 임기응변하라"
불곰이 영(令)을 받고 나가자 강운이 넉쇠, 두약, 옥랑을 보며 말했다.
"세분은 체력 비축을 위해, 후군이 되어 제마강 영채를 지켜주십시오. 나와 몽각은 여대협의 신호를 기다리다, 협곡으로 진격할 것입니다."
이제나 저제나 호명(呼名)되기를 기다리던 넉쇠가 자리에서 벌떡 일어났다.
얼굴에 불만이 가득했다.
"욕살님. 어제 쇠도리깨 하나 만들어 주십사, 부탁드린 걸 잊으셨습니까?
흑선과 하고마녀, 앵앵, 뿔족요괴들을 쓸어버리지 않고는 제가 명대로 못살 것 같은데, 어찌 답답한 천막에서 숨만 쉬고 있으라 하십니까?"
강운이 넉쇠를 물끄러미 보았다.
"선협님, 그래도 괜찮겠습니까?"
넉쇠가 기가 막혔다.
"괜찮고말고요. 쇠도리깨가 없어도 저에겐 돌개바람과 마한권, 대추권(大椎拳)이 있고, 연자방아를 24시간 돌리던 철각(鐵脚)이 있습니다!"
두약과 옥랑도 거들었다.
"산 사람을 제물로 쓰는 흑선을 용서할 수 없어요. 우리도 빚을 갚아야겠습니다."
넉쇠가 흠칫하며 말했다.
"당신은 왜 또 따라 온다 그러오. 제발 부탁이니 여기 쉬고 있으시오."
"나는 왜 안 됩니까? 하고마녀는 꼭 내 손으로 없애야겠어요. 그리고 앵앵이라는 아이도요. 너무 사악합니다. 나무는 떡잎부터 알아본다잖아요. 지금 제거하지 않으면 후일, 큰 재앙을 부릴 아이 입니다."
두약도 치를 떨었다.
"하고마녀의 독 젖을 먹고 자라, 혀 밑에서 독이 나오는 무서운 아이예요."
강운은 어쩔 수 없이 고개를 끄덕였다.
"그렇다면, 우리 모두 함께 가십시다."

여홍 일행이 제마강(岡)에서 내려간 협곡은 벼락 맞은 나무 밑둥보다 훨씬 북쪽이었다. 계곡은 안개가 자욱해, 어디가 어딘지 종잡을 수 없었다.
"두더지는 캄캄한 동굴에서 살아, 시각보다 후각과 촉각이 뛰어납니다."
두충이 백두더지들에게 무어라고 중얼중얼 하자, 쏜살 같이 달려 나갔다.

토왕귀와 여홍이 급히 뒤를 따랐다. 갈 지(- 之)자로 전진하던 두더지들이 갑자기 언덕으로 달려 올라갔다. 비탈의 중간을 큰 바위가 가로막고 있었으나 망설이지 않고 그 밑을 힘차게 파헤치기 시작했다.
토왕귀와 두충도 두더지 갑옷을 입고 함께 굴을 파며 전진했다. 잠시 후, 두더지들이 멈추어 섰다. 어느 동굴 앞이었는데 으스스한 냉기가 흘러나왔다. 두충이 횃불을 켜고 들어서니 안에는 뼈들이 가득했다.
모두 인간과 말의 뼈들로 야수에게 물리고 철퇴, 몽둥이로 부서지거나 창칼에 찔리고 베인 상처(傷處)였는데 불에 탄 흔적도 있었다. 고대에,
가달마황과 싸우다 전사한 선협과 용사들의 무덤으로 보였으며, 당시 사두산 싸움이 얼마나 처참했는지를 짐작하게 했다. 세 사람은 영혼들의 명복(冥福)을 빌며 밖으로 나왔다. 토왕귀가 두더지에게 말했다.
"여긴 아냐."
백두더지들은 실망하는 듯했으나, 이내 계곡을 오르내리며 위아래 좌우 팔방(八方)을 샅샅이 뒤지고 돌아다녔다. 한참이 지나, 토왕귀와 두충에게 뭐라 신호를 주고 건너편 절벽 꼭대기로 달려간 두더지들이,
커다란 나무에 등을 기댄 채 서서「눈을 감고 명상에 잠긴 선인의 모습」으로 킁킁 거리다,
동시에 눈을 번쩍 뜨며 계곡으로 다시 내려가 이곳저곳을 파고 다녔다.
그러나 아무런 단서(端緖)도 찾을 수 없자, 여홍은 조금씩 답답해지

고 있었다.

'차라리 뿔족요괴를 한두 놈 잡아서, 알아내는 것이 빠르지 않을까?'

그러나 토왕귀와 두충은 백두더지들을 절대적으로 신뢰하는 듯 보였고, 심지어 두더지 형제와 소풍 나온 사람들처럼 두더지 소리를 내며, 깔깔 웃기까지 했다. 두 사람의 영락없는 두더지 행색(行色)에 여홍은 놀려주고 싶었으나, 너무도 진지한 표정에 입을 다물고 말았다.

그리고 2시진이 되어 갈 무렵, 두더지들이 빛이 없는 계곡으로 들어가 다시 땅을 파기 시작했다. 이번에는 두충과 토왕귀도 힘을 보탰다.

여홍이 뒤를 따르던 중 두더지들이 홀연 방향을 수평으로 바꾸어 파 들어가다 비스듬히 아래로 뚫고 들어갔고, 그렇게 수십 장(丈)을 내려가자 거대한 장방형(長方形)의 바위가 가로막듯 누워 있었다. 더 이상 전진하지 못하는 백두더지들이 난감한 듯 어깨를 늘어뜨리자, 두충과 토왕귀도 덩달아 한숨을 쉬며 두 팔이 모두 축 늘어졌다.

그때, 바위에 미세한 절리가 있음을 본 여홍이 두 발을 나무뿌리처럼 깊숙이 박으며 쌍장(雙掌)을 바위의 갈라진 틈 위에 가볍게 얹었다.

공간은 있었지만, 굴릴 수 없는 장방형 바위였기에 토왕귀가 말리려 했으나,

여홍이 「용(龍)의 신음」을 토하자 찬연한 구름이 바위를 덮으며 쩍-소리가 났고,

두 사람이 놀랄 때 쌍장(雙掌)으로 절리의 상하를 벼락같이 타격하

자 바위가 깨지며 좌우로 우득 갈라졌다.
이어, 칠성공으로 두 차례 교차 타격을 한 여홍이 몸을 구겨 넣고 수평으로 누우며 곰이 기지개를 펴듯 팔 다리를 펴자 바위가 쪼개졌다.
"쩍-!"
소리와 함께 거대한 바위가 갈라지자, 토왕귀와 두충은 경악했다.
'저 정도 힘을 쓰려면, 1갑자(- 60년) 정도의 내공(內功)으로는 어림도 없다.'
"오, 아!"
여홍의 공력에 혀를 내두를 때, 두더지들은 서로 안고 폴짝폴짝 뛰어다녔다.
"쌕쌕쌕..... 쌕쌕쌕쌕!"
바위가 없어지자 신이 난 백두더지들이 열심히 쉬지 않고 굴을 팠다.
반 시진이 지나자, 누너시들이 돌연 바닥에 납작 엎드렸다. 누충이 말했다.
"앞에 적이 있다고 합니다."
두더지들을 뒤로 물린 토왕귀와 두충이 조심스럽게 굴을 파며 전진했다. 잠시 후, 동굴이 나타났는데 몇 만 명이 들어갈 정도로 크고 깊었다.
굴 벽면에는 일정 간격으로 등잔이 있었고 귀신불이 타오르고 있었다.
동굴은 귀기로 가득했고, 흉측한 벌레와 뱀들이 기어 다녔다. 토왕귀 등이 도착한 곳은 어느 천정 아래, 무너진 흙더미가 쌓여있는 벽(壁)이었다.

그때, 안쪽 어디선가 바글거리는 소리가 들려왔다. 그들은 귀를 바짝 세우고 다시 굴을 파며 나아갔고 심난할 정도로 소음이 시끄러워지자, 가만히 작은 구멍을 뚫고 두리번거리다 경악(驚愕)했다. 거기엔 고치들이 쌓여 있었는데, 얼른 보기에도 수백 만 개는 되어보였다.
여홍이
'유령박쥐 얘기를 처음 들었을 땐, 유명계(界)에서 인간 세상으로 어떻게 넘어올 수 있을까 반신반의 했는데, 이제 보니 모두 사실이었어.'
하며 보니 고치들은 모두 끈적이는 액체로 흠뻑 젖어 있었다. 수천 년 묻혀 있던 고치들이 곧 깨어날 조짐을 보이고 있었다. 마왕전에서 본 흑무가 요괴 수백을 거느리고 정성스럽게 고치들을 돌보고 있었다.
'다행히 박쥐들이 깨어나진 않았는데, 여왕박쥐 고치는 어디 있을까?'
하던 여홍이
'아! 항탁선사님이 청웅비로 봉인했다고 했으니, 비(碑)를 먼저 찾아야겠다.'
며 살펴보았으나 동굴 어디에도 보이지 않았다. 그때, 요괴들이 고치들을 수레에 싣고 어디론가 이동했다. 여홍은 두 사람에게 전음을 날렸다.
"수레를 따라가십시다."
두충이 수레가 간 방향을 보고 돌아와, 두더지들에게 뭐라 킁킁 지시하자, 두더지들이 뿔족 가까이까지 굴(窟)을 파주고 뒤로 물러났다.

토왕귀와 두충이 마지막 벽을 살살 허물고 보니 천정에서 송아지만 한 황색(黃色) 고치가 허물을 벗으며 유령박쥐로 바뀌어가고 있었다.
머리와 황금빛 날개가 알록달록 드러나면서, 허물과 끈적거리는 분비물로 냄새가 진동했으나, 한편으로는 신비하고 장엄해 보이기까지 했다.
'어떻게 이런 일이? 수천 년을 죽어 있었는데.'
여왕은 아직 눈을 뜨지 못했는데, 요괴들이 수레의 고치들을 먹여주고 있었다.
고치들은 여왕박쥐의 영양공급원이었던 것이다. 여왕은 고치를 삼킬 때마다 꺅- 하고 몸을 떨었다. 마치 부활의 시간을 고대하는 듯했다.
여홍은
'여왕이 부활하면 유령박쥐들도 살아날 텐데, 여왕을 어떻게 없애야 하나?'
하며 청웅비(碑)를 다시 찾아보았으나, 여기에도 비(碑)는 보이지 않았다.
'욕살께선 불로 태우거나 검으로 베면 죽일 수 있다고 말씀하셨으나,
지옥(地獄)의 불구덩이를 뚫고 나온 여왕박쥐를 불로 태울 수 있을까? 혹, 봉인을 한 청웅비(靑熊碑)에 여왕을 제압할 단서가 있지 않을까'
그때, 토왕귀이 전음(傳音)이 들려왔다.
"두충이 요괴들을 맡고 나와 대협이 여왕을 공격하면 승산이 있습니다."

여홍이 대답했다.

"토대협, 유명계(幽冥界)의 지옥 불을 견디고 검산도림(劍山刀林)에 살던 괴수입니다. 피부와 날개가 단단하고 두꺼워서 쉽지 않을 것 같습니다. 제 느낌으로는 청웅비(靑熊碑)를 찾아봐야 할 것 같습니다."

"청웅비?"

"네, 입구가 어딜까요? 항탁선사가 청웅비를 입구에 세웠을 것 같습니다."

두충이

"아까 우리가 봤던, 고치들이 쌓여있는 벽(壁) 쪽이 입구 아닐까요?"

하고 돌아보다, 대기하여야 할 두더지들이 보이지 않자, 깜짝 놀랐다.

토왕귀가 두충을 보며 물었다.

"얘들이 어디 갔소?"

"조금 전까지 여기 있었는데?"

당황한 두충이 이전의 굴로 돌아가 보니, 백두더지들이 굴(窟)의 아래를 파고 내려가 숨어있던 벌레와 뱀들을 정신없이 잡아먹고 있었다.

"뽀극 뽀극 뽀그극"

"빠득 빠그륵 빠각"

벌레와 뱀들이 기겁하며 와르르 도망치고 있었다. 두충이 지켜보며 말했다.

"토가족(族) 전설에, 사람은 죽으면 저승에 다다르기 전 「망각의 강」을 만나게 되는데, 망각주(酒)를 마시면 이승의 일을 거의 잊는다 했습니다.
저것들은 강을 건넌 영혼의 마지막 기억을 뜯어먹는 망각충, 망각사인데 백두더지는 저것들의 천적입니다.
한울님의 명에 따라 인간계의 망각충(蟲)과 망각사(蛇)를 제거하러 다니던 백두더지들이 어느 땐가 우리 토가족을 만나 함께 살게 되었는데 그때, 두더지로부터 동굴 집을 만드는 기술을 배웠다고 합니다."
여홍이 말했다.
"이제, 고치들이 있던 곳으로 가시죠?"
"얼른 갑시다."
세 사람이 고치가 쌓여있는 곳으로 되돌아갔으나, 요괴들은 보이지 않았다.
여홍이
"여기가 입구일까요?"
"분명 입구가 맞습니다. 동굴에 대해선 우리 토가족(族)을 믿으십시오."
두충과 토왕귀가 고치들을 검으로 허물어갔으나 산더미처럼 쌓여있어, 길을 트는 데에 상당한 시간이 걸릴 것 같았다. 여홍이 문득 말했다.
"두더지들과 잠깐만 뒤로 물러나 주십시오."
토왕귀, 두충이 두더지와 재빨리 물러났다.
검을 거둔 여홍이 십 성 내공(內功)으로 서서히 쌍장(雙掌)을 밀었다.
순간, 강물처럼 쏟아진 내경(內勁)이 고치의 벽(壁)을 반으로 나누며 길을 텄다.

"츠츠츠츠측 우르르르"

지층을 이루었던 고치들이 갈라지며, 고치뿐 아니라 흙벽도 함께 무너져갔다.

이어, 와류(渦流) 같은 바람이 일자 유령박쥐 고치들이 부유(浮遊)했고, 잠시 후 바람과 먼지가 가라앉자 벽으로 구멍이 보였다. 뿔족요괴들이 부화(孵化)를 위해 온도 유지 차(次) 입구를 막아놓은 것이었다.

"입구가 맞습니다."

토왕귀의 외침에 여홍이 앞장섰다. 구멍 밖도 동굴이었는데 7장 앞으로 커다란 푸른 돌이 웅장하게 서 있었다. 여홍이 가만히 소리쳤다.

"앗! 청웅비(碑)!"

전설의 청웅비(靑熊碑)였다. 아홉 자 높이의 파란 바위에 곰을 양각한 석상이었다. 분노한 곰이 포효하며 앞발로 악마(惡魔)를 타격하는 것 같았다.

여홍은 놀랐다.

'웅가의 무예는 시조 청웅(靑熊)이 창시했다고 들었는데..'

청웅(靑熊)은 웅가 시조의 표상이기도 하나, 단군의 별칭(別稱)이기도 했다. 이는 「청웅이 단군으로 부활하셨다」고 생각한 웅족 때문이었다.

토왕귀와 두충이 푸른 곰의 역동적(力動的)인 모습에 감탄할 때, 비석 뒷면에서 항탁대선사의 가림토 글을 발견한 여홍이 눈을 번득였다.

첫줄은

'대자연의 율려를 깨달은 사람만이 청웅일지(靑熊一指)를 이해할 것이다. 우둔한 자에겐 화(禍)가 될 것이니, 가벼이 타인에게 전하지 말라.'

는 경계의 말이었고 내용 또한 짧았으나, 토납의 극의를 담고 있었다. 검(劍), 도(刀), 창(槍), 봉(棒), 극(戟), 나(拏), 보(步) 등에 정통한 이후에야 가능한 불세출(不世出)의 심결(心訣)을 일러주고 있었다.

물문원근 (勿問遠近)	멀고 가까움을 생각하지 말라
음양불이 (陰陽不二)	음과 양은 둘이 아니고
칠규통신 (七竅通身)	눈, 귀, 코, 입은 몸과 통한다
기교중루 (其橋重樓)	그 (칠규와 몸을 잇는) 다리가 십이중루 (十二重樓)이니
통찰제경 (洞察諸經)	모든 경락을 통찰하여
타통삼관 (打通三關)	삼관(三關: 미려, 협척, 옥침)을 통하고
소요현빈 (逍遙玄牝)	신비로운 계곡을 거닐게 될 때,
이후탄허 (以喉吞虛)	목(- 喉)으로 천지의 기운을 삼킨 후
집중일지 (集中一指)	손가락에 온 힘을 모아
응력획일 (應力劃一)	응력(應力)으로 허공을 그어라

마조의 괴조공(功)을 터득하고, 추혼십이검과 창해벽운(滄海碧雲), 불연기연 등 새로운 무예를 창안한 바 있는 여홍은, 마지막 「응력획일(應力劃一)」에 담긴 청웅일지(靑熊一指)의 요체를 단박에 이해했다.
물고기가 수압(水壓)을 이기고, 새가 대기를 타고 나는 힘이 응력이다.
'항탁선사님은 「하늘 밖의 하늘」을 보시는 분!'
잠깐 사이, 여홍이 지법(指法)을 터득한 사실을 토왕귀는 알 리 없었다.
이어
"여왕의 심장은 오른쪽 겨드랑이 아래 깊숙이 있다. 박쥐들은 여왕의 분신이니 여왕만 제거하면 사라질 터, 청웅의 배에 감춘 칠지도로 심장을 찔러라."
여홍이 항탁대선사가 남긴 글을 읽자, 토왕귀와 두충은 깜짝 놀랐다.
"칠지도(七支刀)!"
"칠지도는 만악(萬惡)을 물리친 단군왕검께서, 구이원 칠십이국(國)을 정복하고 조선을 세우신 「푸른 옥으로 만든 칼」이라고 들었습니다. 그런데 여대협, 그 칠지도(刀)가 도대체 어디에 있다는 말씀이오?"
토왕귀의 말에 여홍이 청웅비를 살피며 대답했다.
"자세히 보니 비석은 전체가 신비한 옥입니다. 어떻게 꺼낼 수 있을까요?"
"장(掌)으로 안 되겠습니까?"
두충의 말에, 여홍이 칠성장(掌)을 펼쳤으나 청웅비에 닿는 순간 손바닥이 미끄러졌다. 모두 난색을 표하며 다른 방법이 없나 고민할 때, 망각충을 먹던 두더지들이 나타나 청웅비가 묻힌 땅을 파기 시작했다.

두충이

"그만해!"

하고 소리쳤으나 두더지들은 못들은 척 계속 팠고 이내, 청웅의 두 발이 드러났다. 그때, 청웅의 도드라진 왼 발목을 보며 여홍이 만지자,

"스윽"

소리와 함께 청웅(靑熊)의 가슴이 좌우로 열렸는데, 손잡이만 드러낸 채 연녹색(軟綠色) 옥으로 만든 칠지도(七支刀)가 박혀있었다. 세 사람은 검으로 충격을 가하다 아차 하면 옥(玉)이 부서질까 두려웠다.

"장(掌)은 실패, 검은 위험. 참 나, 손가락으로 긁어낼 수도 없고.. 쩝!"

하고 토왕귀가 궁시렁대는 순간, 여홍의 눈이 이채(異彩)를 번득였다.

'항탁대선사님이 청웅일지(靑熊一指)를 남기신 이유가 여기에 있었어!'

하며 응력(應力)으로 칠지도(刀) 둘레를 파기 시작했다. 손가락은 손바닥과 달리 미끄러지지 않았으며, 조금씩 옥을 긁어내며 파 들어갔다.

여홍이 힘을 다했으나 반 시진(- 1시간)이 소요되었다. 일곱 개 칼날을 가진 칠지도는

신단수(神檀樹)를 본뜨고 일곱 개의 별을 박아 넣은 제마도(除魔刀:

마를 제거하는 칼)였으나, 비취색이 아름다워 전혀 무기 같지 않았다.
"과연, 천궁의 물건!"
토왕귀와 두충이 칠지도를 보고 여홍에게 건넨 후 다시 여왕의 굴을 찾으니 마침, 여왕이 부활하고 있었다. 굴에 돌아와 있던 요괴들이 여홍의 등장에 놀라는 순간, 일곱 개의 푸른 섬광이 호를 그렸다.
여홍이 창해벽운을 펼치자 칠지도의 칼날 일곱 개가 검기를 뿌린 것이다.
그때, 여왕 뒤에 숨어 있던 요괴가 해골(骸骨)로 만든 호각을 불었다.
"뿡--뿌웅!"
소리에 토왕귀가 비수를 날리는 순간, 여왕이 감고 있던 눈을 번쩍 떴다.
몽환적인 눈에서 으스스한 기운이 흘러나왔다. 여왕이 노한 듯 날개를 휘두르자, 여홍이 두충과 토왕귀를 막아서며 칠지도(刀)로 반격했다.
"깡깡깡깡!"
날개는 무쇠처럼 단단했다. 박쥐는 칠지도를 보자 화염을 뿜었으나, 다행인 건, 아직 반(半) 고치 상태여서 땅을 박차고 날지 못한다는 것이었다.
"물러나시오!"
여홍이 외치자 토왕귀, 두충은 도움이 안 된다는 걸 알고 몸을 날렸고,
여왕박쥐는 칠지도(刀)의 예리함을 잘 아는 듯 오른쪽 날개로 자기

의 심장(心臟)을 보호하면서 여홍의 머리를 부리로 사납게 찍어갔다.

싸움을 지켜보던 토왕귀가 두 눈을 쏘라고 하자, 두충이 화살 두 개를 맥궁(貊弓)에 걸어, 여왕박쥐가 여홍을 압박할 때 시위를 놓았다.

"쌔액!"

위협적인 파공음과 함께 두 줄기 빛이 좌우 눈앞으로 들이닥쳤고, 본능적으로 눈을 보호하기 위해 여왕이 날개를 펴는 찰나, 푸른 도광이 횡(橫)으로 치는 번개처럼 여왕의 우측 날개 밑으로 파고들었다.

"푹!"

허공을 접은 칠지도가 자기자리를 찾아가듯 여왕박쥐의 심장에 박혔다.

"끄-악!"

여왕이 처절한 비명을 지르며, 칠지도(七支刀)와 함께 녹아 없어졌다.

'칠지도의 푸른 옥이 여왕의 심장과 상극이었군.'

그때,

흑무가 뿔족요괴들을 끌고 몰려오자 여홍은 작전상 파고 들어온 굴을 통해 후퇴했고, 절벽에 오른 두충이 명적(鳴鏑)을 쏘아 올렸다.

"쉬-익"

명적이 하늘로 까마득하게 솟아올랐다. 제마강(崗)에서 이제나 저제나 기다리던 강운은 협곡 멀리 솟구쳐 오르는 명적을 보고 감탄했다.

"과연 창해신검! 여왕박쥐를 제거했다. 몽각! 3백을 이끌고 기습하라!"

"예!"
이어, 두 명의 전령(傳令)에게
"너희는 벼락 맞은 나무와 익마천(川)으로 가서「공격이 시작되었으니 대비하라」고 전하라."
한 후, 묘백인장을 불렀다.
"너는 백 명을 이끌고, 준비한 곳에서 출기불의의 습격을 준비하라."
그때, 넉쇠가
"저는, 몽각 읍차님과 함께 흑무를 잡겠습니다."
강운이 말했다.
"아니오, 도리깨 선협님은 나와 함께 가십시다."
넉쇠가 또 청했다.
"흑무와 사각사 근상은 교활한 것들이라 여차하면 도망칠 겁니다. 몽각님을 돕게 해주십시오. 아니면, 난 무림인이니 내 마음대로 하겠소."
"허! 넉쇠님!"
두약도
"욕살님, 저도 넉쇠님과 같이 가겠습니다."
하며 넉쇠를 거들자, 강운은 더 이상 세 사람의 고집을 꺾을 수 없어 야장(冶匠: 대장장이)이 만들어놓은 쇠도리깨를 넉쇠에게 건네주었다.
넉쇠는 도리깨를 들자 힘이 불끈 솟았는지, 밖으로 나가 몇 번 휙휙 휘둘렀다. 척정 사부님이 만들어준 도리깨보단 못했으나, 그런대로 쓸 만했다.
"손에 꼭 맞습니다. 고맙습니다!"

넉쇠 등은 말을 달려, 제마강(崗)에서 전열을 가다듬고 있는 몽각과 합류했다.

계곡이라 모두 말에서 내려 2리(里: 0.8km)를 가던 중, 흑선 두 명이 뿔족 1천을 끌고 몰려왔다.

몽각과 넉쇠가 흑선들에게 달려들자, 3백 병사와 요괴 1천이 삽시간에 뒤섞였다. 초반엔 몽각과 흑선의 싸움이 대등했으나 점차 우위를 점해가던 몽각이 팔십 합 만에 쾌검으로 흑선의 목을 떨어뜨렸다.

넉쇠는, 앞의 흑선이 제물이 된 자기를 비웃던 자임을 알고 달려들었다.

"사이비!"

"누군가 했더니 운이 좋아 붉은거미방주를 잡은 놈! 네 심장을 내놓아라!"

소리에 도리깨가 날았고, 흑선이 이십오 초(招)를 번개처럼 치고 박았다.

흑선은 제를 올리던 가달호법의 제1 흑선으로, 경신술이 상당했고, 넉쇠는 대량의 독에 당한 지 얼마 안 되어 공력이 예전의 7할에 불과했다.

'나의 내공(內功)이 좀..'

하고 넉쇠가 둔한 모습을 보이자

"흐흐흐.. 곰 같은 놈"

하고 비웃으며, 도리깨를 들면 후퇴하고 멈추면 역습(逆襲)을 해왔다.

넉쇠가 문득 눈을 번득이며

'엉? 네 놈이 정 그렇다면..'

하고, 삼십 초(招)를 몰아친 넉쇠가 빈 땅을 때린 도리깨를 회수하려들자
'흐흐흐'
웃으며 바람처럼 파고든 흑선이 힘을 다해 칼을 수평으로 그었다.
"얏!"
칼이 훅- 나는 순간, 근거리에 있는 자 모두 넉쇠의 죽음을 떠올렸으나
"꽝!"
소리가 나며 흑선이 쓰러졌다. 흑선은 입으로 꾸역꾸역 피를 게워냈다.
'넌 이제 죽었다. 동작은 크고 억지로 용을 썼으니'
하고 흑선이 생각하는 순간, 넉쇠가 바위를 굴리듯 좌장으로 끊어쳤다.
말(- 馬) 대신, 연자방아를 돌리며 연마한 돌개바람으로 타격한 것이다. 이어, 옥랑과 두약을 포위한 뿔족요괴들에게 흑선을 잡아 던졌다.
"인간의 살코기는 정말 부드럽지! 칵칵!"
"흐.. 가느다란 손가락은 더 맛이 있고!"
하며
희희낙락하던 요괴들이 피 떡이 된 흑선을 보고 놀랄 때, 넉쇠가 마한퇴(馬韓腿)를 날리며 도리깨를 휘두르자, 요괴들이 뒤죽박죽 깨지며 쓰러졌고 옥랑과 두약은 비로소 실력을 온전하게 발휘할 수 있었다.
옥랑과 두약이 종횡무진하자, 기운 달이 뜨고 지듯 변화하는 옥랑의 검에 요괴들의 혼(魂)이 날아가고, 동서(東西)를 끊고 남북을 베는

두약의 검(劍)이 흑선과 혼미해진 요괴들의 팔 다리를 무 조각처럼 분리했다.
얼마 뒤, 강운의 본대 5백이 도착해 요괴들을 주살해 나아갔다. 수비군은 하나하나가 정예병이었다. 그들의 가세로 요괴들은 얼마 못 가 전멸했다.
몽각, 넉쇠는 바로 마왕전으로 진격하고 강운은 뒤를 받치며 전진했다.
계곡을 십 리 전진하자, 턱에 혹이 있는 흑선을 대장으로 좌우에 숨어 있던 5백여 요괴가 쏟아져 나왔으나, 몽각의 3백 정예를 당해낼 수 없었다.
거기에, 어느 정도 몸이 풀린 넉쇠의 마한퇴(馬韓腿)에 흑선의 허리가 부러지고 난 후, 요괴들은 더욱 빠르게 지리멸렬(支離滅裂) 붕괴되어갔다.

뿔족요괴 5백을 해치운 몽각은 계속 진격했다. 5리를 나아가니 어디선가 듣기 괴로운 뿔 고동 소리가 들리며 두뿔마왕이 1천 요괴를 몰아, 선봉대의 후미를 끊었다. 계곡은 삽시간에 요괴들로 가득 찼다.
몽각이 크게 놀라 부대를 돌리려하는데, 첨병 둘이 돌아와 보고했다.
"장군! 전방 2리에, 금색 요대 흑선의 요괴 3천이 협곡에 숨어있습니다"
"3천!"
몽각이

"욕살님께 보고하라!"
고 영을 내린 후,
"별 것 아닌 줄 알았는데, 저것들이 우리 인간들의 병법을 쓰고 있지 않습니까? 기가 막힌 일입니다. 넉쇠 선협, 어떻게 해야 할까요?"
난감했다. 요괴들은 무공이 약한 편이었으나 숫자가 원체 많아 이쪽의 피해도 적지 않았다. 싸우다 힘이 빠져서 죽을 게 뻔한 일이었다.
"흑무, 흑선은 선문이나 도관 수행 중 마도(魔道)에 빠진 자들이라 병법을 알 겁니다. 뒤에 있는 두뿔마왕과 먼저 싸워야 할 것 같습니다."
넉쇠는 제물이었을 때 봤던 놈들을 보면 치가 떨렸다. 두뿔마왕이 숫자만 믿고 덮쳐오자, 넉쇠는 득달같이 튀어나가 두뿔마왕 앞에 섰다.
"두뿔 이놈!"
넉쇠보다 큰 두뿔마왕은 눈앞의 놈이 아깝게 놓친 제물임을 확인하자, 대뜸 사십 근(斤) 돌이 박힌 여섯 자 철봉(鐵棒)으로 머리를 찍어갔고 훅- 소리를 내며 날아든 넉쇠의 쇠도리깨와 강하게 충돌했다.
"땅!"
넉쇠는 손바닥이 얼얼했다.
"히히히히.. 맛이 어떠냐?"
넉쇠가 흠칫 하자, 두뿔마왕은 신이 났다. 돌망치를 번쩍 든 두뿔마왕이 성문(城門)이라도 두들겨 부수듯 무지막지하게 연달아 후려쳤다.

굉장한 힘이었다. 힘은 누구에게도 자신 있던 넉쇠가 열아홉 번의 격돌 끝에 기가 꺾이기 시작했다. 원래의 몸 상태가 아닌 넉쇠는 더 이상의 정면충돌(正面衝突)은 스스로 무덤을 파는 일이라고 생각했다.
넉쇠는 두뿔이 자기만큼 빠르지 않음을 포착하고 놈의 발을 노리며 격투를 이어갔다. 둘은 뒤죽박죽 엉키며 베고 가르며 난폭하게 싸웠다.
모두 강운의 본대가 도와주기를 기대했으나, 강운 역시 또 다른 사각사(四脚蛇)의 5백 요괴들에게 발이 묶여있었다. 요괴들은 협곡 좌우에 숨어 있다가 길을 막았으나, 왕검성 정예의 상대는 되지 못했다.

뿔족요괴 본대는 가달호법이 직접 지휘하고 있었다. 조나라 출신, 근상이 군사(軍師) 역할을 하고 있었으나, 그는 병서 한 번 읽지 않은 자로, 타고난 간지(奸智)로 기루에서 주워들은 조나라 장교들의 군사용어를 그럴듯하게 써서 가달호법의 신뢰를 한 몸에 받고 있었다.
"근상아, 그렇게 공들인 여왕박쥐와 유령박쥐들이 모두 죽어버렸으니, 싸움은 예측하기 어렵게 되었다. 유령박쥐들을 부활시켜 가달성으로 끌어드리는 게 나의 임무였는데, 창해신검 때문에 일이 또 틀어졌다. 이대로 돌아가면, 가달성주님의 추혼마수에 머리가 부서질 것이다."
"호법님, 박쥐계곡에서 저것들을 잡아 마황님께 제(祭)를 올리면 이 얼마나 뜻깊은 일입니까? 걱정 마십시오. 강운과 창해신검을 잡아보겠습니다."
그때, 정탐을 갔던 요괴가 돌아와
"두뿔마왕의 요졸(妖卒: 요괴 졸병)과 인간들의 싸움이 벌어졌습니다."
가달호법이 즉시 근상에게 지시했다.
"요괴 5백으로, 빨리 두뿔을 도와라."
근상은 신이 났다. 생전 처음 요졸(妖卒) 5백의 장수가 된 것이다. 건달 생활과 마교에 들어와 바닥을 기다시피 보낸 세월이 얼마였던가.
'흐흐흐, 드디어 기회가 왔다. 내 반드시 창해신검을 잡는 데에 일조하고, 가달성으로 입성해 위대한 각팔마룡님께 머리를 조아릴 것이다.'
근상이 요괴들을 몰아 2리를 달리고, 길이 구불구불한 협곡 절반을 지났을 때
"우르르르 꿍꽝!"
"와르르르 쿵꽝!"
소리와 함께, 수백 개의 바위들이 굴러 떨어졌다. 근상은 기겁을 했다.
"요괴들아, 피해!"
두 손으로 머리를 감싼 근상이 구석에 엎드리며 이마를 땅에 박았다.
"꽈당당당당!"
"떵떵떵떵떠떵!"
협곡 전체가 무너져 내리는 것만 같았다.
잠시 후, 근상이 머리를 들고 살살 둘러보니 바위에 깔리거나 다친

요졸들이 헤아릴 수 없을 정도였다. 절반 이상이 죽거나 짓뭉개졌다.
"아직 살아있는 걸 가달마황님께 감사드리면서, 여기를 빠져나가자!"
근상이 지시에 따라, 용케 살아난 요괴들이 움직이기 시작할 때, 갑자기 화살비가 쏟아져 내렸다. 묘백인장(將)의 궁수들이었다. 바위를 굴려 잡고 나머지는 사거리가 긴 맥궁(貊弓)으로 사냥하고 있는 것이다.
"꺄!"
"칵칵칵칵깍"
협곡의 요괴들은 속수무책이었고, 9할이 죽거나 다치고 5십만 온전했다. 그러나 살아남은 요괴들은 공포에 질려 있었다. 근상은 난감했다.
'5십으로 싸울 수는 없다. 호법님 휘하에 이천오백이 남아 있으니 퇴각하사.'

5백 요괴를 근상에게 맡긴 호법이, 근상을 지원하기 위해 출발할 때
"꽝!"
하고 호법이 서 있던 절벽의 귀퉁이가 무너져 내렸다. 놀란 호법의 눈에 커다란 구멍을 뚫고 두리번거리는 멧돼지만한 백두더지 두 마리가 들어왔다.
"천지 두더지!"
이어 여홍과 토왕귀, 두충이 흙먼지를 뚫고 연기가 솟아오르듯 나타

났다.

"네놈이 창해신검이냐?"

"마제(魔祭)의 주인공?"

"흐흐, 어른을 알아보다니 기특하다."

토왕귀가 쑥 끼어들며

"없애야 할 녀석이라 알아본 것이다."

말하자, 호법이 물었다.

"너는 처음 보는 놈이군.'

"토왕귀, 두충이라 한다"

"아! 땅강아지! 마황님께 멸족되지 않고, 아직까지 살아있었더란 말이냐?"

"뚫린 입이라고 마구 지껄이는구나!"

토가족은 사람들이 땅강아지로 부르는 걸 제일 싫어했다. 두충이 대노하자.

여홍이 나섰다.

"두충님, 놈을 제게 양보해주십시오."

두충이 토왕귀의 눈짓에 물러서자, 호법은 여홍의 공격을 예상하고 요졸들에게 지시했다.

"저들은 모두, 세 명에 눈먼 두더지 둘에 불과하다. 한꺼번에 덤벼라!"

"크아아아!"

가달호법의 영이 떨어지자, 요괴들이 벌떼처럼 세 사람을 덮쳤다. 요괴들이 덤비자, 백두더지들은 재빨리 굴속으로 도망쳤고, 선두의 요괴들이 쫓아갔으나, 일단 들어간 요괴들은 한 놈도 살아나오지 못했다.

요괴들을 땅속으로 유인한 두더지들이 굴을 허물어 요괴들을 매장한 것이다.
"캐캑캑캑!"
여홍은 호법을 잡고 싶었지만, 놈이 요괴들을 앞세운 터라 마음을 가라앉혔다.
순간, 검광 속에 사라진 여홍이 신보(神步: 신의 걸음 같은 보법)를 밟자, 강물 같은 검기가 사십여 요괴들의 머리를 분리하고 지나갔다.
이어, 빙그르 회전한 토왕귀의 검(劍)이 베고, 긋고, 후려치며 삭풍처럼 날자, 두충도 뒤질세라 온 힘을 다해 달려드는 요괴들을 베어나갔다.
몇 초(招) 만에 부하들이 짚단처럼 쓰러지자 가달호법은 불안했으나, 태연한 척 웃으며 불패의 요마진(妖魔陣)으로 공격하라 지시했다.
'아, 무시운 놈, 그러나 나의 「인해(人海) 요마진」을 빠져나갈 수 있겠나!'
흑림의 각종 진(陣)을 격파해온 여홍은 요마진이 두렵지 않았으나, 요괴들이 워낙 많아서 당장 빠져나오기는 어려웠다. 호법은 은근히 신이 났다.
"너희는 죽었다가 부활했다! 다시 죽어도 또 살려줄 테니 겁내지 말라!"
며 사기를 북돋울 때, 돌연 요괴들의 후미가 기와 깨지듯 어지러워졌다.
흑무가 돌아보니, 검은 철창(鐵槍)을 든 소년이 부하들을 파죽지세로 무너뜨리고 있었다. 폭우를 가르며 비스듬히 치는 번개 같은 창이었다.
웅웅 소리와 함께, 쌍수(雙手)를 오가는 창이 요괴들을 추풍낙엽처럼 해치웠고, 소년을 따라붙는 1백 군사가 요괴들을 밟으며 도륙했다.
철창이 솟구쳤다 떨어질 때마다, 우레 소리가 요괴들의 심장을 흔들었다.
"우르르르-꽈꽝!"
"꽝-우르르르르!"
그는 뇌바우였다. 벼락 맞은 나무를 지키다 요괴는커녕 개미 한 마리 올라오지 않자, 뇌바우는 정탐을 보내 3인의 협객이 박쥐계곡에서 2천이 넘는 요괴들과 혼전(混戰)을 벌이고 있다는 보고를 받았다.
'대형과 토대협, 두충님이 틀림없다!'
생각하며
"필백인장님, 아무래도 우리가 도와야 할 것 같습니다."
"욕살님은 이 자리를 벗어나지 말라고 명하셨습니다. 다수의 적을 상대할 수 있는 유리한 위치입니다. 뇌소협, 좀 더 기다려보십시다."
뇌바우는 안달이 났다. 하늘만큼 존경하는 대형의 안위가 걸린 일이었다.
"필백인장님, 뜻밖의 상황 아닙니까? 욕살님께서도 용서해주실 겁니다. 계속 이러고만 계실 생각이라면, 저 혼자서라도 내려가겠습니다."
하고, 바위가 구르듯 몸을 날리자 필백인장도 별 수 없이 뒤를 쫓았다.

가달호법은 맹호(猛虎) 같은 소년의 창법을 귀신에 홀린 듯 바라보았다.
창법과 혼연일체(渾然一體)가 되어 달리는 모습이, 창을 들고 춤을 추는 뇌신(雷神) 같다는 생각이 들 정도였다. 낙뢰탈백(落雷奪魄)의 창이,
수천 년(年) 만에 가까스로 부활한 요괴들을 저승으로 다시 돌려보냈다.
외마디 비명(悲鳴)을 지른 요괴들이, 화로(火爐)에 뚝뚝 떨어지는 눈처럼
소년의 변화무쌍한 창법(槍法) 속에 소리 없이 통곡하며 사라져갔다.

각팔마룡이 삼조선과 오가의 「가달마교 총책」을 호법에게 맡긴 건, 선계의 사정에 밝기 때문이었다. 소년의 검은 철창이 벼락 치듯 움직이자
'음? 치우 81형제 가운데 창(槍)의 명인 뇌호..?'
뇌바우의 등장으로 「인해(人海) 요마진」에 균열이 생기자 호법이 몸을 날렸다.
"넌 누구냐?"
"자기부터 밝히지 못하는 겁쟁이가, 뭔 자격으로 남의 이름을 묻는 게냐?"
"창해처럼 겁이 없군."
"후후.. 반가운 소리!
난 창해신검 대형의 아우고, 대형의 의제(義弟) 구이칠룡(九夷七龍)

이 곧 들이닥칠 것이다. 너희들의 목숨은 이제 끝났다. 으하하하 하하하!"
웃던 뇌바우가 벼락같이 호법의 머리를 찍어갔다. 철창에 놀라 요괴들 속으로 피힌 가달호법은 「구이칠룡」의 등장을 액면 그대로 믿지 않았으나, 느닷없이 나타나 판을 흔드는 놈인데다가 맥(脈)이 끊어진 뇌가창(槍)의 달인이라 다른 한편으로는 저윽이 마음이 켕겼다. 즉시, 요괴들을 둘로 갈라서 여홍 일행과 뇌바우 쪽을 상대하게 했다.
기습을 받았으나 요괴들은 수가 많고 죽음을 개의치 않아 싸움은 더 격렬해졌다.
호법이 분주히 요괴들을 지휘하고 있을 때 사각사 근상이 요괴 5십을 끌고 왔다.
"근상! 5백을 줬는데, 다 어디가고 저렇게 빌빌한 놈들만 달고 왔느냐?"
근상이 낭패한 얼굴로
"매복에 당했습니다."
하고 사정을 설명했다. 가달호법이 흰자위가 넓은 눈을 굴리며 말했다.
"두뿔마왕은?"
"가는 도중에 당한 일이라 잘 모르겠습니다."
"음.."
"여왕박쥐가 창해신검의 손에 죽은 것부터, 뭔가 느낌이 좋지 않습니다."
그때, 전령(傳令)으로 나갔던 노란 뿔 요괴가 돌아와
"두뿔마왕이 고전하고 있고, 다른 부대들도 왕검성 무리에게 당했다

합니다."
라고 보고하는 순간, 화살이 비처럼 쏟아지며 요괴들을 쓰러뜨렸다. 모두들 돌아보니 계곡의 둔덕마다 자리한 궁수들이 전광석화처럼 화살을 날리고 있었다. 여기저기 요괴들의 괴로운 비명이 울려 퍼졌다.
왕검성의 궁수대(弓手隊)가 온 것이다. 근상이 초조한 얼굴로 말했다.
"저 놈들이 계곡 위에 숨어 바위와 화살로 저희를 공격한 것들입니다"
호법이 한숨을 쉬며 말했다.
"가달마교 본부를 세우기 위해 무려 이십 년(年)을 공들였는데, 사두산 유령박쥐 사업이 창해신검으로 인해 실패해버렸구나. 자, 가자!"
근상이
"두뿔과 요괴들은 어쩝니까?"
하고 묻자
"근상아, 닥치고 따라 와라"
고 말한 호법이 궁수들을 향해 휙- 몸을 날렸다. 궁수(弓手)들이 모두 일어나 검을 휘두르자, 호법이 쌍장(雙掌)을 난폭하게 마구 휘둘렀다.
"후르르 꽈꽝!"
가달성의 형천장(刑天掌)이었다. 한울을 증오하며 만들어진 장풍을 흑선의 우두머리 가달호법이 펼쳤으니, 궁수들은 상대가 될 수 없었다.
근상도 십이조퇴(十二趙腿: 조나라의 열두 번 발차기)로, 궁수들을 차며 뒤를 따랐다. 이제는, 빌빌 맞고 다니던 과거의 파락호 근상이 아니었다. 근상이 스스로 뿌듯해하며 전진할 때, 묘백인장이 막아섰으나
"이놈!"
하고 내찬 근상의 각술(脚術)에 물러서다 언덕 아래로 굴러 떨어졌다.
묘백인장은 데굴데굴 구르다 튀어나온 돌을 가까스로 잡고 추락을 면했으나, 호법과 근상은 어느새 벼락 맞은 나무 입구로 빠져나갔다.
한편, 여홍은 요괴들의 무더기 공격을 깨며, 토왕귀와 두충을 보호해야 했기에 가달호법과 사각사 근상의 탈출을 알고도 차단할 수 없었다.

한편, 두뿔은 넉쇠가 펼친 모산신니의 경신술 고운추일(孤運追日: 외로운 구름이 해를 쫓다)을 따라잡지 못해, 불의의 돌개바람과 쇠도리깨에 목이 부러지고 머리가 깨지며 짧지 않은 생을 가련하게 마감했다.
넉쇠가 두뿔마왕의 파란 뿔을 뽑아 들고 파안대소(破顔大笑)했다.
"으하하하하!"
중독 후의 수모를 드디어 되갚아준 것이다. 요괴들은 두뿔마왕의 뿔을 보고 기겁을 했다. 요괴들은 뿔의 빛깔과 수에 따라 서열이 정해질 정도로 뿔이 소중했기에, 뿔이 뽑히는 건 죽음을 의미했고, 뿔 없이 죽는 걸 몹시 두려워했다. 요괴들은 더욱 악에 받쳐 발악을 했다.

그러나 장수가 없는 뿔족요괴들은 우왕좌왕하며 점점 더 궁지에 몰렸다.

누런쥐성(城)

두약은, 아이처럼 작은 파란 뿔 요괴를 상대하고 있었는데, 매우 심술궂은 얼굴이었다.
놈은 다른 요괴들처럼 죽기 살기로 싸우지 않았는데, 요괴들 뒤에 숨어 있다가 불쑥불쑥 공격하는 모양이 꼭 놀리는 것 같았고, 놈이 노리는 곳이 매번 사타구니와 가슴 쪽이어서 두약은 매우 화가 났다.
'놈은 작지만 여자들의 치부만 공격하는 교활하고 못된 요괴다. 그리고 파란 뿔이면 서열이 꽤 높을 터, 내 기필코 놈을 제거할 것이다.'
하고 최근 여홍에게 배운 추혼십이검을 벼락 같이 펼쳤다. 이는 12각을 바람처럼 스치며 검의 궤적을 놓친 적을 양분하는 쾌검이었으나,
숙련도가 부족하였기에, 파란 뿔은 당황하면서도 뿔을 툭 기울여 검(劍)을 막았다.
땅! 소리와 함께 두약을 보며 히죽거리는 녀석의 입이 눈에 잡히는 순간, 뿔이 얼마나 단단한지 두약은 팔이 저려왔다. 그 틈에 파란

뿔이 좌측 절벽으로 도망치자, 두약이 쫓았고 이를 본 옥랑(玉郎)이
"언니!"
하고 만류했으나, 약 오른 두약이 무시하고 절벽을 막 돌았을 때, 두 사람이 두약의 출현에 놀란 듯 뚝 멈추어 섰다. 하나는 말처럼 긴 얼굴의 남자였고, 또 하나는 구부정한 노파였다. 노파가 낄낄 거리며 물었다.
"아가, 뭐가 그리 급한 게니?"
"이리 간 요괴 못 보셨나요?"
"파란 뿔? 그 개구쟁이는 내가 키우는 애완 요괴란다."
두약이
"네…? 할머니, 정말이에요?"
"낄낄. 뭐가 그리 무서운지 내 치마 속에 숨어 있단다. 아가, 한 번 보련?"
하며, 노파가 치마를 살짝 걷어 올렸고 두약이 치마 속을 주시하는 순간, 망구가 눈을 빛내며 실타래 뭉텅이를 두약의 머리 위로 홱 던졌다.
훅- 커다란 원뿔 같은 그물이 빠르게 허공을 덮어갔고, 두약이 놀라 피하려 했으나 눈 깜짝할 사이에, 새를 옭아매듯 두약을 가두었다.
두약이 검으로 끊으려 몸부림쳤으나, 그물은 잘리지 않고 점점 더 조여 왔다.
"히히히히, 소용없다. 거미요괴의 거미줄로 만든 그물이니 너무 애쓰지 마라."
며, 노파가 벼리(- 維유)를 잡아당기자 두약은 이내 꼼짝할 수 없었다.

거미줄에 걸린 불쌍한 나비 신세가 된 것이다. 두약은 머리가 아찔했다.
"아!"
"아가, 죽이지는 않을 테니 걱정하지 마라. 잠시만 우리와 함께 지내자."
하고 두약을 어깨에 들쳐 메고 계곡 안으로 몸을 날렸다. 노파는 보기와 달리 내공이 심후했고, 옆구리를 쥔 손가락은 굵은 철사 같았다.
뒤늦게 옥랑이 달려왔으나, 바람만 휑하니 불 뿐 그 누구도 보이지 않았다. 부근을 샅샅이 찾아보았으나 두약은 그림자도 보이지 않았다.
옥랑은 기가 막혔다.
'이번 싸움은 두약 언니가 납치되면서부터 시작되지 않았는가. 뿔족 요괴를 몰살하는 도중에 또 다시 언니가 사라졌으니. 아! 이를 어쩐다?'
이어, 넉쇠가 왔다.
"두소저는 어디에 있소?"
옥랑이 괴로운 얼굴로 사정을 이야기하자, 넉쇠가 놀라며 허둥거렸다.
"아! 또?"
귀신이 곡할 노릇이었다.
"어쩐다?
대형께 뭐라 말씀드려야할지. 두약 소저와 당신을 잘 지키라고 신신당부하셨는데.
두뿔마왕을 잡다보니 이렇게 됐다고 말하면 끝날 일이겠소? 아..!"

"일단, 주변을 찾아봐요."

넉쇠와 옥랑이 여기저기 뛰어다니며 샅샅이 수색하다 몽각 부대로 돌아가니, 욕살 강운의 본대가 합류해 요괴들을 모두 소탕한 후였다.

"정탐에 의하면, 마왕전 광장에서「필과 묘백인장」병사들이 뿔족과 어렵게 싸우고 있다고 한다. 몽각은 발 빠른 병사들을 차출해 지원하라."

몽각이 떠나고, 두약이 격투 도중 사라졌다는 사실에 강운의 안색이 변했다.

"오늘 싸움의 동기는 두소저 때문이었는데, 승리를 목전에 두고 또 당하다니?"

넉쇠가 말했다.

"달리 뾰족한 수는 없고, 흑무나 근상을 잡아 문초해야 할 것 같습니다."

강운이 즉시 부내를 몰아 마왕전으로 갔으나, 흑무와 근상은 보이지 않았다.

우두머리를 잃은 요괴들은 주인을 잃은 강아지처럼 이리 저리 쫓기며 도망치고 있었다. 거기에 익마천(川)을 훑으며 거슬러온 몽각의 병사들까지 합류하자, 더 이상 버티지 못하고 모조리 죽음을 맞이했다.

강운은 2백 군사를 이끌고 넉쇠, 토왕귀, 두충 등과 함께 마왕전을 수색했다.

도인들의 뼈와 신녀들의 오장육부로 만든 마향(魔香)에 코를 막은 강운이 싹 다 불태우라 지시하고, 임시지휘소로 여홍과 넉쇠, 옥랑, 토왕귀, 두충, 뇌바우 등을 불렀다. 그때, 옥랑이 여홍에게 보고했다.
"언니가 파란 뿔 요괴를 쫓기에 말렸으나, 이미 절벽 뒤로 사라진 후였어요. 가로막는 요괴들을 부리나케 해치우고 가니 아무도 없었어요."
여홍은 기가 막혀 말이 안 나왔다.
"사매가 또!"
강운이 몽각과 불곰에게 지시했다.
"전군을 동원해 사두산의 돌멩이와 풀 잎 하나 놓치지 말고 수색하라!"
횃불을 들고 온 밤을 수색했으나 두약은 그 어디에도 보이지 않았다.

성을 비울 수 없어 회군해야 한다는 강운의 말에, 여홍은 하루 더 머물겠다고 했다. 강운은 식량과 활을 한 자루씩 내어주고 철군했다.
두충은 하룻밤 쉬어갈 굴을 두더지들에게 파도록 했다. 두더지들은 금방 동굴을 팠다. 동굴에 들어가 보니 두더쥐들은 과연 신수(神獸)였다.
바위 사이의 지형을 찾아 굴을 판 것이다. 여홍은 잠깐 휴식을 취한 후,
인시(寅時: 새벽 3시 반)에 계곡을 살피려 했으나 안개가 짙어 수색할 수 없었다. 여홍은 고민 끝에 품속에서 피리를 꺼내 피리를 불었

다.
혹, 사매가 협곡(峽谷)에서 헤매고 있다면 방향을 일러주려는 것이다.
"나니누너헤러- 노느노- 너누너- 호리나니나-"
여홍은 사매가 좋아하는 곡(曲), 소향이화월(笑向梨花月: 배나무 꽃에 내리는 달빛을 보고 웃네)을 부르다 눈물을 감추기 어려워, 돌아앉았다. 하얀 달빛은 그대로였으나, 웃고 있어야 할 사매 두약이 없었다.
철혈(鐵血)의 영웅이 눈물을 보이자, 옥랑이 울고 토왕귀, 두충은 조용히 자리를 떴다. 안개가 걷히자 두약이 사라진 곳을 다시 수색한 후, 벼락 맞은 나무에서 만나기로 하고 일이 생기면 명적을 쏘기로 했다.
여홍, 넉쇠, 옥랑, 토왕귀, 두충과 두더지들이 흩어져 계곡을 살폈다.
'파란 뿔 요괴는 회색 뿔이나 노란 뿔, 빨간 뿔 요괴보다 서열이 높을 것이다. 놈이 사매를 유인해 사라졌다면 어딘가 흔적이 남아있을 터..'
이대로 포기할 수 없는 여홍이 극한의 공력을 끌어올리자, 신안(神眼)이 열린 듯 하얀 광망(光芒: 빛살, 빛의 줄기)이 줄기줄기 쏟아졌고,
먹이를 찾는 부엉이처럼 자리를 옮겨가며, 십팔 방(方)을 돌멩이 하나 벌레 한 마리 놓치지 않고 관찰한 지 두 시진(- 4시간), 드디어 사십 장 떨어진 그늘이 진 바위 아래에서 눈에 익은 암기를 발견했다.
순간, 유령처럼 다가선 여홍이 새끼손가락 크기의 암기를 주우며 눈

을 번득였다. 탈혼(奪魂)이라는 글자가 박힌 멧돼지 뼈로 만든 암기였다.

「탈혼」은 발해어부가, 두약의 강호출도를 염려하며 멧돼지와 곰, 호랑이 등의 뒷다리 뼈를 깎아 만들어준 비장의 암기로, 위기의 순간 자신의 생사나 동선을 알리는 수단이기도 했기에, 여홍은 크게 안도했다.

'사매는 살아있어!'

여홍은 다시 살펴보았으나, 그곳은 절벽에 막힌 곳으로 아무것도 보이지 않았다.

'허, 귀신(鬼神)이 곡할 노릇이군!'

여홍이 바위에 앉아 쉬고 있을 때, 두충이 두더지들과 다가오며 말했다.

"대협, 흔적을 찾을 수 없습니다."

그때, 두더지들이 쏜살같이 달려와, 여홍이 앉아있는 땅을 파기 시작했다.

여홍이 손을 저으며

"자네들 왜 그래? 여긴 그만 파고 다른 곳을 파게. 나도 좀 쉬어야겠네."

라고 말했으나, 두더지들은 망각충(蟲)이나 찾은 듯 아랑곳 하지 않고 땅을 팠다. 두더지들의 성화(成火)에 어쩔 수 없이 일어나던 여홍이

"어?"

하고 두더지들을 물린 후, 칠성공(七星功)으로 바위를 굴리자 뜻밖에도

지하 통로가 드러났고, 수백 개는 되어 보이는 계단이 가물가물 끝

없이 이어졌다.
두충이 외쳤다.
"비밀통로가 있었군요!"
여홍이 고개를 끄덕이며 소리 없이 내려가자, 두충이 명적을 쏘아 올렸다.
"쑤우우우우웃"
소리가 울려 퍼지자, 얼마 지나지 않아 넉쇠와 옥랑, 토왕귀가 엎어질 듯 달려왔다.
여홍이 먼저 들어갔다는 말에, 계단을 한참 내려간 후 지하통로를 따라 1각(- 15분)을 걷자, 위로 오르는 계단이 나왔다. 계단을 다 오르고 나니, 사두산 북쪽의 거칠고 적막한 벌판이 끝없이 펼쳐졌다.
언덕 위에서 벌판을 응시하는 여홍의 머리카락이 바람에 마구 흩날렸다.
넉쇠와 토왕귀 등은 여홍의 눈에서 쏟아지는 붉은 광망(光芒)을 보며, 분노를 삼키고 있는 무변광야의 사자(獅子)를 느꼈다. 1각 후, 여홍이 두충에게 물었다.
"대협, 여기가 어딥니까?"
두충이
"누런쥐 평원일 겁니다."
고 하자, 넉쇠가 물었다.
"오, 누런 쥐도 있습니까?"
"누런 쥐는 이곳에 사는 들쥐로 몸집이 크고 사나워 사람도 잡아먹는다고 합니다. 그러나 실제로 그 쥐를 본 사람들은 없다고 합니다."

두충의 말이 끝나자, 백두더쥐들이 앞발을 들고 알 수 없는 소리를 했다.
"루우루루웅.. 루루우루우루 **꺽꺽** 루우우!"
두충은 토왕귀를 보며 말했다.
"얘들이 무섭답니다. 누런 쥐가 자기들을 보면 꺽꺽 잡아먹을 거랍니다.
뿔족요괴와 유령박쥐 문제가 해결되었으니 그만 돌아갈까 합니다. 잘 아시다시피 토가족은 제가 오래 자리를 비울 수 수 없는 실정입니다. 두소저 구하는 일을 돕고 싶지만, 두더지가 꼼짝 못하는 누런 쥐 서식지라 자칫, 부족의 마지막 신수(神獸)를 잃을 수도 있습니다."
토왕귀가 고개를 끄덕이며 말했다.
"그렇게 하시오. 고맙소이다. 나는 두소저를 구하고 해모수 가한께 돌아갈 것이니, 장로님들께 사정을 잘 말씀드리고 안부도 전해주시오."
여홍이
"두대협, 정말 감사합니다. 백두더지들에게도 신세 많이 졌습니다. 신수가 없었으면 유령박쥐나 뿔족요괴들에게 모두 해를 입었을 겁니다."
하며 두충과 두 마리 백두더쥐들에게 포권의 예(禮)를 갖추어 감사를 표했다.
넉쇠, 옥랑도 작별 인사를 했다.
"두소저를 찾으시길 기원합니다."
두충과 백두더지가 모두 떠나자 여홍이 뇌바우를 돌아보며 말했다.
"아우,

아우는 군문(軍門)을 떠나 오래 있을 수 없으니, 이제 그만 돌아가게."
뇌바우가
"아닙니다, 대형! 저도 남아서 누님을 찾겠습니다!"
여홍이 무겁게 고개를 저었다.
"만약, 수유성이 침략 당해 망하기라도 하면 자네, 마음 편히 살아갈 수 있겠나? 내 말대로 하게. 사매의 흔적을 찾지 못했다면 모를까, 이제부턴 내가 해결할 일이네. 돌아가 기비님께 안부 전해드리게."
뇌바우도 떠나고 여홍, 넉쇠, 토왕귀, 옥랑은 다시 비밀통로로 돌아갔다.
여홍이 말했다.
"사매가 탈혼을 떨어뜨려 놓았으니, 여기에서 답을 찾을 수 있을 겁니다."
달리 방법이 없었다. 모두 흩어져 흔적을 찾기 시작했다. 반 시진 후 옥랑의 소리가 들렸다. 통로에서 동북으로 팔십 장 떨어진 풀밭이었다.
"말발굽이 틀림없어요. 말에게 풀을 먹이려고 말을 묶어놓은 자립니다."
과연 말발굽이었다.
"동북으로 갔어요."
넉쇠의 말과 함께 여홍이 이십 장 밖을 달리고 있었다. 만리신보(萬里神步)를 펼친 것이다.
경신술은 옥랑이 떨어져, 넉쇠가 보폭을 맞추었고 반 시진을 달린 후, 야산이 첩첩이 몰려있는 곳으로 가니 뜻밖에도 오래된 성(城)이 있었다.
벽은 온통 거무튀튀한 이끼가 자라 있었고 성문은 열려 있었는데, 고장이 나서 닫히지 않는 것 같기도 했다.
성루에는 아무것도 보이지 않았으나, 성문 위에 덜렁거리는 현판이 걸려있어 넉쇠가 도리깨로 들쳐보니 「누런쥐 성」이라고 적혀있었다.
"대형, 누런쥐성(城)이 있다는 건 처음 알았습니다. 두충님 말이 사실이었군요."
누런쥐성은 수천 년 쌓인 을씨년스러운 기운과 기이한 정적이 감돌았다.
순간, 여홍이 입을 다물고 안으로 발을 옮기자 넉쇠와 옥랑, 토왕귀도 뒤를 따랐다.

제11 권. 실크로드의 풍운아 계속

고조선 역사포털 소설
'구이원 [고조선]' 으로의
시공간 이동

http://blog.naver.com/bhnah

제 1권 동 호
제 2권 흉 노
제 3권 해모수
제 4권 창해신검 여홍
제 5권 백두선문
제 6권 조선 디아스포라
제 7권 아바간성의 두 영웅
제 8권 명도전 전쟁
제 9권 홍범구주
제 10권 마한

고조선 역사대하소설
구이원(九夷原) 제 10권 - 마한

초판 1쇄 2025년 7월 21일

지은이	무곡성(武曲星)
발행인	나현
총괄/기획	경쟁우위전략연구소장 강성근
마케팅	강성근
디자인	안준원

발행처	삼현미디어
등록번호	841-96-01359
주소	고양시 덕양구 원흥1로 11, 1206-407호
팩스	0504-045-0718
이메일	kmna1111@naver.com
가격	16,500원
ISBN	979-11-983798-4-9(04810)

무곡성(武曲星) 2025, Printed in Korea.
- 이 책은 저작권법에 따라 보호받는 저작물이므로 무단전재와 무단복제를 금지하며, 책 내용의 일부 또는 전부를 이용하려면 저작권자와 삼현미디어의 서면 동의를 받아야 합니다.
- 파본이나 잘못된 책은 구입처에서 교환해드립니다.